suhrkamp taschenbuch 1162

Jörg Steiner, geboren 1930 in Biel/Schweiz, besuchte das Lehrerseminar in Bern und arbeitete anschließend als Volksschullehrer. 1971/72 war er Mitarbeiter und Stipendiat der Basler Theater. Er lebt und arbeitet heute in Biel. Seine Bücher – Gedichte, Romane, Erzählungen, Kinderbücher – wurden mehrfach ausgezeichnet.

Die Personen, auf die das Bild gemünzt ist, sind zahlreich. Sie leben in Kapiteln, die die Namen der Jahreszeiten tragen: äußere Merkmale einer dahinfließenden Zeit, die ihre Anonymität erst im Innern verliert, dort, wo sich die Geschichten abspielen. Es geht um Familien und Freunde, um Junge und um Altgewordene. Es ist ein ständiges Kommen und Gehen und Verweilen – und beginnt dort, wohin Martin Knecht von seinem Vater eigens verbracht wurde, in der Jugenderziehungsanstalt Brandmoos. Von dort geht es ins Zuchthaus Stadelegg, von dort in die Rekrutenschule, von dort nach Amerika. Eine Bilderbuchkarriere im bösesten Sinn.

In seiner schönen erzählerischen Ruhe, die selbst das, was Tragödie ist, bricht, um das Tragische nur um so eindringlicher werden zu lassen, zeigt uns Jörg Steiner das Vergebliche und Nichtvergebliche unserer Möglichkeiten.

Jörg Steiner

Das Netz zerreißen

Roman

Suhrkamp

Umschlagfoto: Marco Paoluzzo

suhrkamp taschenbuch 1162
Erste Auflage 1985

Druck: Nomos Verlagsgesellschaft, Baden-Baden
Printed in Germany
Umschlag nach Entwürfen von
Willy Fleckhaus und Rolf Staudt

1 2 3 4 5 6 – 90 89 88 87 86 85

DAS NETZ ZERREISSEN

FRÜHLING

»Mit zwanzig sind sie mündig«; der Verwalter seufzte. Fräulein Kämpf schaute von der Schreibmaschine auf, als er an ihr vorbei zum Fenster ging: Was hielt sie vom Wetter?
»Ich denke, es wird halten«, sagte sie.
Er setzte sich in den Ledersessel an der Wand, streckte die Beine aus: Er war im Schweinestall gewesen, war gleich herübergekommen, hatte keine Zeit gehabt, die Stiefel zu wechseln. Wer hatte heute Stubendienst?
Die Sekretärin kniete vor ihm nieder, faßte den einen Stiefel oben am Schaft: Nein, die Absätze berührte sie nicht; ihre Hände voller Schweinedreck, das konnte er nicht von ihr verlangen, – und sie schaute auf, mit erhitztem Gesicht.
»Braves Mädchen!« er riß sich die Stiefel von den Füßen, warf sie unter den Besuchertisch, sah zu, wie sich das Rot in ihrem Gesicht auf die Backenknochen zurückzog.
Sie nestelte an der Brosche an ihrer hochgeschlossenen Bluse: Ob er etwas dagegen hatte, daß sie das Fenster öffnete? Eben noch war alles friedlich gewesen, – und sie lächelte ihn unsicher an. Wie er dasaß, in seinen grauen Strümpfen, mit seinen dunklen Augen, die sie nicht losließen, ein kräftiger, gesunder Mann!
Also, wie war's nun, wer hatte Stubendienst?
Sie schaute im Wochenplan nach.
»Martin Knecht«, sagte sie.
»Martin Knecht«, sagte er.
»Das wissen Sie ganz genau«, sagte sie.
Der Verwalter stand auf, stützte sich aufs Fensterbrett, schaute durchs Fenster in den gekiesten Hof hinunter: Sie sollte ihn heraufholen, den Knecht; der Schlüssel lag im Safe. Und sie sollte ihm sagen, er dürfe nach dem Abend-

essen beim Völkerball mitspielen; das gab ihm einen Vorgeschmack der Freiheit; darauf kam es jetzt an.
Sie machte die Türe leise hinter sich zu, er blieb am Fenster stehen, setzte sich dann, immer noch in den Strümpfen, an seinen Schreibtisch, griff nach dem Telefon, zögerte.
Es war reine Routine, üblich in allen Anstalten; aber konnte man wissen, wer mithörte? Es war eine Maßnahme; es mußte sich nach außen hin vertreten lassen, unter Umständen.
Am andern Ende meldete sich eine Frauenstimme, und er nannte seinen Namen: »Kellermann, Verwalter Brandmoos, ja, richtig, der Bruder, ich warte.«
Dann hatte er André am Apparat.
»Ich habe wieder einen Fall, André«, sagte er; »wieder im kritischen Alter.«
»Wenn du sie bloß länger behalten dürftest«, sagte André und lachte: Ein richtiges Zuchthaus hatte eben doch seine Vorteile; da konnte eine Erziehungsanstalt nicht mithalten.
»Und immer dann, wenn sie endlich gelernt haben zuzupacken«, sagte der Verwalter: Der Bursche, um den es diesmal ging, hieß Knecht, Martin, war vor drei Jahren von seinem Vater persönlich eingeliefert worden, ja, André hatte recht gehört, von seinem Vater, nicht von der Polizei; eine Präventiveinlieferung, sozusagen. Der Vater war Wirt von Beruf.
Die Sekretärin stand vor der Tür, hörte, daß der Verwalter telefonierte, wagte nicht, die Türe zu öffnen, den Schlüssel, den sie vergessen hatte, aus dem Safe zu nehmen, auf Zehenspitzen wieder hinauszugehen. Und wohin jetzt mit den sauberen Sachen, den Stiefeln, den Strümpfen? Schüchtern klopfte sie an, trat ein.
»Augenblick, André«, sagte der Verwalter, bedeckte mit der linken Hand die Telefonmuschel, beobachtete, wie

Fräulein Kämpf die Zahlenkombination am Safe einstellte: Sie sollte sich hinsetzen! – und er nahm die Hand von der Muschel: »André«, sagte er, »du wirst von mir hören, spätestens in drei Tagen, wir werden das Kind schon schaukeln, nein, ich bin nicht mehr allein; auf bald dann.«
Er lehnte sich in seinem Stuhl zurück: Was hatte sie gehört? War es denn üblich, daß man ihn hinter einer Tür belauschte? Hatte sie das nötig? Er würde ihr alles erklären. Sie mußte verstehen, daß er vor ihr keine Geheimnisse hatte; aber wie war das mit ihr? Konnte er ihr rückhaltlos sein Vertrauen schenken?
Sie nickte, schluckte, verstand nicht: Sie hatte ihn nicht belauscht, hatte ihm bloß die Stiefel bringen, hatte den vergessenen Schlüssel holen wollen. Zu ihr durfte er Vertrauen haben, sie stand zu ihm. Sie kannte die Scherereien, die Plackerei mit Zöglingen und Aufsichtspersonen, den Neid der Untergebenen, den Haß der Bauern in der Umgebung. Sie wußte, in welchem Glashaus er saß! Wenn nur schon das landwirtschaftliche Plansoll nicht erreicht wurde, wenn ihm die Spitzel eine Teufelei der Zöglinge nicht rechtzeitig hinterbrachten, wenn er in eine von Intriganten gestellte Falle hineinlief: immer war er es, der die Verantwortung tragen mußte. Tierquälerei, Homosexualität, Brandstiftung, den unter den Burschen bis aufs Messer geführten, dauernden Kampf: das kannte sie; wer kannte es besser als sie? – und sie duckte sich im Sessel.
Der Verwalter nickte, holte Strümpfe und Stiefel vor der Tür: Er glaubte ihr, sie verstand ihn wirklich, sie teilte seine Sorgen. Er hatte es geahnt, er war ihr dankbar. Mitleid brauchte er nicht, ihre Zuneigung war ihm wichtig. Und um auf Martin Knecht zurückzukommen: es gab Schwierigkeiten, mit denen er, der Verwalter, nicht allein fertig wurde. Er konnte Martins Entlassung nicht verhindern, wenn nicht vor dessen zwanzigstem Geburtstag noch etwas passierte;

da hatte er sich nun etwas ausgedacht. Oder hielt Regine Kämpf den Martin vielleicht für entlassungsreif? Durfte man einen Burschen, den der eigene Vater ohne richterlichen Befehl hergebracht hatte, einfach so, mir nichts, dir nichts ins Leben hinaus laufenlassen? Diese dünne, trügerische Schicht Zivilisation auf einem unkontrollierbaren Vulkan, das war das Leben; und bei Leuten wie Martin Knecht fehlte selbst diese Schicht. Auch seine Mechanikerlehre würde er nicht abschließen, wenn man ihn jetzt gehen ließ; im Gegenteil, Kellner würde er werden; war der Kellnerberuf überhaupt ein Beruf für Einheimische, in diesem Land?
Fräulein Kämpf holte ein Taschentuch hervor: So hatte der Verwalter noch nie mit ihr gesprochen, so eindringlich, fast leidenschaftlich.
Das durfte er nicht; sie wollte seiner Frau beim Mittagessen in die Augen sehen dürfen. Es war bald zehn, Kaffeezeit; sie würde den Kaffee selbst holen gehen.
Aber sie blieb sitzen. Da war immer noch die Sache mit dem Vorgeschmack der Freiheit, und was damit gemeint sein mochte.
»Martin Knecht«, sagte sie, »Sie sagen, er dürfe heute abend im Hof mitspielen?« – und sie dachte daran, wie die Burschen mit dem Ball rannten, wie sie im wirbelnden Staub in der Dämmerung zu wachsen schienen: ächzende, fauchende Schemen.
Der Verwalter riß ein Streichholz an, beobachtete Fräulein Kämpf über den Pfeifenkopf hinweg; Zug um Zug fraß sich die Flamme in den Tabak: Man hatte geklopft; wollte sie nicht öffnen?
Vor der Tür stand ein Zögling. Er bewegte sich nicht von der Stelle, als Fräulein Kämpf ihm das Tablett abnahm, es auf ihren Tisch stellte, zurück zur Tür ging und die Tür schloß: Wünschte der Herr Verwalter den Kaffee wie

üblich, mit Rahm und Würfelzucker? Sie selbst trank ihn heute schwarz, sie hatte gestern in der Küche gesehen, daß der Rahmbehälter nicht richtig geschrubbt worden war.
Der Verwalter legte die Pfeife in den Aschenbecher: Sehr gut, er war ihr dankbar für den Hinweis, er würde die Schlamperei dem Stallmeister melden; nein, keinen Käsekuchen, bitte; nur Kaffee und Zucker.
Er trat wieder zum Fenster.
Im Hof waren die beiden Stallmannschaften in Einerkolonne zur Brotzeit angetreten. Die Burschen wußten, daß er sie hinterm Fenster beobachtete. Es würde keinem einfallen, zwei Äpfel aus dem Korb zu nehmen. War es nicht eine fast unlösbare Aufgabe, aus ihnen nützliche Mitglieder der Gesellschaft zu machen? Das wußten nur sie, nicht wahr, sie, die es tagtäglich aufs neue versuchten. In gewisser Weise waren Vollzugsbeamte Mitglieder eines Geheimbundes, Verschworene, und sie, Fräulein Kämpf, gehörte als Sekretärin durchaus dazu. Wer einmal dabei war, auch nur am Rande, kam nie mehr davon los – oder dann nur als Abtrünniger. Ja, sie durfte ihm noch eine Tasse Kaffee nachgießen.
Rauchschleier hatten sich im Büro ausgebreitet, Stäubchen tanzten im Sonnenlicht.
»Es ist warm draußen«, sagte Fräulein Kämpf, »wärmer als gestern. Darf ich das Fenster öffnen? Einen Flügel nur?« – und sie trat neben ihn.
Als sie das Fenster aufstieß, pfiff der Verwalter durch die Finger. Die Burschen im Hof senkten den Kopf, richteten sich in der Kolonne auf.
Es waren die kommenden Nächte, die ihm Sorgen machten, die lauen Mainächte, die zu erwartenden Fluchtversuche. Wie viele waren es im vergangenen Jahr gewesen?
Regine Kämpf erinnerte sich: Acht waren es gewesen. Der

Verwalter selbst hatte sich einem Suchtrupp angeschlossen. Schäferhunde waren eingesetzt worden. Die Justizdirektion hatte ihnen im September eine Kostenaufstellung zugeschickt; zwei Einbruchdiebstähle in Weekendhäuser am See; Sachschaden; Diebstahl von Eßwaren und Kleidern; auch eine Vespa war gestohlen, aber unbeschädigt wieder aufgefunden worden. Die Ausreißer hatten kaum eine Chance, und dennoch versuchten sie es immer wieder; sie konnte das nicht verstehen.
»Die meisten erwischt man an Bahnhöfen«, sagte der Verwalter: Die Kostenaufstellung der Justizdirektion war übrigens an ihn gerichtet, als Verweis nämlich, als unausgesprochener Tadel.
Fräulein Kämpf ordnete die Tassen auf dem Tablett: Durfte er das so persönlich nehmen? Man hatte ihm eine Kopie geschickt, zur Information, zur Kenntnisnahme.
Ja, sie mochte recht haben. Er war zu mißtrauisch geworden in seinem Amt, ein richtiger Schwarzseher war er geworden. – Aber, um auf Martin Knecht zurückzukommen: ein Fluchtversuch konnte, selbst wenn er, der Verwalter, dafür geradezustehen hatte, auch seine guten Seiten haben, konnte der Erziehung dienlich sein, wenn man die nachfolgende Bestrafung als erzieherische Maßnahme in Erwägung zog. Und was waren Strafen anderes als erzieherische Maßnahmen? Das hatte er gemeint mit dem Vorgeschmack der Freiheit!
Wenn etwas geschah, mußte es so geschehen, daß es sich als eine Verkettung von Umständen, Fügungen, Zufällen darstellen ließ; als eine Verkettung, der das Gesetz leider nie ganz gerecht werden konnte. Demokratie. In einem demokratischen Staat durfte das Gesetz der Entwicklung nicht vorgreifen; aus diesem Umstand ergaben sich gewisse Vorteile. Das Ganze war ein empfindliches System, zusammengesetzt aus Freiheit und Unterdrückung zu immer andern

Bildern der Wirklichkeit, – und der Verwalter schaute Fräulein Kämpf ins Gesicht: Einen wiedereingefangenen Ausreißer konnte man nicht entlassen, auch dann nicht, wenn er zufälligerweise zwanzig Jahre alt und mündig wurde. Man schob ihn zum Vollzug der Strafe aus dem Brandmoos ab, ins Zuchthaus Stadelegg, zu den Erwachsenen. Verstand sie ihn jetzt? Man mußte einem solchen Flüchtling ein paar Tage Vorsprung geben. Ohne Geld kam er nicht weit, mit Geld übrigens auch nicht; doch würde er versuchen, sich Geld zu beschaffen, und das Fluchtdelikt wurde erweitert durch andere Delikte. Irgendwelche Fragen?

Fräulein Kämpf lehnte sich im Besuchersessel zurück, strich sich den Rock über den Knien glatt: Ja, jetzt hatte sie es begriffen. Es war, – sie suchte nach Worten, fand keine, klammerte sich an einen einzigen Gedanken: Zur Flucht konnte niemand gezwungen werden, auch nicht durch Anstiftung; oder etwa doch?

Der Verwalter lachte sie an: Wer redete denn da von Zwang? Wie stellte sie ihn dar? Ein Unmensch war er nicht. Er schaffte bloß die Gelegenheit zur Flucht. Es war dem einzelnen überlassen, ob er davon Gebrauch machte oder nicht. Er hatte Martin zwei Monate lang im Haus behalten; März und April; in der Gemüseputzerei; im Stubendienst; in der Küche; war ihr das nicht aufgefallen?

Sie nickte.

»Stellen Sie sich vor«, sagte der Verwalter, »was passiert, wenn ich ihn morgen oder übermorgen, je nach Wetterbericht, in die Brachzelg schicke, als Gehilfen des Schafhirten, in unsere abgelegenste Außenstation!

Morgens um halb fünf wird er aus dem Schlafsaal geholt, weiß nicht, wie ihm geschieht, weiß nicht, womit er sich die begehrteste unter allen begehrten Vergünstigungen verdient haben soll. Aber zu Erklärungen ist jetzt keine Zeit; es eilt.

Benommen holt er den Rucksack, packt die Käsebrote ein, die Thermosflasche, sein Nachtzeug, die Taschenlampe, den Schlafsack. Es reicht noch fürs Morgenessen, dann steht er draußen.
Über den Voralpen lösen sich die Föhnwolken auf. Er geht durch die langen Schatten der Tannen, durch das kühle Morgenlicht. Die Wege sind trocken, bis auf die lehmigen Karrengleise.
Wie er da geht, wie im Traum, im wilden Ozongeruch, geblendet vom blauwogenden Himmel; stellen Sie sich das vor!«

Das war ihr Leben, das an ihr vorüberging und sie nur am Rande manchmal mitnahm. Grau fingen die Tage an, über Mittag leuchteten die Gärten, dann erlöschten die Farben in den grauen Abend hinein, und die schwarzsilbrigen Weiden standen stumm am Ufer.

Unaufhörlich glitt das Wasser dahin.

Was nahm es mit von der Zeit, von der Trauer?

»Rosa Knecht«, sagte sie laut. »Rosa Knecht-Wyer.«

Als Kind hatte sie dem Wasser in den Märchen gelauscht. Für sie raunte der Brunnen im Walde: Wer aus mir trinkt, wird ein Reh, wer aus mir trinkt, wird ein Reh, und sie war es, die dem Brüderchen zurief: Ach, Brüderchen, ich bitte dich, trink nicht von diesem Wasser, so warte doch!

Sie war vierundvierzig Jahre alt geworden, sie hatte nichts anderes gelernt als das Warten.

Sie zögerte, ans Geländer gelehnt, schaute in den Hotelflur hinunter, nahm ihren Koffer auf, ging am Aufzug vorüber und die Treppenstufen hinunter. Auf der Treppe lag ein brauner Wollteppich, der durch Messingstäbe festgehalten wurde. Sie schaute zurück; drei der Stäbchen hatten sich aus ihrer Halterung gelöst, der Teppich war aber nicht mitgerutscht, warf sich auch unten auf dem Flur nicht, bildete keine Falten, und nirgends wurde die Filzunterlage sichtbar.

Vor dem Empfangspult stellte sie den Koffer ab, griff nach ihrer Handtasche, öffnete sie, schob das blaue, beschriebene Blatt Briefpapier in ein Nebenfach, holte das Taschentuch hervor.

Während sie auf den Angestellten wartete, die Geräusche im Haus kaum beachtete und doch so auslegte, als bedeuteten sie einen Aufschub, bedachte sie die Vorbereitungen, die sie getroffen hatte.

Sie war nicht in Eile. Es blieb ihr bloß keine Zeit mehr. Sie hatte in Fristen gelebt, lebenslang.
Kritisch betrachtete sie ihren Koffer, einen unauffälligen Lederkoffer, zerkratzt, da, wo sie mit ihrer Nagelfeile in der vergangenen Nacht zwei Klebe-Etiketten entfernt hatte.
Weshalb war sie nicht einfach hergekommen, ohne Gepäck, ohne Tasche? Welch törichte Hoffnung hatte sie dazu getrieben, die Spuren, die sie nun zu verwischen suchte, zu legen, eine Nacht noch in gerade diesem Hotel zu verbringen?
»Ja«, sagte sie zu dem Angestellten, und fast schämte sie sich: Sie hatte gut geschlafen, ohne Träume, und nun würde sie ein wenig spazierengehen, sie kannte die Gegend.
Er entschuldigte sich: Die Angestellten aßen zu den unmöglichsten Zeiten, immer dann, wenn wenig Betrieb zu erwarten war, die Zimmer in Ordnung waren, die Frühaufsteher unter den Gästen bedient waren, die andern vielleicht noch schliefen oder sich zum Ausgehen zurechtmachten. Handelsreisende stiegen in ihrem Haus nicht ab, es lag zu weit vom Bahnhof entfernt.
Sie bat um ihre Rechnung: » Zimmer 24«, sagte sie, um nicht den falschen Namen nennen zu müssen, unter dem sie sich eingetragen hatte: Nein, er hatte sie nicht über Gebühr warten lassen. Durfte sie ihren Koffer bei ihm einstellen? Sie würde ihn später holen, bei Gelegenheit.
Der Angestellte legte die Rechnung zusammengefaltet vor sie hin: Er würde ihr Gepäck im Auge behalten, darauf konnte sie sich verlassen.
Er schaute ihr ins Gesicht: War es möglich, daß sie schon früher einmal hier abgestiegen war?
Sie schüttelte hastig den Kopf, nestelte an ihrer Geldbörse: Bitte, sie wollte kein Herausgeld, so war es gerade richtig, vielleicht hatte er ihretwegen sein Essen stehengelassen oder zu rasch fertiggegessen; den Koffer nahm sie doch besser

mit und brachte ihn zur Gepäckaufbewahrung am Bahnhof. Sie nahm nie viel Gepäck mit, der Koffer war leicht zu tragen, sie hatte sich das vorhin nicht überlegt.
Als der Angestellte ihr die Eingangstüre öffnete, entdeckte sie unterhalb des linken Knies ein Loch in seiner Hose, das mit großer Sorgfalt gestopft worden war.
Sie ging, ohne sich umzusehen, bis zur nächsten Kreuzung. Der Himmel war verhangen; es würde ein heißer Tag werden. Im Schatten neuer Storen lag das Straßencafé, das sie sofort wiedererkannte.
Hier hatte Robert auf der Hochzeitsreise, ohne sie zu fragen, Brombeereis für sie bestellt. Sie hatte, als die Bestellung aufgenommen worden war, fast schüchtern gesagt, Erdbeereis wäre ihr lieber gewesen, und als der Kellner das Eis brachte, hatte Robert versucht, die Bestellung rückgängig zu machen: Seine Frau hatte Erdbeereis bestellt, wo hatte der Kellner seine Ohren? War er nicht imstande, eine Bestellung richtig aufzunehmen? Erdbeereis, ohne Rahm. Sie aß ihr Brombeereis, er trank ein Bier vom Faß. Sie bestand darauf, das Mittagessen in dem einzigen, alkoholfreien Restaurant des Ortes einzunehmen, und Robert nickte, als sie nachher sagte, zu Hause esse man immer noch am besten. Schwitzend starrte er auf seine Schuhe, die sie am Vormittag gekauft hatten: Ob der Rauch sie belästigte? Nein, der Rauch einer Zigarre belästigte sie nicht. Sie mochte allerdings Pfeifenrauch lieber, das schon.
Sie ging jetzt auf der Straße, die zum See hinunterführte, wurde, als die Häuser zurückwichen, von der hereinbrechenden Hitze aufgeschreckt. Ihre eigene Tabakspfeife fiel ihr ein: warum hatte sie nie daran gedacht, sie Martin mitzugeben, ins Brandmoos, in die Stadelegg, in die Rekrutenschule?
Bevor sie weggegangen war, hatte sie ihren Schrank aufge-

räumt: die schwarzen, bis zu den Füssen reichenden Kleider, die sie in die Ehe mitgebracht, aber nie getragen hatte. Nicht berührt hatte sie die Briefe; die vorgedruckten Postkarten aus Irland, GRÜSSE VON DER LLOYD-FERIENFAHRT MIT SCHNELLDAMPFER COLUMBUS, DEIN ROBERT; das silberne Geldbeutelchen; ein Kruzifix; die Pfeife; den Trauschein, FRAU ROSA KNECHT, GEBORENE WYER. Martin hätte mit einer Frauenpfeife vielleicht nichts anfangen können; er rauchte Zigaretten.

Als sie an der Bushaltestelle in der Nähe des Bootshafens vorüberging, ließ sie ihre Tasche in den Abfalleimer gleiten, kehrte nach ein paar Schritten zurück und versteckte die Tasche unter dem im Eimer aufgehäuften Abfall.

Ordnung halten, das hatte sie in ihrem Elternhaus gelernt; es gehörte zum Wartenkönnen. Als Kind schon war sie mit den schwarz gekleideten Frauen in die Weinberge gegangen. Stumm erwarteten sie abends die Männer, die mit erhitztem Gesicht vom Wirtshaus kamen. Das Wirtshaus bedeutete Unruhe und Unfrieden, es war der Ort, der die Tugend der gleichmütig zur Schau gestellten Verschlossenheit in Frage stellte, der Ort der Versuchung. Das Wirtshaus stand gegen die Ordnung der Weinberge, gegen die Ordnung der Zeit, gegen die Ordnung der Kirche, in deren Schatten es sich schmiegte. Hatte sie deshalb einen Wirt geheiratet?

Sie stellte den Koffer ab, setzte sich auf eine der gelb gestrichenen Bänke, schaute auf, sah die mit Autoreifen gepanzerten Betonpfähle, das Kassenhaus, den betonierten, neuen Landungssteg und dahinter den See; bleigraues, kaum bewegtes Wasser.

Es war nichts rückgängig zu machen. Es war zu spät, neu anzufangen, zu spät auch, sich mit diesem Gedanken abzufinden; es war zu schwer für sie.

Beim Aufstehen wurde ihr schwindlig. Sie umklammerte

die Lehne der Bank, spürte den kalten Schweiß auf der Stirn und wußte, daß ihre Füße sie tragen würden, wußte, daß es der Wille ihres Körpers war, sich aufzulösen. Wo hatte sie das gesehen: dunkel begrünte, wie vor Leben strotzende Baumkronen in einer herbstlich entlaubten Allee; sterbende, von Misteln überwucherte Bäume; und sie stand, ans offene Fenster gelehnt, im Zug; ein junges Mädchen, das sein Dorf verläßt; für immer?

Sie bückte sich noch einmal, vorsichtig, und schob den Koffer unter die Bank. Es würde aussehen, als sei jemand, der auf das nächste Schiff wartete, noch einmal rasch weggegangen, um etwas zu holen, um etwas nachzuholen, um etwas gutzumachen, um etwas in Ordnung zu bringen.

»Nachts sieht es hübsch aus, unser Präsidium;« – der Gefreite Marzohl kratzte an einem Tintenfleck auf dem Tisch; »von außen, mit dem Neonlicht hinter den Fenstern, mit unsern Schatten.«
Er warf die Karteikarten, die ihm sein Kollege herausgesucht hatte, in ein hölzernes Kästchen: Der Kollege hatte wohl alles schon gesichtet? hatte sich eine Meinung gebildet? war sich seiner Sache sicher?
Der andere lehnte sich im Stuhl zurück: Ja, der Wirt war unschuldig am Tode seiner Frau, das, was man so unschuldig nannte, und Marzohl sollte sich nicht wieder aufregen, Marzohl würde bestimmt um vier Uhr zum Fischen gehen können, oder ins Bad, Mädchen anschauen, oder nach Hause.
Die beiden Polizisten zogen ihre Jacken an, Marzohl trug einen schmalen Goldstreifen am Ärmel, Straub war Korporal.
Aber da war noch etwas, – und Straub tippte auf den Zettelkasten: Knechts Vater, Albin Knecht, geboren 1870, gestorben 1946, hatte die Wirtschaft Schönegg im Jahr 1910 gekauft, hatte Schwierigkeiten mit der Patentbehörde bekommen, hatte nach dem Ersten Weltkrieg die streikenden Arbeiter unterstützt. Die Schönegg galt als Treffpunkt der organisierten Arbeitslosen, 1922, und dann wieder 1934; eine Mitgliedschaft bei der K. P. konnte dem Mann nicht nachgewiesen werden.
Marzohl blieb unter der Tür stehen, kratzte am Türsturz einen Farbsplitter weg: Hatte er es nicht gesagt? Er spürte es, wenn etwas nicht sauber war. Der junge Knecht hatte im Brandmoos und im Zuchthaus gesessen, der Vater stand unter Mordverdacht, der Großvater war Anarchist gewe-

sen, und das genügte nicht, um das Wirtshaus zu schließen, bei den Gesetzen in diesem Land, das sich durch seine Großzügigkeit selbst zugrunde richtete; genügte nicht, um endlich ein Exempel zu statuieren! Den Mann würde er sich vornehmen, darauf konnte sich Straub verlassen.

– Der Wirt, Robert Knecht, hatte damit gerechnet, warten zu müssen, als er von zu Hause weggegangen war: entweder lassen sie einen warten oder sie sitzen ungeduldig da, schauen auf die Uhr, vorwurfsvoll, so, als sei man zu spät gekommen.

Er trug das Hemd offen, war schon auf der Straße gewesen, dann nochmals ins Haus zurückgekehrt, um die Jacke zu holen. Er trat aus dem Schatten der Kastanienbäume. Durch die Innenstadt rollten wassersprühende Zisternenwagen. Links und rechts neben der Fahrbahn versickerte das Wasser in den Gullys. Minuten später war der Asphalt wieder trocken. Der Platz vor dem Polizeiposten war leer. Knecht gab am Anmeldeschalter seine Vorladung ab: Nein, er wußte nicht, was sie von ihm wollten; hatte es etwas mit seiner Frau zu tun? Oder mit Martin? Er stieg die Treppe hinauf, klopfte an, betrat den Vernehmungsraum.

Der Schalterbeamte hatte ihn gebeten, nur einmal zu klopfen, sofort einzutreten und es sich auf einem der Stühle bequem zu machen; aber Knecht trat zum Tisch, und da stand er noch, als Marzohl und Straub hereinkamen, stand da und starrte auf die Schuhe, nahm sie in die Hände, roch daran, drehte sie um und um, stellte sie auf den Tisch zurück. Das braune Leder war rissig und schwarz, die aufgequollene Sohle hatte sich vom Oberleder gelöst, die Schnürsenkel fehlten.

Was war geschehen?

Einmal hatte Rosa etwas von Weggehen geschrieben, vor zwei oder drei Jahren, als er den Jungen, Martin, ins

Erziehungsheim Brandmoos geschickt hatte; aber dann war sie geblieben, hatte den Brief nie mehr erwähnt. Was gab es zu einem solchen Brief zu sagen? auf blaues, liniiertes Papier geschrieben, ohne Umschlag? Der Junge war nach seiner Flucht aus dem Brandmoos für ein paar Monate in die Stadelegg gekommen, zu Weihnachten schon entlassen worden, und sie hatte ihn dort geholt, hatte nichts mehr von Weggehen gesagt, keinen Brief mehr geschrieben. Martin war seit vier Wochen in der Rekrutenschule, Losone, hatte ihr eine Karte zum Geburtstag geschickt, vor vierzehn Tagen. Ende Juli hatte Rosa Geburtstag, aber da war sie schon weg, ohne ein Wort gesagt zu haben. Das waren ihre Schuhe, nicht wahr? Wie kamen die hierher? Mehr wußte er nicht; täuschte er sich?

Straub beobachtete ihn, schaute Marzohl nicht an. »Hol ihm ein Glas Wasser«, sagte er, und zu Knecht: »Es muß alles geklärt werden, Herr Knecht, der Reihe nach; es muß alles verständlich gemacht werden.«

Er legte die Schuhe in eine Schachtel: Im Jahr 1922 war Herr Knecht als Siebzehnjähriger zum ersten Mal bestraft worden; erinnerte er sich daran? Er hatte ein Mädchen auf dem Gepäckträger seines Fahrrads spazierengeführt. Damals verkehrten im Gasthaus seines Vaters vor allem Arbeitslose, und hatte Herr Knecht etwas dagegen einzuwenden, wenn sie, sein Kollege und er, die Jacken auszogen?

Marzohl hängte seine Jacke an den Drehstuhl, setzte sich an die Schreibmaschine, sagte: »Ein Verhör dauert oft lange, Herr Knecht, auch Sie sollten sich darauf einrichten«, – und zu Straub: »Manche versuchen, uns unter Druck zu setzen; aber wir haben dann doch immer eine Stunde mehr Zeit, immer; ist es nicht so, Kollege?«

Straub nickte.

»Herr Knecht weiß jetzt, worum es geht«, sagte er zu Marzohl, »seine Frau ist unter ungewöhnlichen Umständen ums Leben gekommen; das muß untersucht werden, in seinem eigenen Interesse. Ich glaube nicht, daß er uns Schwierigkeiten machen wird; er sieht mir nicht danach aus«, – und zu Knecht: »Unser Beileid übrigens.«

Wie verhielt sich Herr Knecht gegenüber Staat, Gesellschaft, Familie? Diese Fragen waren zu klären, sie standen an erster Stelle auf dem amtlichen Fragebogen, es waren sozusagen Routinefragen, die dem Untersuchungsrichter halfen, sich ein Bild zu machen, wenigstens ein Bild über die äußeren Lebensumstände eines Menschen. Die Polizei sammelte lediglich Material, Mosaiksteinchen; die eigentliche Untersuchung lag in andern Händen. Am besten, man fing mit den Personalien an. Ob Herr Knecht noch ein Glas Wasser haben wollte?

Knecht hörte sich reden, eine fremde Stimme.

Er ging mit Rosa durch den Wald, sie lagen im jungen Bärlauch, er hatte Lust, davon zu essen, wagte es nicht, weil er fürchtete, sie möge nachher seine Küsse nicht. Wenn Rosa ihren Kopf auf seinen Arm legte, sah sie, sagte sie, durch die Buchenkronen hindurch einen Milan seine Kreise ziehen. Der Raubvogel wurde vom Wind abgetrieben; unter den Bäumen war es windstill.

Nach ihrer Verlobung durften sie sich den Leuten öffentlich zeigen, hatten dann nichts mehr zu verbergen, sagte er.

Rosa war tot – ertrunken; die bodenlose Sicherheit.

Voller Verbitterung dachte er daran, wie sie gelebt hatten, immer in der Angst, gegen ein ungeschriebenes Gesetz, gegen Moral und Sitte zu verstoßen, und er hörte wieder ihren Schrei, sah ihre erschrockenen Augen, als er sie in der Hochzeitsnacht anfaßte.

Ja, ihr Sohn Martin war 1931 zur Welt gekommen. Es war richtig, was in den Akten stand; er, Martins Vater, hatte zu trinken begonnen, vor dem Krieg schon. Rosa war eine gute Frau gewesen.

Und er dachte daran, daß sie ihren Büstenhalter über dem Unterrock getragen hatte, auch wenn das Licht im Schlafzimmer gelöscht war; und sie bestand darauf, daß es gelöscht wurde, bevor sie sich auszog.
Sie hatten nicht gelernt zu teilen, nicht einmal Kummer, geschweige denn Freude. Er war schuld an ihrem Tod.
Richtig, während des Krieges war er Koch in einer Infanterieabteilung bei Grandval gewesen; sein Vater hatte ihr keine rechte Hilfe mehr sein können. Rosa hatte die Wirtschaft allein führen müssen. Nein, keine Selbstmorddrohungen.
Er hatte genug davon, sich zusammenzureißen. Das hatte er die ganze Zeit über von ihr und von sich und auch von Martin verlangt. Jeder sollte mit seinem eigenen Kram fertig werden, weil man es nur so zu etwas bringen konnte im Leben: das hatte er zu lange geglaubt.
Er hatte ein Alibi.
Er legte die Arme auf den Tisch, vergrub den Kopf zwischen den Armen: Martin hatte nicht werden sollen, was Martins Großvater gewesen war. Martins Großvater bekannte sich öffentlich zu den Ideen Lenins, wie der Gefreite Marzohl sich auszudrücken beliebte, und er, Robert Knecht, hatte seinen Sohn ins Erziehungsheim geschickt, gegen den Willen seiner Frau. Damals hatte sie den Brief geschrieben, weil sie mit ihm nicht reden konnte.
An Martin wollte er es in Zukunft gutzumachen versuchen, an Martin; und der Gefreite Marzohl mochte das verstehen, wie er wollte.
»Wir verstehen das so, daß Sie von nun an andere Fehler machen wollen«, sagte Korporal Straub; – und zu Marzohl: »Vergiß nicht zu erwähnen, daß sie Linkshänderin war; den Ehering trug sie an der rechten Hand«; – und wieder zu Knecht: Sie, sein Kollege und er, waren ziemlich sicher, daß Herr Knecht seine Frau nicht umgebracht hatte.

Daß der Brief der Verstorbenen, der Brief, den Herr Knecht erwähnt hatte, nicht bei den Akten lag, war allerdings ein Schönheitsfehler und würde vom Untersuchungsrichter beanstandet werden. Vielleicht konnte Herr Knecht ihnen behilflich sein, ihnen den Brief gelegentlich zustellen? sich noch stärker entlasten? Erzwingen konnten sie das nicht, Herr Knecht mußte es freiwillig tun. Er hatte den Brief doch hoffentlich aufbewahrt?

Frau Rosa Knecht-Wyer war bei Ermatingen ertrunken. Badende Kinder hatten ihre Kleider am Ufer gefunden, säuberlich aufgeschichtet und mit einem Stein beschwert; die Kleider, nicht aber die Schuhe. Die Schuhe hatte sie nicht ausgezogen, wie man sah, als die Leiche ein paar Tage später an Land getrieben worden war. Robert Knechts Name war im Ehering eingraviert, dazu das Datum der Hochzeit, Juli 1930, und nun wußte man auch, wem der Koffer, der am Bootshafen liegengeblieben war, gehörte.

Ermatingen, 1930; auf keiner Weinkarte fand man Weine dieses Jahrgangs. Der Rhein hatte Hochwasser geführt, Knecht hatte seine Braut an Land getragen. Sie waren auf dem Arenenberg geblieben, Rosa und er, eine Woche? zehn Tage? Er erinnerte sich nicht mehr. An einem klaren Föhnabend saßen sie draußen am Steintisch unter der Trauerweide, wurden vom an- und abschwellenden Lärm eines festlichen Umzugs überrascht. Sie traten an die Mauer, hatten von dort aus einen freien Ausblick über die Dörfer am Ufer. Weit unter ihnen wand sich, vielgliedrig, eine grüne Seeschlange. In der rasch fallenden Dämmerung leuchteten ihre Schuppen, und der Widerschein der Laternen war noch zu sehen, als sich der Umzug längst in den Rebhängen verloren hatte.

Rosa weigerte sich, mit ihm hinunterzugehen, fürchtete sich vor dem lärmenden Volk. Er ging allein und wußte, daß sie sich vor ihm fürchtete. Erst am andern Morgen kehrte er zurück, immer noch sauber gekleidet; aber ohne Schuhe. Sie schaute ihn an, wie man einen Fremden ansieht, der einem gleichgültig ist.

Marzohl zog den Bogen aus der Maschine, Straub bot Knecht eine Zigarette an; warum, zum Teufel, schwitzte der Mann nicht, wo ihnen, Marzohl und ihm, doch das Hemd am Rücken klebte?

Ob Herr Knecht sich in der Lage fühlte, mit ihnen zum Friedhof hinauszufahren? Es war Vorschrift, daß Herr Knecht seine Frau identifizierte, bevor der amtliche Totenschein ausgefüllt wurde. Es ging gegen vier, bestimmt hatte die Hitze ein wenig nachgelassen. Legte Herr Knecht Wert darauf, daß man ihm das Protokoll vorlas, bevor er es unterzeichnete?

Christoph Hauser hustete. Er war mit seiner Einheit in Einerkolonne vor der Faßmannschaft angetreten. Es gab Käseschnitten und heißen Tee. Neben der Feldküche standen Kontrolloffiziere mit Armbinden und verteilten weiße Vierecktücher.

Soldaten und Offziere nahmen Achtungstellung an, als der Mercedes vorfuhr und anhielt, der Fahrer ausstieg, um den Wagen herumrannte, die Beifahrertür öffnete.

Der Oberst ließ sich beim Aussteigen von ihm helfen und lehnte sich dann, den Hut noch in der Hand, an den Wagen: Sie brauchten ihn nicht zu grüßen, weitermachen, wie war die Tenue-Ordnung?

Unterhalb des Sträßchens blitzten Taschenlampen, der Hauptmann, den Helm auf dem Kopf, tauchte auf, rückte die Kartentasche zurecht und meldete: Die Kompanie lag bei Kilometer zwanzig in Deckung vor Intragna; Mannschaft bei der Verpflegung.

Der Oberst winkte ab: Der Hauptmann sollte ein paar Schritte mit ihm gehen, – und er ging voraus. Der Hauptmann folgte schweigend.

Im vergangenen Jahr war ein Rekrut in die Schlucht gestürzt, deshalb hatte er sich die Sache mit den Vierecktüchern einfallen lassen; wenn der Herr Oberst anders verfügte, ließ er sie wieder einsammeln.

Das Sträßchen teilte sich, am Eingang der Schlucht waren Unterholz und Akazien weggehauen worden. Am Fuße eines Kruzifix lehnte das Schild ACHTUNG WALDBRANDGEFAHR. Auch jetzt, in der Dunkelheit, hoben sich die bewaldeten Hügel dunkel gegen den Himmel ab.

Der Oberst war stehengeblieben, der Hauptmann, sechs Schritte von ihm entfernt, schlug die Hacken zusammen:

Der Herr Oberst war mit ihm nicht zufrieden, das war dem Hauptmann, und nicht nur ihm, sondern auch andern Kompanieführern, zu Ohren gekommen. Er, der Hauptmann, hatte schon lange vorgehabt, deswegen den Herrn Oberst um eine dienstliche Unterredung zu bitten.
Der Oberst dachte an Rom: Man hatte ihm den Posten eines Botschafters angeboten. Er hatte vieles erreicht. Sein Werk, die neue Kaserne von Losone, wurde von vielen ausländischen Delegationen besucht. Rekruten und Offiziere hatten sich bei ihm nicht zu beklagen; aber, das wußte auch der Hauptmann, es waren die täglichen, kleinen Ärgernisse, die ihn verstimmten, müde machten, zermürbten. Die Armee war eine vom Staat getragene Einrichtung. Konnte er da von einem angehenden Kompanieführer nicht eine bessere Einhaltung der Dienstvorschriften verlangen? Hielt es der Hauptmann beispielsweise für richtig, daß sich in seiner Kompanie ein gewisser Leutnant mit den Rekruten gemein machte, um nicht zu sagen verbrüderte, und das nicht nur heimlich nach Dienstschluß, sondern in aller Öffentlichkeit, auch während der Ausbildungsarbeit?
Der Hauptmann, davon durfte er, der Oberst, doch ausgehen, war kein Dummkopf, wußte, daß Ordnung und Disziplin, daß die Grundlagen der Armee gefährdet waren, wenn Nachlässigkeiten solcher Art geduldet wurden. Die Strukturen des hierarchischen Systems waren anfällig. Im Zivilleben war der Klassenkampf so lange überwunden, als sozialistisches Gedankengut in diesem Land keine Chance hatte; vorläufig also nur. Die Armee hingegen, die diesen Sieg ermöglicht hatte und sicherte, kam ohne Klassenkampf nicht aus. Scheinbare Nebensächlichkeiten erinnerten im Dienstbetrieb jeden einzelnen an seine Stellung. Alles war wichtig: die Handschuhe der Offiziere, ihre Uniformen und Kennzeichen, der zeitlich gestaffelte Urlaub, das nach Rang beschränkte Ausgangsgebiet, der Dienstweg, der

Augenblick, in dem ein Leutnant seinen Zug übernahm oder wieder an die Unteroffiziere abgab, und dieses ganze Kunstgebilde blieb nur so lange intakt, als jeder einzelne der Beteiligten auf Beförderung hoffte, sich als ein von der Führungsspitze Auszuwählender in die Hierarchie eingliederte. Helm ab! Rauchen gestattet! Wollte der Hauptmann nicht einmal auch Major werden?
Der Hauptmann salutierte, »Ruhn«, sagte der Oberst.
Er bot dem Hauptmann eine Zigarre an. Sie rauchten. Unter den Bäumen formierte sich die Marschkolonne, Kommandorufe waren zu hören, ein Lachen. Der Hauptmann zuckte zusammen. Der Oberst nickte ihm zu: Das war Leutnant Mabillards Lachen, nicht wahr?
»Zu Befehl«, sagte der Hauptmann.
»Es wird Sie vielleicht interessieren zu hören, daß Ihr Leutnant seine Examen an der Universität nicht bestanden, also auch Schwierigkeiten im zivilen Leben hat«, sagte der Oberst: Und was die Führungsberichte der drei Rekruten, mit denen sich der Leutnant Mabillard herumtrieb, anbelangte, wußte der Hauptmann da Bescheid? Wußte er, daß sie sich regelmäßig in Mabillards Zimmer trafen und dort Musik hörten, amerikanischen Jazz?
Zu Befehl, nein, davon hatte der Hauptmann nichts gehört. Ihm war nur aufgefallen, daß die drei, Knecht, Tripet und Hauser, nicht mitsangen, wenn beim Einrücken in die Kaserne Singbefehl gegeben wurde.
Wieder nickte der Oberst: Eine gute Zigarre mußte ruhig in der Hand gehalten werden, damit sich die Asche zu ihrer vollen Länge auswachsen konnte. Zigarrenrauchen war nichts für nervöse Menschen; schade. Nun, die Kompanie war marschbereit, der Herr Hauptmann konnte verfügen; Laufschritt.
Noch während sich der Hauptmann die Zigarre aus dem Mund wischte, den Helm aufsetzte und salutierte, stellte

sich der Oberst auf den Granitsockel, dicht neben das Kruzifix am Wegrand. Hier würden ihn die Soldaten beim Vorbeimarschieren als Silhouette sehen.
Er befingerte das Telegramm in seiner Tasche, als der erste Zug in Einerkolonne vor der Weggabelung auftauchte und vor dem steil abfallenden Pfad, der in die Schlucht führte, ins Stocken geriet.
Die weißen Vierecktücher leuchteten an den Sturmpakkungen.

Christoph hustete.
Er lockerte das Lederband unterm Kinn, riß sich, ohne das über ihnen aufgespannte Tarnnetz zu berühren, den Helm vom Kopf, rollte sich, so gut es in dem engen Schützenloch ging, zur Seite und zog seine von der Bodennässe aufgeweichten Zigaretten aus der Tasche.
Der Hauptmann, der neben ihm lag, richtete sich auf: Er hatte ein Feuerzeug. Hatten Rekrut Hausers Anfälle wirklich damals angefangen, auf dem Nachtmarsch vor zwei Monaten?
Christoph sog gierig den Rauch ein; nach ein paar Zügen ließ der Hustenreiz nach.
Wie Leutnant Mabillard damals nach fünfzig Kilometern in den Kasernenhof gehinkt kam, fluchend, eine Sturmpakkung auf dem Rücken, eine auf der Brust, erinnerte sich Rekrut Hauser daran? Mabillard, Knecht und Tripet hatten ihn, Hauser, ins Krankenzimmer geschleppt, der Schularzt hatte damals an Tuberkulose gedacht, das gab der Hauptmann heute zu; sogar von Quarantäne war die Rede gewesen.
Wieder beugte sich Christoph über das Feuerzeug, schützte die flackernde Flamme mit der Hand.
Der Hauptmann beobachtete das Gesicht des Rekruten, die angeschwollenen Hände, die unzähligen, schwarzen Pünktchen unter der Haut; Stachelspitzen der Edelkastanien.
Christoph blies die Flamme aus, murmelte einen Dank, drückte sich gegen die Wand des Erdlochs.
Der Hauptmann sprach leise: Man mußte versuchen, das Beste daraus zu machen, immer, in jeder Situation des Lebens. Die manchmal unangenehmen Erinnerungen wan-

delten sich im Laufe der Zeit, er hatte da seine eigenen Erfahrungen; auch nicht eitel Honigschlecken. Und was diese Freundschaft anbelangte: der Oberst hatte ihn schon im August auf Mabillard, Hauser, Knecht und Tripet aufmerksam gemacht. Was war das für Musik, was war Besonderes daran, wie kam es, daß erwachsene Männer stundenlang solche Musik hören mochten? Jazz, hatte man ihm gesagt, er verstand nichts davon.

Hinterher, und das wollte er vor Hauser nicht verheimlichen, hatte er, der Hauptmann, sich auch die Sache mit dem Telegramm noch einmal überlegt: der Oberst mußte das Telegramm für Knecht schon während des Nachtmarsches bei sich getragen haben. Der Oberst hatte es dem Hauptmann durch den Major gleich nach der Rückkehr, noch auf dem Kasernenhof, übergeben lassen; und auch wenn Knecht den Frühzug in Locarno erwischt hatte und rechtzeitig zur Beerdigung seiner Mutter nach Hause gekommen war, – wie er die lange Reise hinter sich gebracht hatte, konnte man sich ja vorstellen, – diese Sache war nicht in Ordnung, mit einem solchen Dienstbetrieb war der Hauptmann nicht einverstanden, das Vorgehen des Obersten deckte er nicht; das durfte Hauser seinem Kameraden Knecht bei Gelegenheit mitteilen, allerdings, darum mußte der Hauptmann bitten, erst nach der Entlassung aus der Rekrutenschule. Er bat darum nicht nur in seinem eigenen, sondern auch in ihrem Interesse.

Das Umteilungsgesuch, das Tripet und Hauser gestellt hatten, würde erst nach ihrer Entlassung behandelt werden können; auf die Führungszeugnisse kam es an, bei jeder dienstlichen Beurteilung. Die Begründung, die sie gegeben hatten, um sich als Sanitäter umschulen zu lassen, war ehrenwert; Gewissensgründe; ehrenwert, wenn auch nicht ganz mit dem Bekenntnis zur bewaffneten Neutralität zu vereinbaren. Er würde ihr Gesuch nach Möglichkeit unterstützen, darauf konnte Hauser sich verlassen. Aber eine Frage hatte er noch, Martin Knecht betreffend: warum hatte Knecht sich ihnen nicht angeschlossen? das Gesuch nicht mit unterschrieben?

»Martin wird nach Amerika gehen«, sagte Christoph.

Das verstand der Hauptmann. Er hatte beobachtet, daß sich die Leute während einer Rekrutenschule veränderten. Manche, die mit einer Bibel antraten, wurden in der Rekrutenschule zu Männern, dachten daran, eine militärische Karriere einzuschlagen; andere wurden nie mit ihrer Angst fertig, wieder andere entschlossen sich, auszubrechen, abzuhauen.

Während er redete, wischte sich der Hauptmann den Schweiß aus den Augen. Er wünschte sich verzweifelt, den Rekruten Hauser zu überzeugen, ohne zu wissen, wovon; so, als bitte er um Nachsicht für ein begangenes, namenloses Unrecht; um Amnestie.

Sie lagen jetzt still nebeneinander und warteten auf das Morgengrauen. Christoph lag so, daß er die Stiche in der Brust kaum spürte. Er drehte sich erst um, als er das Geräusch hörte.

Das Maisfeld, in das sie sich eingegraben hatten, schien auf dem dichten Bodennebel dahinzutreiben, war ein aus Stengeln, Blättern und Kolben gewobener, schwimmender Teppich. In der großen Stille war nur das Geräusch zu hören; der Hauptmann neben ihm knirschte im Schlaf mit den Zähnen.

»Buben, sagt mir nach: Woodrow Wilson!«
Es war die erste Englischstunde. Mit einem Lineal in der Hand stand Lehrer Marfurt vor der Klasse, und wer den Namen Woodrow Wilson nicht so aussprechen konnte, wie Herr Marfurt es für richtig hielt, war vielleicht doch besser fürs Italienisch geeignet.
Das Lineal ging auf und ab, nickend, streichelnd, schlagend und stoßend, es verfolgte fünf kleine Vögel, zwei flogen weg, dann drei weitere, und vor den Herbstferien saß nur noch ein einziger auf seinem Ast.
Der Winter kam, die Rede war nun von einem Augenarzt, das Wort glücklich wurde gesteigert, das Wort trinken war ein starkes Verb.
Herr Marfurt fing an, sich über die amerikanische Aussprache seiner Schüler zu ärgern, wußte nicht, wie sie sich hatte einschleichen können, dachte nicht an die amerikanischen Soldaten, die nach Kriegsende zur Erholung in die Schweiz geschickt worden waren, sich die Stadt und die Schwestern seiner Schüler zeigen ließen, ihnen Kaugummi anboten, Nylonstrümpfe, messingene Abzeichen, Players und Camels. Doch gegen den Kondom, den die G.I.'s Nahkampfpullover nannten, hatte auch die Sehnsucht eine Chance.
Herr Marfurts Lineal legte sich auf Minnesota, Wisconsin, Iowa, Illinois, Arkansas, Tennessee und Louisiana.
Sie folgten ihm mit glänzenden Augen.
Über den Sioux-Falls zogen Wolken dahin. Es begann zu schneien. Der Schnee hielt das brüchige Gestein zusammen, bildete mit ihm eine von stiebenden Eissplittern überzogene, kompakte Masse. Lawinen und Schneebretter gingen nieder, tagsüber wurde der Schnee sulzig, nachts gefror er zu Harsch, und der unablässig blasende Nordwind formte

ihn zu jäh ins Tal brechenden Überhängen, zu Terrassen, die sich unterhalb der Schneegrenze den Bergflanken entlang fortsetzten und als erstarrte Bewegung noch in den Felsschichtungen sichtbar waren. Ihnen entsprangen Quellen und Bäche, die Flüsse Missouri und Dakota, die im Oberlauf die zu Flößen gebündelten Baumstämme trugen, weiter unten die Fabriken von Kansas-City mit Elektrizität versorgten und sich endlich, selbst schon zu Strömen geworden, mit dem Mississippi vereinigten. Das Wasser verleugnete seine Herkunft nicht. Die Geduld, mit der es das Land veränderte, war schrecklich und tröstlich zugleich. Der Strom ließ sich nicht aufhalten. In der Tiefebene überschwemmte er die Baumwollfelder, bildete Mäander um die mit niedrigem Buschwerk bewachsenen Inseln; der Wind, jetzt aus dem Golf von Mexiko, zeichnete ihn mit rasch aufwärts treibenden Wellenkeilen. So wälzte sich der Strom dem Meer entgegen. Über dem angeschwemmten Niemandsland zwischen Baton Rouge und New Orleans hingen Myriaden die Sonne verfinsternde Moskitoschwärme.

Die Geschichte, die die Wanderlager der Landarbeiter am Strom begleitete, begriff Martin Knecht erst später: Gewalt, vom Recht der Redefreiheit eingedämmt, und Gewalt, die sich selbst dieses Recht zunutze zu machen verstand. Strange Fruit, sang Billie Holiday auf dem Reisegrammophon im Mietzimmer des Leutnants René Mabillard, und sie, in Uniform auf dem Boden hockend, sahen vor den geborstenen Säulen eines Herrenhauses ein Maultier grasen, rochen den Duft der Felder und den Geruch des verbrannten Menschenfleisches. Generationen wuchsen heran und starben, gaben sich Namen; die Im-Stich-Gelassene, die Verlorene, die Geschlagene, – und während ihnen immer neue Erfindungen immer mehr Freiheiten, Zeit und Glück verhießen, nahm das Leid immer neue Formen an.

– Aus der Staubwolke löste sich im Osten von St. Louis der Überlandbus, in dem Martin saß. Noch ein paar Meilen, und er würde den Mississippi zum ersten Mal mit eigenen Augen sehen. Er kämpfte gegen den Schlaf. Auf den Fahrspuren links und rechts drängten sich die Wagen, am Straßenrand lag ein brennendes Wrack, dicht daneben saß eine Familie beim Picknick. Als der Bus mit der stehenden, rollenden und wieder stockenden Autokolonne endlich die Brücke überquerte, kniete Martin Knecht im Waschraum und erbrach sich in die Abortschüssel.

Im Bushof wechselten die Passagiere Fahrer und Wagen, die Zeremonie war Martin jetzt schon vertraut; die Hinweise auf die zurückzulegende Strecke nach Kansas-City, die Art des Humors, die Aufforderung, sich gegenseitig kennenzulernen. Der neue Fahrer verkaufte Postkarten, Ansichten von Farmen und von Mädchen im einteiligen Badeanzug. Auf der Rückseite war der Name des Farmbesitzers und dessen mutmaßliches Vermögen vermerkt, bei den Mädchen die Oberweite; für die Adresse des Empfängers und für einen Gruß blieb Platz genug.

ÖFFNE DEIN FENSTER WEIT, WENN ICH VORBEIFAHRE; TUT MIR LEID, DASS ICH DICH NICHT MITNEHMEN KANN – das war, begriff Martin, kein wirklicher Abschied, war mehr als ein Lied voller Trauer, war eine eigene Wirklichkeit.

Martin Knecht nannte diesmal, wie alle andern, seinen Vornamen ohne zu zögern und mit lauter Stimme, und wieder schauten sie sich nach ihm um: War das wirklich ein Vorname für einen Weißen? Das konnte Martin bestätigen, jedenfalls, was Europa anbelangte.

»Muß eine besonders vorsichtige Mutter gewesen sein«, sagte der Mann, der sich auf dem Sitz neben Martin eingerichtet hatte; »nur jedes vierte Baby ist heutzutage noch weiß«, – und er tippte sich an die Brust: Martin sollte sich ruhig an ihn halten, Bernie war der Name. Er kannte Europa, hatte dort nach dem Krieg ein Vermögen mit Ballonseide gemacht, Armeelager aufgekauft und zu anständigen Preisen unter die Leute gebracht, nicht nur Seide, sondern auch künstlichen Süßstoff; für eine Nacht waren sie nun Nachbarn, man hatte Zeit genug, sich kennenzulernen. Er brach unvermittelt ab, schluckte und begann wieder zu kauen.

Sie fuhren der untergehenden Sonne entgegen. Bernie vermied es, Martin anzusehen: Er würde Bier holen, jetzt gleich, Büchsenbier; wollte Martin auch eine Dose haben? – aber er blieb sitzen: Die Staaten waren ein verrücktes Land. Sie waren eine junge Nation, und junge Nationen waren für ihre Ungeduld bekannt. Europäer hatten Mühe, das zu verstehen. Was hatte es ihn, Bernie, gekostet, die Europäer von der Qualität seiner Ballonseide zu überzeugen, und das nach dem Krieg, auf dem Schwarzen Markt. Einmal im Geschäft, war es wieder das grenzenlose Vertrauen seiner Abnehmer, das ihn überrascht hatte. Sie waren tatsächlich anhänglich und sogar treu, brachten bald andere Wünsche vor, deren Erfüllung sie ihm zutrauten. Für einen Europäer war Amerika das Land der unbegrenzten Möglichkeiten. Für einen Amerikaner war Amerika das Land, das die Menschen nach ihren Möglichkeiten einschätzte. Bernie hatte einen Mann gekannt, der dadurch berühmt wurde, daß er in nur zweiundvierzig Minuten zweihundertzehn lebende Goldfische verschluckte; ein kostenloses Fischessen war der Siegerpreis. Wo er da den Nutzen sehe, mochte Martin ihn fragen; nun, der Nutzen bestand darin, daß dieser Mann durch seine Tat Weltmeister im Fischschlucken geworden war. Bernie wollte Martin nicht nahetreten; aber, Hand aufs Herz, gab es da, wo Martin geboren worden und aufgewachsen war, auch nur einen einzigen Weltmeister? Amerika war voll davon, in jeder größeren Stadt saß einer von ihnen: »Das ist Poesie, Mann!« sagte

Bernie, stand nun doch auf, drängte sich in den Mittelgang: Wenn Martin kein Bier mochte, konnte er ihm eine Cola holen, Cola hatten sie drüben in Europa nach dem Krieg auch kennengelernt, war es nicht so?
Draußen war es dunkel geworden. Die Passagiere, die nicht vor sich hindösten, hatten ihre Leselampe so eingerichtet, daß ihre Gesichter im Schatten lagen.
Bernie kam mit den Getränken zurück, reichte Martin den Colabecher, öffnete seine Bierbüchse: Vielleicht hatte Martin Lust auf eine Zigarette? Im Bus durfte allerdings nicht geraucht werden; einen Kaugummi konnte Bernie ihm jederzeit anbieten, – und er stand noch einmal auf, holte seinen Regenmantel aus dem Gepäcknetz, legte ihn sich über die Knie: Martin mußte es ihm sagen, wenn er zu rasch sprach, sollte ihn, wenn so, nur darum bitten, etwas langsamer zu sprechen. Wie sprach man bei Martin zu Hause? Welche Sprache? Was hatte Martin zurückgelassen? Eltern? eine Geliebte? In Frankreich hatte Bernie gewisse Magazine zu sehen bekommen, superscharfe Sachen. Hier, in den Staaten, war der Verkauf solcher Magazine verboten, aber verkauft wurden sie dennoch, in Massen.
In der spiegelnden Fensterscheibe beobachtete Martin Knecht, wie Bernie tiefer ins Polster sank, wie seine Hand unter den Mantel glitt und sich, immer rascher, auf und ab bewegte. Plötzlich packte er Martins Arm, und gleich darauf ergoß sich Bernies Samen über Martins Hand. Bernie hatte die Augen geschlossen, sein Mund stand offen.
Im Zuchthaus Stadelegg hatten sie gestöhnt, wenn sie ihn vergewaltigten. Zwei Männer hatten ihn festgehalten, der dritte stand Wache, der vierte nahm ihn. Manchmal zerrten sie ihn in einen der Ställe, nahmen ihn, halb stehend, halb liegend, in den von der Erntemaschine gebundenen Heuballen. Einmal hatten sie ihm den Mund mit dem zum Trocknen ausgelegten Mutterkorn gestopft, denn am Anfang

hatte er geschrien. Nur wenn man sich entspannte, hatte man nachher nicht diese unerträglichen Schmerzen. Nachdem er gelernt hatte nachzugeben, wurden seine Wicklungen in der elektromechanischen Werkstätte nicht mehr aufgeschnitten. Er konnte sich darauf verlassen, daß nun keine Kurzschlüsse mehr vorkamen und daß in den Heften seines Onken-Fernkurses keine Seiten mehr fehlten.

Martin zog seine Hand unter Bernies Mantel hervor, stand auf, drängte sich an Bernie vorbei, ging ins Heck des Wagens zum Waschraum.

Als er zurückkam, versuchte er, Bernie, der zu schlafen schien, nicht aufzuwecken; aber dieser hatte auf Martins Rückkehr gewartet, fing an zu schreien: Hatte man so etwas schon gesehen? Da benützte man als unbescholtener Bürger der Vereinigten Staaten einen Überlandbus, und schon machte sich so ein dreckiger Schwuler an einen heran! Bernie bückte sich nach seinem Mantel: Das kostete die Greyhound-Gesellschaft eine Stange Geld, dafür würde er sorgen!

Grinsend kam der Beifahrer nach hinten: So schlimm konnte es doch wohl nicht sein. Konnte man nicht einfach den Platz wechseln, und erledigt war die Sache? Der Junge da fand sich noch nicht zurecht, das sah ein Blinder. Wie war schon der Name? Friedlich war Martin bestimmt; oder war er vielleicht nicht friedlich?

Ja, er hatte schlecht geträumt, hatte den Herrn wohl gestoßen, unabsichtlich; es tat ihm leid.

Der Beifahrer bot Bernie den eigenen Sitz neben dem Fahrer an, brachte ihn dazu, das Angebot anzunehmen, brachte ihn nach vorn, half ihm, sich einzurichten, kehrte, als Bernie sich beruhigt hatte, zurück und setzte sich neben Martin. Er entspannte sich fast augenblicklich, sein Blick wurde leer, seine braunen Hände mit den bläulichen Monden unter den Fingernägeln öffneten sich.

Martin konnte nicht einschlafen.
Lange bevor der Bus Jefferson erreichte, waren die Lichter der Stadt zu sehen, ein Lichthelm, im Zentrum strahlend; verschwimmend und in mattes Dunkel ausfransend an den Rändern.
Als der Bus im Hof einfuhr, blieb der Beifahrer neben Martin sitzen, bis die andern Passagiere ausgestiegen waren und vor dem Gepäckrundlauf auf ihre Koffer warteten.
Martin sah sich um. Die Nordseite des Parkplatzes wurde von einem Turm abgeschlossen, Rapunzel beugte sich zum Fenster hinaus und ließ ihr Haar hinunter. Sekunden später zerfiel das Bild, der Turm wurde zum Schloß, knisternd wuchs die Rosenhecke daran empor, Dornröschen öffnete die Augen, hob die rechte Hand und sagte mit Lautsprecherstimme: »Good Evening, ladies and gentlemen, Welcome to Jefferson!«
Der Beifahrer stieß Martin an, nickte, stand auf. Während das Schloß sich wieder in den Rapunzelturm verwandelte, stieg Martin Knecht aus.
Niedrige Bäume säumten den Fußgängerweg. In den Kunststoffzweigen zwitscherten Vogelattrappen. Martin nahm das Ansetzen der Triller wahr und ihr jähes Abbrechen; in seinem Rücken spürte er den wachsamen Blick des Negers.

FRÜHLING

Martin war von zu Hause weggegangen als einer, der sich in der Fremde seßhaft machen will. Er hatte seinen Freunden Paß, Visum, Arbeits- und Impfausweise gezeigt und ein Empfehlungsschreiben, das Leutnant Mabillard für ihn verfaßt hatte. Er war als einer, der auswandert, weggegangen, und nun stand er auf dem Rummelplatz von Omaha, mehr überwacht als begleitet von einem Beifahrer der Greyhound-Gesellschaft, als Tourist inmitten anderer Touristen.

Seßhaftigkeit, was für eine seltsame Sache!

Konnte sie überhaupt für Menschen gelten?

Coca-Cola, zum Beispiel, hatte sich in der Welt seßhaft gemacht, – und Martin dachte an die Geschichte dieser Eroberung, wie sie ihm Mabillard erzählt und wie er, Martin, sie weitererzählt hatte: Coca-Cola hatte die Welt erobert, nicht weil es ein besonders gutes Getränk war, Rausch oder Vergessen versprach, sondern weil es kalt getrunken werden mußte, weil es Kühlschrank bedeutete, Lichtreklame, Nachtleben, Fortschritt, Wohlstand, Elektrizität.

Das war eine Geschichte, erfunden in einem Werbebüro, begleitet von Tabletts, Lampenschirmen, von einer Flaschenform, von einem Namenszug.

Und auch mit dieser Geschichte war es so, daß der, der sie erzählte, den Widerstand eines Zuhörers überwinden mußte, bevor jener ihm zu glauben anfing, ihm die Geschichte abnahm, sie vielleicht seinerseits an den Mann zu bringen versuchte, so daß sie schließlich selbst etwas von jener Seßhaftigkeit annahm, die sie darstellte. Nicht das Getränk, nein, seine Stellvertreter und Begleiter hatten Coca-Cola seßhaft gemacht; seine Geschichte.

Und Martin, wie fing er es an?

Wie hatte es sein Zellennachbar angefangen, der sich, nach sechs Jahren Verwahrung auf freien Fuß gesetzt, weigerte, das Zuchthaus zu verlassen und einem Journalisten (der gekommen war, um für seine Zeitung über diesen Fall von Heimatersatz, wie er es nannte, zu berichten) mitteilen ließ, die Sache sei ganz einfach, er könne nicht mehr auf den Morgenspaziergang zwischen neun und zehn Uhr verzichten, – und wenn dem Reporter das Wort Morgenspaziergang zu freiheitlich töne, könne er es durch das im Zuchthaus übliche Wort Hofgang ersetzen?

Martin nannte sich laut Dummkopf, kniff sich in den Arm, befahl sich, sofort mit dieser Abschweiferei aufzuhören, drängte sich zu einer Würstchenbude.

Der Koch knallte eine Büchse Bier vor ihn hin: Wollte der Sportsfreund vielleicht auch etwas essen?

Martin war verlegen, sagte »eeh«, während er sich in den Preisen auf der ausgehängten Karte zurechtzufinden suchte, und der Koch? Kellner? tippte sich mit dem Finger aufs Auge: Eeh gab's hier nicht, Sportsfreund, Eeh wurde schon lange nicht mehr geführt, wurde zu wenig verlangt; aber wie wär's mit einem Hot dog?

Martin nickte, bezahlte, lachte in seinen Hot dog hinein.

Im Lautsprecher an der nächsten Straßenecke erklärte Oscar Peterson singend und klavierspielend seinen Zuhörern, er sei traurig und auch so etwas wie ein Poet und brauche zwei Drinks, einen für sich selbst und einen für die Straße.

Ein mit Federn geschmückter Jongleur trat auf.

Mädchen in Stiefeln boten Kratzhändchen, Gummilarven, schwarze Kästchen, indianische Reifen, Spangen und Stirnbänder zum Kauf an.

Martin verstand nicht, warum ihn alles, was er bisher in diesem Land gesehen hatte, an schon früher einmal Gesehenes erinnerte.

Wer hatte ihm nicht von Amerika erzählt, Geschichten aus erster, zweiter und dritter Hand? Wer hatte sich nicht bemüht, als Amerika-Kenner zu gelten, im Militärdienst und zu Hause, im Wirtshaus Schönegg?

Er ließ sich von der Menge schieben und stoßen, spürte die stoßenden, schiebenden Körper am eigenen Körper, sog ihren Geruch ein, lauschte den hohen, tiefen, dunklen, verhaltenen, grellen, lauten und leisen Stimmen, hörte etwas heraus aus allen, etwas Angespanntes, Atemloses, Metallisches, etwas, das sich unfreiwillig preisgab; das Gegenteil jenes mit großer Anstrengung aufrechterhaltenen und bei jeder Gelegenheit dargestellten Entspanntseins.

Jetzt, auf einmal, konnte er es benennen, wenn auch immer noch ungenau, konnte es an seinen eigenen Erinnerungen festmachen: sie hatten es im Brandmoos und im Zuchthaus nicht Hysterie genannt, sondern Schützengrabengefühl; Panik auch, aber nur im Zusammenhang mit dem Wort säen, als Aufforderung: keine Panik säen.

Du wartest auf deine Pillen, du gehst durch einen Korridor, du sitzt an der Arbeit, und plötzlich springt es dich an, überwältigt es dich, das Gefühl, nein, der Zwang, dich hinwerfen zu müssen – (damals, als sie ihn nach seiner Flucht aus dem Brandmoos im Bahnhofbuffet Biel wieder einfingen und er versuchte, unter einem Tisch zwischen den Beinen der Gäste zu versinken, aber sofort zogen sie den Tisch weg, und da kauerte er, ihrem Zugriff preisgegeben, in einer Landschaft aus Haß und kaum unterdrückter Gewalttätigkeit) – die Angst hatte Martin eingeholt.

Nicht nur Zuchthäuser führten schwarze Listen, Staaten taten es auch, schwarze Listen waren international; vielleicht war er bereits registriert, diesmal nicht auf einer Fahndungsliste, aber in einer Rechenanlage, registriert ohne sein Wissen, ohne die Möglichkeit, sich wehren, Ergänzung, Löschung, Streichung, Korrektur beantragen zu

können, und auch hier blieb es seine eigene Sache, die Angelegenheit, das Schicksal, das Pech eines einzelnen.
Martin blieb stehen. Der Beifahrer, der dicht hinter ihm gegangen war, stieß ihn an, packte ihn am Arm: Er war durstig, wollte in der Bar drüben etwas trinken, kannte den Betrieb dort, – und als er spürte, wie Martin zurückzuckte, verstärkte er seinen Griff, bis Martin endlich, fast froh über den Schmerz, nicken und »bitte lassen Sie mich los« sagen konnte.
Sie betraten die Bar, der Barmann stellte, ohne sie nach ihrem Wunsch zu fragen, zwei Bierdosen und zwei Gläser auf den Tresen.
»Ist dir doch recht, das Bier?« fragte der Beifahrer, »oder müßte es etwas sein für bessere Herren, ein kalifornischer Rotwein vielleicht?« – und erst als Martin das Bier gelobt hatte, hörte er auf, ihn zu fixieren, entspannte sich, wandte sich dem Barmann zu: Wie ging's dem Jungen? Hatte er sich von seinem Beinbruch erholt?
»Aber ja«, sagte der andere, »du weißt, wie das ist, Charlie, die Jungen sind unvorsichtig; es war eine Verstauchung, hätte aber ebensogut ein Beinbruch sein können. Verstauchungen sind manchmal noch unangenehmer, sagt der Doktor.«
»Von wegen unvorsichtig«, sagte der Beifahrer, »in New York sind die Jungen unvorsichtiger; dort spielen sie mit Messern, nicht mit Bällen.«
»Mannomann«, sagte der Barmann.
Martin schaute hinaus.
Ein Stück des Himmels spiegelte sich in der Fensterscheibe am Haus gegenüber; ein blaues Auto glitt vorbei; ein Mann und eine Frau tauchten unter der Tür auf und überquerten die Straße. Auf der Schwelle drehte sich die Frau um, nahm dem Mann mit einer raschen Handbewegung die Tasche, die dieser getragen hatte, weg, betrat die Bar, während er

mit einem seltsamen, kleinen Erschrecken stehengeblieben war, – einem Erschrecken, das die Welt aus den Angeln hätte heben können.

Überall war das seltsam Vertraute, das Erwartete. Die Heimat: das war man selbst. Die verkümmerte Freiheit: das war man selbst. Man war auf sich selbst zurückgeworfen, auf die eigenen Deutungen, auf das eigene Gedächtnis.

»Wenn er nicht aufpaßt, wird sein Bier kalt«, hörte er den Barmann sagen, und hastig griff er nach seinem Bier.

Ja, das hatte der Barmann doch gleich gesehen, daß Martin kein Biertrinker war! Bier trank man breit, mit Bier spülte man sich den Mund, hierzulande jedenfalls, – und während Martin begriff, daß sie von ihm geredet hatten, nahm der Barmann Martins Dose, trank sie aus, warf sie in eine Kiste unter dem Tresen.

»Bring ihm eine Coke«, sagte der Beifahrer.

Der Barmann kam mit Bier, Coke und einem Buch zurück: Diese Runde ging auf Kosten des Hauses, wenn Martin so freundlich sein wollte, seinen Namen ins Gästebuch zu schreiben, und nicht nur den Namen, sondern auch das Land, Schweiz. Gab es tatsächlich irgendwo auf der Welt ein Land, das so hieß, oder hielten sie ihn bloß zum Narren, Charlie und er?

»Nestlé«, sagte Martin, und sofort schaute Charlie auf, mißtrauisch: Ihm hatte Martin doch ganz andere Namen genannt; Omega, Bulova, hatte ihm, zum Beweis, seine Uhr gezeigt, made in Switzerland!

Der Barmann schlug sich mit der flachen Hand an die Stirn: Wenn das die Schweiz war! – und er nahm das Gästebuch an sich, buchstabierte Martins Namen, reichte es wieder zurück; das Wappen fehlte, das Schweizer Wappen.

Martin zeichnete mit dem Tintenstift ein Viereck, setzte das Kreuz hinein, schraffierte das Feld blau, zeichnete zwei Pfeile, den einen zum Feld, den andern zum Kreuz, und

schrieb das Wort rot und das Wort weiß dazu, klappte das Buch zu, schob es über den Tresen; zum ersten Mal fühlte er sich wirklich in der Fremde.
Sie hatten ihm über die Schulter geschaut. Der Barmann nahm das Buch, schloß es weg, kam zurück, beugte sich vor: Und, wie war's dort, in der Schweiz, mit Mädchen? Waren sie hübsch, waren sie spröde?
Martin spürte, sie waren jetzt bereit, ihn ins Vertrauen zu ziehen, und er wurde bleich, griff sich an den Hals.
Was hieß Volkszählung auf englisch? was Vorhautverengung? Was hieß Schneiderin? Wie sollte er den beiden die Wut seines Vaters erklären, als alles, was denn? ausgekommen war, da er es nicht einmal seinem Vater hatte erklären können und seine Mutter ihn stumm angefleht hatte, nicht zu reden, nicht auszusprechen, wie es zugegangen war, nicht einmal den Anfang, nicht einmal die einfache Tatsache, daß eine Schneiderin mit dem Ausfüllen eines Fragebogens nicht zurechtgekommen war? Sein Schweigen brachte die Mutter auf seine Seite; aber da war es wohl um mehr gegangen, der Vater war nicht mehr bereit, es als seine eigene Schuld hinzunehmen, und zwei Wochen später wurde Martin, von ihm, von seinem eigenen Vater, als nichterziehbar angemeldet, in die Jugenderziehungsanstalt Brandmoos eingeliefert.
Vorhautverengung, lateinisch Phimose; operierbar. Die ganze Zeit mußte es seine Mutter gewußt haben – (wie sie auf dem Teppich lagen, sich streichelten; ihre Stimme: Ich möchte dir etwas zuliebe tun! und über ihnen die mit Stecknadeln gespickte Schneiderpuppe) –
»Ich kann mich nicht ausdrücken«, sagte Martin, verschluckte sich, hustete, wiederholte den Satz. Wieso bekam er kalte Hände, wenn er reden sollte; woher kam der Schweiß auf seiner Stirn, die Blutleere in seinem Kopf, das Sausen in den Ohren? Wie dumm waren seine Vergleiche,

wie blöd lag ihm die Zunge im Maul, wie unerträglich war es ihm, sich reden zu hören.
Und der Barmann: Wenn man ihn fragte, er verstand es nicht, daß es auf der Welt Leute gab, die nicht englisch sprechen konnten.
»Sex«, sagte der Beifahrer, schielte auf Martins Uhr, holte einen Schein aus der Tasche: Vielleicht war Martin eben doch einer vom andern Ufer, konnte nichts anfangen mit dem kleinen Mannimboot; auf jeden Fall war er nicht lustig, hatte keinen Humor, nicht für einen Cent Humor, – und er strich das Herausgeld ein, stand schon auf den Füßen, stand unter der Tür: Er kam gleich wieder zurück, mußte nur den Jungen, Martin, auf den richtigen Dampfer setzen, nach Denver, Mike Bescheid sagen, – und er fing an zu lachen: Auf den richtigen Dampfer! war das nicht hübsch gesagt?

Charlie Parker, Relaxing at Camarillo: Martin Knecht hatte ihnen auch diese Platte aus San Francisco geschickt, hatte die neuste Nummer des Down-Beat beigelegt.
Ob Camarillo der Name der Klinik war oder der Name der Ortschaft, in der die Klinik lag?
Relaxing: an die Melodie konnte Christoph sich jetzt nicht erinnern; Camarillo mußte einsam gelegen sein, an einem Abhang, inmitten alter Bäume, die nicht wie hier Kiefern waren; Zedern vielleicht?
In Camarillo war der Sommer nicht zu heiß, Hunde lagen auf der Straße, es gab schwere, irgendwie goldene Sonnenuntergänge; zuviel Natur für Charlie Parker, Alto- und Tenorsaxophon. Duzverhältnisse unter Buschauffeuren waren selten. Dem Bus, der, nach Fahrplan, zweimal täglich vor dem Drugstore hielt, entstiegen Kurgäste und Angehörige, Polizisten und Assistenzärzte. Parker war nicht in Camarillo gestorben.
Christoph hatte seine Uniformbluse ausgezogen, saß im Hemd am Tisch. Die Kerzen knisterten, bogen sich, weil er sie zu nah aneinandergerückt hatte, billige, rasch schmelzende Stearinkerzen aus der Spitalkapelle. Sie leisteten hier ihren ersten Sanitätsdienst, Peter und er. Was würde Peter zu den Kerzen sagen?
In einem amerikanischen Film hatten sie Schauspieler gesehen, die Fixer spielten. Er konnte sich Charlie Parker nicht als Heroinsüchtigen vorstellen. Er hatte Fotos von ihm gesehen: Parker, inmitten anderer Musiker, auf einem zu niedrigen Stühlchen sitzend, vornübergebeugt, ein massiger Mann, das zerknautschte Taschentuch zwischen den Händen.
Nachdem Parker aus Camarillo entlassen worden war, ging

er nach New York zurück; eine andere Suchtkrankheit. Geheilt sind sie nie, hatte Christoph gelesen; man muß von nüchternen Unheilbaren sprechen, Sanitätssoldat Hauser. Wenn man einen gesehen hat, erkennt man sie alle. Dich und mich auch?

Plötzlich stand Peter im Zimmer. Christoph hatte ihn nicht kommen gehört. Peter war stolz auf seinen Pantherschritt.

Und Peter: Warum war das Fenster offen, bei dieser Kälte? War Christoph wahnsinnig geworden? Und Kerzen im Militärdienst, verdammt nochmal; warum Kerzen?

»Charlie Parker ist gestorben«, sagte Christoph, »ich habe es am Radio gehört.«

Peter schloß hastig das Fenster.

»Und ich bin krank«, sagte er.

Er setzte sich an den Tisch, nahm sechs Fläschchen und einen Stoffbeutel aus der Blusentasche: Konnte Christoph sich vorstellen, was der Herr Chefarzt und Major zu ihm gesagt hatte?

Ein Sanitätssoldat und gelernter Drogist, der imstande ist, sich einen Tripper zu holen, sollte auch in der Lage sein, sich seine Spritzen selbst zu machen, hatte er gesagt. Sechs Spritzen, jeden zweiten Tag eine; Penicillin; kühl aufzubewahren, – und Peter nahm eins der Fläschchen in die Hand, riß die Metallkappe weg. Ein roter Gummiverschluß kam zum Vorschein. Was glaubte Christoph, wie hatte man noch im Krieg Soldaten gegen Tripper behandelt? Der Major hatte es ihm in allen Einzelheiten erklärt. Tripperkranke waren in eine geschlossene Abteilung des Militärkrankenhauses verlegt worden. Dort wurden sie mit Malaria infiziert. Das Fieber sollte sie heilen. Die Ärzte hatten sogar einen Namen für die Anfälle der Kranken erfunden; Rumba tanzen, hatten sie den Schüttelfrost genannt. War das nicht hübsch?

»Charlie Parker ist gestorben«, sagte Christoph; »Charlie, the Bird.«
Peter nickte.
»Mit fünfunddreißig Jahren«, sagte Christoph.
Und Peter: Deswegen brauchte er keine Kerzen anzuzünden. Sie hatten immer noch Parkers Musik. Man mußte doch nicht nur wissen, was war, sondern auch, was sein konnte. Und würde Sanitätssoldat Hauser nun die Güte haben, ihm die erste Spritze zu machen, ja oder nein?
Sie löschten die Kerzen aus, zogen ihre Spitaljacken an. Christoph verstaute den Beutel mit der Spritze und das Penicillin in der Tasche: Hatte Peter den Schlüssel zum Labor geholt?
Peter, schon unter der Tür, sagte: »Erst fünfunddreißig und schon ein ganzes Leben. An Parker kommt keiner mehr vorbei; keiner.«
Christoph wischte sich mit dem Ärmel übers Gesicht.
»Entschuldige«, sagte Peter.
Sie verließen das Angestelltenhaus, bogen in den Fußgängerweg ein, auf dem tagsüber die Rekonvaleszenten spazierten.
Die Kiefern standen als dunkle Silhouetten vor dem Nachthimmel. Über der Stadt lag ein Lichthelm. Tagsüber war die Luft klar, nachts bildete sich, jetzt im März, immer noch Dunst. Bahnhof und Gleisanlagen waren zwischen den vorüberhuschenden Scheinwerferbündeln dunkle Inseln. Am See ordneten sich Lichter und Reflexe zu symmetrischen Figuren.
Eine Weile blieben Peter und Christoph auf der Aussichtsterrasse zwischen den langen, auch in der Nacht noch grünen Bänken stehen.
»Es ist alles eine Legende«, sagte Peter, »daß Parker kurz vor dem Tod nur in Taxis geschlafen, gegessen, gelebt haben

soll; und diese Sache vom Glück, etwas Neues zu machen.«
»Woher willst du das wissen?« fragte Christoph.
»Ich kann mir auch etwas vorstellen«, sagte Peter.
Sie gingen durch die Schwingtür zum Eingang für Ambulanzen, betraten den Personenaufzug.
Der Korridor in der vierten Etage, Abteilung Männer, Chirurgie, war in blaues Licht gehüllt. Vor den Türen der Privatzimmer standen Blumentöpfe und Vasen: Azaleen, Anemonen, Tulpen.
Mußte es eine Vene in der Armbeuge sein oder genügte eine der Venen auf dem Handrücken?
Die Nachtschwester war nirgends zu sehen; aber in der Teeküche saß eine junge Frau hinter ihrem Kreuzworträtsel.
Sie begrüßten sich, Peter legte ihr den Arm um den Hals, Christoph sah zu Boden. Am liebsten hätte er sein Gesicht in ihrem Haar vergraben; Haar, das sich in sein Gesicht geschmiegt hätte und magnetisch geworden wäre, knisternd und leuchtend.
Er zog den Beutel aus der Tasche.
»Wir haben vergessen, eine Spritze auszukochen, für ihn«, sagte er und zeigte auf Peter.
Sie stellte keine Fragen, bot ihnen Tee an, Lindenblütentee, den Christoph nicht ausstehen konnte. Er blieb sitzen, bat um eine zweite Tasse, während Peter die Fläschchen im Kühlschrank verstaute.
Erst jetzt nannte sie ihren Namen: Sie hieß Anna, Anna Satori.
Und wie kam es, daß er, Christoph, sie in den ganzen zwei Wochen nie gesehen hatte?
Das war so, weil sie hier, auf der Männerabteilung, nur die Nachtschwester vertrat.
»Als Krankenpflegerin?« fragte Christoph.

Sie schüttelte den Kopf: Sie war Laborantin, nicht Pflegerin, – und sie stand auf, nahm Peter die Spritze aus der Hand.
Sie sahen ihr zu, wie sie die Spritze zerlegte und die einzelnen Teile in Gaze wickelte.
»Wie du das machst«, sagte Peter, »man darf doch du zu dir sagen?«
»Soll ich Wasser aufsetzen?« fragte Christoph.
Sie sah ihn an: Er hatte schönes Haar. Sagten ihm das nicht alle andern Mädchen auch?
An diesem ersten Abend ging sie nicht mit ins Labor.

Die Kellnerin Beatrice saß in der Gaststube. Vor ihr lag das Buch, das sie von einem durchreisenden Vertreter geschenkt bekommen hatte, Knaurs Lexikon, DAS WISSEN UNSERER ZEIT VON A-Z.

Als sie aufsah, trommelte der Regen noch heftiger gegen die Scheiben. Die Kronen der Kastanienbäume wogten vor den Fenstern auf und ab. Eine Schar Spatzen rettete sich im Tiefflug in die Thujahecke, die die Gartenwirtschaft gegen den Schlachthof abschirmte. Und Beatrice: War es in der Schönegg üblich, die Vorfenster auch im Sommer nicht wegzunehmen?

Sie bekam keine Antwort, wandte sich wieder dem Buch zu, redete jetzt so laut, daß der Wirt nicht mehr so tun konnte, als höre er sie nicht: Knaurs Lexikon war eben in einer Neubearbeitung erschienen: Vorwort; Geschichte nach Alphabet und zeitlichen Abläufen geordnet. Dreiundvierzigtausend Stichwörter. Wußte Herr Knecht, was das war: ein weißblühendes, immergrünes Kameliengewächs, in Buschform gezogen, wahrscheinlich ostasiatischer Herkunft? Die jüngsten, glänzenden Blätter, grün, schnell getrocknet, schwarz, langsam getrocknet; anregende Wirkung; heute in ansprechenden Einportionenbeuteln besonders beliebt. So, stellte sie sich vor, saßen die Gelehrten hinter ihrem Tee-natur und sammelten Stichwörter zur Zeitgeschichte.

»Maul halten«, sagte der Wirt.

Er stand auf der Bockleiter, preßte mit der linken Hand den Daumen der rechten, spuckte Nägel aus: »Verflucht und zugenäht, den Hammer, Rosa!«

Beatrice schlüpfte in die Sandaletten, hob den Hammer auf, reichte ihn Knecht.

Fast gleichzeitig wurde die Tür aufgerissen. Sie sprang den beiden jungen Männern aus der Hand und knallte gegen den Pfosten. Peter drückte sie ins Schloß, die Vorhänge bauschten sich im Luftzug und sanken zurück.
Und Peter: Sie kamen vom Bahnhof, und trotz des Regens war der Zug pünktlich weggefahren. Nur Herrn Knechts Schönwetterprogramm war wohl im Eimer; das Gewitter schien sich zu einem Landregen auszuwachsen, – und Peter hob den Karton, der immer noch schief hing, an einer Ecke hoch: Ging's jetzt? – und Beatrice und Christoph traten zurück: »Noch einen Zentimeter höher, rechts«, sagte Christoph.
Der Wirt zog einen Papierstreifen aus der Tasche, klemmte ihn hinter den Karton, HEUTE TANZ, FREINACHT, schlug einen Nagel ein: Regen hin, Regen her; in den vergangenen fünf Jahren hatte sich alles eingespielt; das Fest fand statt; zwar nicht im Garten, aber hier, in der Gaststube, so gut es eben ging.
»Schade, daß Martin nicht dabeisein kann«, sagte Christoph.
Von Martin hatte der Wirt nichts mehr gehört, Martin war unterwegs zu diesen Leuten nach Baltimore.
Christoph lachte: In Amerika wurden auch Feste gefeiert! Er kannte Amerika aus Filmen, er konnte sich Martin vorstellen, wie er eben jetzt auf das Haus zuging, seinen Koffer auf dem geteerten Vorplatz abstellte. Auf der hölzernen Veranda, das Gesicht unter einem Hut verborgen, saß ein Mann. Die Kufen seines Schaukelstuhls hatten zwei Dielenbretter blank poliert. Der Mann trug keine Schuhe, seine Füße lagen in der Abendsonne, nein, nicht Abendsonne, in Baltimore war es elf Uhr vormittags.
»Du spinnst!« sagte Beatrice.
Christoph setzte sich neben Peter an den runden Tisch: Es war ein heißer Tag in Baltimore, und für Martin ging es jetzt

darum, die plötzliche Hitze zu ertragen, diese Ankunft nach der langen Fahrt im Überlandbus nicht zu vergleichen mit den Vorstellungen, die er sich von ihr gemacht hatte.
»So ist er immer mit ihm«, sagte Peter, »er kann nichts dafür, es ist seine Phantasie.«
Der Wirt war von der Leiter heruntergestiegen: Das hatte Christoph doch nicht erfunden, das hatte er aus einem Brief! Martin hatte ihm einen Brief geschrieben, war es nicht so? Martin schrieb lieber seinen Freunden als ihm, seinem Vater; Briefe, Ansichtskarten, Lebenszeichen.
Christoph entschuldigte sich: Er hatte Herrn Knecht nicht kränken wollen, hatte sich das alles wirklich nur so vorgestellt.
Sie schwiegen, duckten sich, bis Beatrice mit einer Bananenschachtel aus der Küche zurückkam. Der Wirt ließ den Hammer auf den Tisch fallen, als habe er nicht mehr die Kraft, ihn auch nur eine Sekunde länger in der Hand zu halten: Er ertrug es nicht! Das Gewitter, den Wetterumsturz, die Spannung vor seinem Fest; all das!
Peter trat Christoph unterm Tisch ans Schienbein: Deshalb waren sie gekommen. Sie hatten auch im Jahr zuvor bei der Vorbereitung geholfen, Girlanden aufgehängt und so weiter. Girlanden waren haltbarer als Luftschlangen, die man nur einmal verwenden konnte, – und aus dem Augenwinkel beobachtete er, wie Beatrice zur Theke ging, eine Flasche und zwei Gläser vom Bord holte.
Knecht setzte sich, ein schwerer Mann: Wenn Rosa nichts dagegen hatte, ihm sollte es recht sein. Die Kellnerin vom letzten Jahr hatte sich gerne helfen lassen.
»Sie schwitzen ja, Herr Knecht«, sagte Beatrice, »sogar Ihr Haar ist schweißnaß«, – und sie stellte das Tablett ab, ging hinter die Theke, holte ein drittes Glas, füllte die Gläser randvoll: Was war da gewesen, am Bahnhof? Das wollte sie

doch gerne wissen. Was hatten sie dort zu suchen gehabt, bei diesem Wetter, Christoph und Peter?
»Abschiedswetter», sagte Peter: Christoph hatte sich von seiner Freundin getrennt. Anna war ein Jahr in England gewesen, sogar er, Peter, hatte sie kaum mehr wiedererkannt. Ohne Vergleiche kam man nun einmal nicht aus. Aber Christoph durfte sich nicht wieder aufregen; von Heirat war nie die Rede gewesen.
»Wie war ihr Name?« fragte Beatrice.
»Anna«, sagte Christoph, beugte sich über sein Glas, trank einen Schluck.
»Die dritte!« sagte Peter. »Die erste war Kindergärtnerin, die zweite Lehrerin, Anna war Laborantin. Sie wohnt mit ihrer Mutter bei den Großeltern in Basel; Prost!«
Diesmal hob auch Christoph sein Glas: Zum Teufel, sie hatten sich auseinandergelebt in dem einen Jahr. Wem sollte man einen Vorwurf machen? Sie hatten geglaubt, da anknüpfen zu können, wo sie aufgehört hatten. Das hatten sie sich in allen Briefen bestätigt.
Der Wirt stand auf, trank sein Glas im Stehen aus.
»Und wie stellt man das fest«, fragte Beatrice, »das Auseinanderleben?«
Christoph gab keine Antwort.
Sie hatten versucht, darüber hinwegzukommen. Er hatte Anna um halb eins am Bahnhof abgeholt, hatte sie zu sich nach Hause mitgenommen. Nach Stunden hatte er auf die Uhr geschaut, es war noch nicht einmal zwei. Sie hatten wie gelähmt am Tisch vor den Fotos gesessen, die Anna aus London mitgebracht hatte.
»Bring mir noch einen Kräuter, Rosa«, sagte der Wirt.
»Auf die Leiter?» fragte Beatrice.
»Wohin denn sonst?« fragte Knecht.
Sie füllte das Glas, brachte es hinüber, ging zur Theke zurück und holte die Bananenschachtel.

Peter half ihr, die einzeln zusammengefalteten Girlanden auseinanderzuziehen und mit Klebeband an den brüchig gewordenen Faltstellen zu verstärken.
Christoph sah dem Wirt zu.
Seit dem Tode seiner Frau trank der Wirt noch mehr. Niemand hatte den Mut, es ihm zu sagen. Was sollte man auch sagen?
Sie trinken zuviel; das ist nicht gut fürs Gedächtnis; Sie trinken gegen Ihr Gedächtnis, mit Methode. Leerlaufenlassen als Gegenzug fürs Vollaufenlassen: nüchtern zu werden, indem man sich betrank; das wäre vielleicht etwas auch für ihn? Und Christoph stellte sich vor, wie die Leiter rutschte, wie der Wirt den Halt verlor, stürzte. Er hatte sich das Genick gebrochen, nein, nur ein Bein, und Beatrice stand schon am Telefon. Wen sollte man rufen? Die Polizei verbat er sich, Polizei auf keinen Fall; Ambulanz, das schon; und wozu hatte man zwei ausgebildete Armeesanitäter im Haus.
»Was schaust du mich so komisch an?« sagte Knecht.
Und Peter: Wenn Christoph so komisch schaute, dachte er nach. Unglaublich, was Christoph denken konnte. Nur an die Anna wollte er nicht mehr denken.
»Ja, die Züge«, sagte der Wirt. »Sie kommen an, sie fahren ab, immer pünktlich in diesem Land. Von einer unerträglichen Pünktlichkeit sind unsere Züge. In weitläufigen Ländern kommt es auf Pünktlichkeit nicht an. Uns dagegen bleibt nur die Pünktlichkeit. Sie ist unsere Seele, sie beseelt uns. Weit fahren wir nie; aber wir kommen pünktlich an. Der Mensch muß an etwas glauben können.«
Beatrice schüttelte den Kopf, kam wieder mit der Flasche, schenkte reihum die Gläser voll.
»Diesmal machen wir ein Kreuz«, sagte Peter, »so, daß die Girlanden sich in der Mitte überschneiden und von den Lampen weg sind. Wir lassen sie einfach durchhängen. Wo ist das Klebeband hingekommen?«

Christoph drehte sein Glas in den Händen.
Ob Beatrice wußte, daß der Wirt die jeweilige Kellnerin nach dem Sommerfest entließ? Ob er es ihr gesagt hatte? Knecht gab keine Gründe an. Es gab keine Gründe, über die er hätte reden können; nur Ausflüchte.
Die Gäste verlangten von Zeit zu Zeit einen Wechsel, wollten neue Gesichter sehen. Eine Kellnerin konnte ihre Vorlieben nicht lange geheimhalten, und die Gäste hier in der Schönegg waren scharfe Beobachter. Wer wollte sich damit abfinden, zurückgesetzt zu werden? Jede neue Kellnerin war von allen Gästen umworben. Die Zuneigung der einen erwiderte sie mit Zuneigung, die Zuneigung der andern mit Ablehnung. Von Zeit zu Zeit drängte sich ein Wechsel auf. Nur mit dem Namen war es anders. Da waren Verwechslungen in seinem Hause nicht erwünscht. Wer als Kellnerin in der Schönegg arbeiten wollte, mußte es sich gefallen lassen, Rosa gerufen zu werden. Das hatte sich so eingespielt, herumgesprochen, eingebürgert. Es kam vor, daß Gäste aus den Ferien Ansichtskarten schickten und auch die Kellnerin grüßen ließen: VIELE GRÜSSE AUCH AN ROSA.
Mehr würde der Wirt nicht preisgeben; Ausflüchte.
Christoph sah dem Wirt zu, rückte zur Seite, als Peter ihn anstieß.
Und Beatrice: Wie war das, hatte der Lehrer zwei linke Hände?
Wenn sie von Anna anfangen, stehe ich auf und gehe weg, dachte Christoph; aber er blieb sitzen, als Peter zu Beatrice sagte, er, Christoph, bringe den Frauen kein Glück.
Der Wirt schlug, noch ehe Christoph etwas entgegnen konnte, mit der Faust auf den Tisch: Wie Peter wieder daherredete! Dazu hatte er kein Recht. Es war schon schlimm genug, daß man Mitwisser sein mußte.
Hatte er ihnen vielleicht erzählt, daß man damals, als sein

Vater die Schönegg übernommen hatte, mit dem Schiff vor dem Wirtshaus vorfahren konnte? Vom Schlachthof gegenüber lief das Blut direkt in den Kanal. Das hatte er von seinem Vater gehört, nicht selbst erlebt. Er, Knecht, wehrte sich dagegen, daß zu den eigenen Erinnerungen auch noch fremde kamen. Wenn sie jetzt, die Jungen, schon nicht wußten, worüber sie reden sollten, sollten sie den Mund halten.

Sie schwiegen. In ihr Schweigen hinein kroch eine frühe Dämmerung. Wenn der Wind nachließ, hörte das Trommeln an den Scheiben auf, dann setzte es wieder ein.

Christoph öffnete eine Girlande, Peter faßte sie am herabhängenden Ende, ging vorsichtig, mit kleinen Schritten, rückwärts zur Tür, angelte sich mit dem Fuß einen Stuhl. Beatrice stand auf und holte Reißnägel aus einer Schublade. Der Wirt stieg auf den Tresen: Am besten, man nahm die Nägel in den Mund, damit man beide Hände frei hatte.

»Vor den Lampen einfach durchhängen lassen«, sagte Peter, »das macht sich hübsch, wenn sie im Licht ihre Farbe wiederbekommen. Das bringt gleich Stimmung.«

Sie gingen einer hinter dem andern, der Bassist, der Harmonikaspieler und der Klarinettist.
War nicht vor einem Jahr der Gehsteig breiter gewesen? Fing das jetzt hier auch schon an? Zuerst wurden die Gehsteige weggebaggert, dann kamen die Vorgärten an die Reihe, dann die Gärten, die Häuser.
Knecht erwartete die Musikanten vor dem Haus, im Regen.
Der Klarinettist stellte sein Köfferchen ab: Er hatte diesmal einen neuen Bassisten mitgebracht, einen Italiener aus der Gegend von Varese, einen erstklassigen Mann. Nur einen Fehler hatte er noch: er lachte beim Spielen zu wenig, wie alle, die vom Land kamen. Hier erwartete man, daß die Musiker fröhliche Gesichter machten. Hier erwartete man, daß Musiker lachen konnten, auch wenn sie dabei die Leute im Saal und die Tageseinnahmen zählten, um später vom Veranstalter nicht übers Ohr gehauen zu werden. Hier war man der Neger. Mit der Zeit wurde aus dem Lachen ein Grinsen. Es fraß sich ein, als wäre es ins Gesicht geätzt, Linie um Linie. Manche Musiker trugen einen Schnurrbart, um die Zähne zu verstecken. Ein tadelloses Grinsen brachte einer nur zustande, wenn er tadellose Zähne hatte, blitzende Zähne womöglich; kein Amalgam, sondern ein Porzellangrinsen, echter als echt.
»Du hast dich auch nicht verändert«, sagte der Wirt. »Immer noch die alten Sprüche. Was meinst du, wie ich mir Mühe gebe, wenn ich meinem Sohn nach Amerika schreibe. Ich möchte, daß er etwas zu lachen hat, wenn er meine Briefe liest. Ich gebe mir Mühe, ihn zum Lachen zu bringen. Ich lese mir die Stellen vor, die ihn, wie ich hoffe, zum Lachen bringen. Und dann die Vorstellung, daß er da, wo

ich beim Vorlesen lache, nicht lachen muß. Er schreibt mir nie zurück.«
»Wenn ich meiner Tochter einen Brief schreibe, lacht sie, ohne daß ich mir Mühe geben muß«, sagte der Klarinettist. »Das macht die jahrelange Erziehung im volkstümlichen Ton. Das färbt ab, so geben wir Traditionen weiter.«
»Ich wußte gar nicht, daß du eine Tochter hast«, sagte der Wirt.
»Ich habe auch keine«, sagte der Klarinettist.
Sie lachten.
Der Klarinettist strich sich das Haar aus der Stirn, der Harmonikaspieler schüttelte Knechts Hand, der Bassist balancierte sein Instrument auf dem linken Fuß.
Etwas war dem Wirt doch aufgefallen; der Klarinettist hinkte weniger stark als im vergangenen Jahr, oder täuschte er sich?
Nein, er täuschte sich nicht. Der Klarinettist hatte es mit einer Diät versucht, mit Rohkost, gehackten Brennesseln, Weizenkeimlingen. Im letzten Herbst hatte er die Krücken auf den Estrich gestellt, trotz seines Alters und entgegen der Vorhersage seines Arztes.
»Was wissen die Ärzte«, sagte der Wirt. »Man braucht sie, um den Totenschein auszustellen, und nicht einmal da sind sie sich einig über die Todesursache. Aber kommt, gehen wir ins Haus!«
In der Gaststube legte der Bassist seinen Kasten auf einen Tisch, holte das Instrument heraus: Mit dem GRUSS AUS ENNETBÜRGEN kam er noch nicht zurecht; ob man nicht jetzt noch üben wollte, bevor die ersten Gäste kamen?
Üben! als ob das mit Üben zu machen wäre! Es war eine Sache des Gefühls; der Funke mußte überspringen von einem Musiker aufs Publikum und von da zurück auf den Musiker. Darum war das Lachen so wichtig, die gespielte, gute Laune.

»Rosa«, rief der Wirt, und Beatrice kam aus der Küche, begrüßte die Musikanten: Sie hatte etwas vorbereitet, Schweinskoteletts, Reis; alles schon fast verkocht.

Der Klarinettist wollte nichts von Essen wissen. Er hatte zehn Jahre lang in einem Theaterorchester gearbeitet; seine besten Jahre. Vor einem Auftritt ging nur der Orchesterwart zum Essen; sie hatten ihn Orchesterdiener genannt. Orchesterdiener tönte viel besser, – und er strich sich eine Haarsträhne aus der Stirn, schaute zum Bassisten hinüber: Der Bassist sollte mit der Zupferei aufhören! Zu Heimatklängen paßte sein Zupfbaß wie ein Fagott zu einem Bauchtanz. Konnte er sich nicht endlich klarmachen, womit er sein Geld verdiente? Arbeitete er vielleicht nicht in einer total heruntergekommenen Mannschaft, nämlich mit Leuten, die stolz darauf waren, bessere Zeiten gekannt zu haben?

Der Bassist lehnte sein Instrument an die Wand, Beatrice glitt hinter die Theke, vom Abort kam, grinsend, der Harmonikaspieler.

»Rosa, vier Kaffee-fertig«, sagte der Wirt.

Der Klarinettist hinkte zu einem Stuhl, zog ein Paar Baumwollhandschuhe aus der Tasche: Es waren einmal weiße Handschuhe gewesen. Mit Handschuhen hatte er mehr Erfolg, das hatte er erst kürzlich herausgefunden. Was dachten sie denn? Dachten sie vielleicht, er leide an einem Ausschlag, an einem Exzem? Dachten sie an offene Hände, an sich ablösende Haut, an nässende Wunden, an Haut, die sich unter der dicken Puderschicht entzündete und platzte?

»Das letzte Mal hast du sie noch nicht getragen«, sagte der Wirt.

Also, das hatte der Klarinettist doch eben erklärt! Mit Handschuhen, und zwar mit schmutzigen, weißen Handschuhen, kam er beim Publikum besser an.

Beatrice brachte die Gläser: Wünschte jemand mehr Zucker oder vielleicht Milch?
»Wenn es eine Krankheit wäre, würde ich dazu stehen«, sagte der Klarinettist. »Wenn einer zu seiner Krankheit steht, ist sie auch heilbar«, – und er nippte am Glas, setzte es ab: Der Kaffee war zu heiß.
Der Wirt sah den Bassisten an, der Bassist schaute weg.
Aus der Küche rief Beatrice: Das Essen war angerichtet.
Der Bassist stieß den Harmonikaspieler an, nickte, stand auf, trottete hinaus.
Der Bassist folgte ihm.
»Du hast es ihnen erklärt?« sagte der Wirt.
Mit einer raschen Bewegung zog der Klarinettist den Bierteller unter seinem Kaffeeglas weg: Was sollte er erklärt haben? Seit fünf Jahren hatten sie Ende Juli ein Engagement in der Schönegg; der Wirt hieß Knecht, die Kellnerin hieß Rosa, mehr gab es nicht zu erklären: Knechts Frau lebte nicht mehr. Knecht war ein anständiger Kerl, war nicht einer dieser aufgeblasenen Beizeninhaber; aber selbst wenn er das gewesen wäre: sie hatten keine Wahl, nicht den Schatten einer Wahl hatten sie. Wie lausig es auch war, sie mußten jedes Angebot annehmen.
»Man muß leben«, sagte Knecht.
Der Klarinettist spitzte die Lippen, feuchtete das Mundstück seines Instruments an. Die Töne perlten in erschreckender Unbekümmertheit durch die Gaststube.
Der Wirt trat ans Fenster. Er sah zu, wie Christoph und Peter ein Brett nach dem andern vom Schopf herübertrugen. Der Boden war naß und schwer. Stroh hatte sich nicht bewährt, vor zwei Jahren; vielleicht hatte er zu wenig Stroh ausgelegt. Ein Steg aus Brettern, zwischen Thujahecke und Hintereingang ausgelegt, war besser.
Es wurde Abend.
Knecht trank den Schnaps jetzt ohne Kaffee.

In der rasch hereinbrechenden Dämmerung fügten sich die Bretter wie von selbst zusammen.
Fast alle Gäste kamen durch den Garten, schauten sich um, bevor sie durchs Gartentor schlüpften, blieben im Schutz der Kastanienbäume stehen, wichen den am tiefsten herabhängenden Ästen aus, traten in den durch die Fenster fallenden Lichtschein, standen in der Stube.
Die Musikanten schwebten auf zwei zusammengeschobenen Tischen. Knecht starrte auf das Tablett, das gefüllt war mit Bierflaschen, starrte auf die Hände, die es leerten. Im Gelächter der Klarinette tobten die Tanzenden durch den Saal.
So war es immer, und immer rief plötzlich einer: Scheißmusik, und dann ging die Schlägerei los. Flaschen würden an der Wand zerschellen, die Splitter rieselten in Knechts Haar, in sein offenes Hemd. Er würde die Wand nach Spuren absuchen, feststellen, daß nichts zu sehen war, daß von den Flaschen keine Scherben übriggeblieben waren. Erst viel später würde jemand die Polizei rufen, würde sich nicht anders zu helfen gewußt haben, würde sich bei ihm dafür entschuldigen; und er, Knecht, würde sich wundern über Marzohl und Straub: wie rasch sie eingreifen konnten, wie bereitschaftsfähig sie waren. Ganz richtig, er war nicht in der Lage, den Überblick zu behalten, die Lage entglitt ihm sozusagen.
Der Hochzeitstag war da, mit seinem Hochwasser, mit den Notstegen, mit den unter dem Druck des Schiffes ächzenden Pfählen. Er trug seine Braut an Land. Wer hatte ihm die Schuhe ausgezogen? Wo waren seine Schuhe verlorengegangen, da man die ihren doch am Strand gefunden hatte?

Peter legte seinen Arm um Beatrice, führte sie durch die Küche und hinauf in ihr Zimmer.
Tränen liefen ihr übers Gesicht.
Er betrachtete sie: ihre langen Beine, ihre nicht zu vollen, ein wenig zu straffen Lippen, die Art, wie sie beim Treppensteigen die Hüften bewegte. Er teilte sie ein, war überzeugt, sein Ziel ohne nennenswerte Schwierigkeiten zu erreichen.
Doch es kam anders, als er es sich vorgestellt hatte. Auch wenn sie sich küssen ließ, spürte er ihren Widerstand.
Ärgerlich sah er zum Fenster: Warum hatte sie nicht daran gedacht, den Vorhang zu ziehen? Man würde, wenn er jetzt Licht machte, sehen, daß sie nicht allein in ihrem Zimmer war; bestimmt standen draußen noch Leute auf der Straße, bei dem Aufruhr, der wieder einmal geherrscht hatte, – und er versuchte es aufs neue, setzte sich neben sie aufs Bett, nestelte an ihrer Bluse.
Sie schob seine Hand weg: Es war ihre letzte Nacht unter diesem Dach. Morgen würde sie den Koffer packen, oder war es schon heute?
Er küßte sie auf die Augen, auf den Mund, schielte auf seine Armbanduhr: Beatrice war überarbeitet, brauchte Ruhe, das Fest hatte sie zu sehr mitgenommen. Konnte sie sich nicht entspannen, jetzt, zusammen mit ihm?
Sie stieß ihn zurück, trat ans Fenster.
»Du hast es gewußt«, sagte sie.
Und er: Was sollte er nun wieder gewußt haben?
»Daß dich ein offener Vorhang stören kann«, sagte sie.
Er versuchte es mit einem Wutanfall, sprang auf, tastete sich zur Tür. Das Tasten paßte nicht zur Wut.
»Mit dir kann man nicht reden«, sagte er und setzte sich

wieder aufs Bett. Er spürte immer noch ihren Kuß auf seinen Lippen.
»Beatrice«, sagte er, und: Ja, er hatte es gewußt; alle wußten es, alle, die regelmäßig in der Schönegg verkehrten. Knecht, der Wirt, war ein kranker Mann, vollkommen durcheinander, ein Spinner. Er entließ jede seiner Kellnerinnen nach dem Sommerfest, so, wie er jede Rosa nannte, nach seiner verstorbenen Frau. Martins Mutter war ertrunken, im Untersee, bei Ermatingen.
»Wie spät ist es?« fragte Beatrice.
Auf Peters Uhr war es halb zwei. Die Uhr ging jeden Tag fünf Minuten nach.
Beatrice stand immer noch am Fenster.
»Ich habe es auch gewußt«, sagte sie, »von Anfang an; der alte Kocher hat es mir erzählt, schon in der ersten Woche.«
Und Peter: Er sah jetzt ihren Schatten am Fenster.
Und sie: Wenn sie jetzt einen Spaziergang machen möchte, würde er sie begleiten?
Ja, das würde er tun. Er trug den Schlüssel zur Drogerie auf sich. Er würde ihr ein Röhrchen Treupel holen; Treupel beruhigte; Codein und Phenacetin; Treupel durfte eigentlich in Drogerien nicht verkauft werden. Lachte sie ihn aus, weil er in sie verliebt war?
»Das kommt auf dich an«, sagte sie.
Auf der Treppe versuchte er wieder, sie zu umarmen. Sie entglitt ihm, wartete aber vor der Tür, die er für sie öffnete. Die Straße war leer.
Im Schlachthof gegenüber brannte schon Licht: An den Todesgeruch hatte Beatrice sich in diesem ganzen Jahr nicht gewöhnen können.
Peter ging neben ihr, ohne sie zu berühren: Todesgeruch war das falsche Wort. Geruch und Tod, das hatte nur eine Verbindung in ihrem Gedächtnis. So war es auch mit

den meisten Gefühlen. Was man sagen konnte, war, daß im Schlachthof Fleisch, Blut, Horn, Knochen und Häute verarbeitet wurden; daß es roch; daß es stank.
Es gab Hunde- und Katzenbesitzer, die ihre Tiere vor den großen Ferien im Schlachthof erschießen ließen und sich nach den Ferien ein neues Tier anschafften; hatte Beatrice das gewußt? Warum sagte sie nichts? Warum hatte er plötzlich das irre Bedürfnis zu reden, er, der doch sonst nie wußte, worüber er mit jemandem reden sollte?
Wollte sie vielleicht die Geschichte des Wirts hören oder etwas von Martin, von Christoph, etwas von seiner eigenen Familie, etwas von ihm selbst? Er wollte sich nicht besser machen, als er war; vielleicht war das Liebe, es konnte Liebe sein, warum sollte es nicht Liebe sein können?
»Ich bin nicht mehr Kellnerin«, sagte Beatrice. »Ein Jahr lang habe ich dich bedient. Jetzt, nach einem Jahr, willst du mit mir reden.«
Peter starrte sie an. Sie war stehengeblieben, nun ging sie aber schon weiter, und er holte sie ein.
»Es geschieht zu viel aus Liebe«, sagte Beatrice. »Mein Vater hat nie in seinem Leben einen Gürtel getragen, weil mein Großvater ihn, als er ein Kind war, mit dem Ledergürtel verprügelt hat. Großvater hatte eine ganze Sammlung von Gürteln auf dem Schrank im Schlafzimmer, Gürtel in allen Farben, sagte mein Vater, und alles aus Liebe.
Oder nimm Knecht, den Wirt, mit seiner schrecklichen Wiedergutmachungsgeduld.«
Peter blieb wieder stehen: Das konnte doch nicht alles sein! Liebe hatte nicht immer mit Besitz, mit Strafe, mit einem Opfer zu tun; Liebe war auch eine Sehnsucht, aus Äußerlichkeiten, aus dem Vergleichbaren herauszukommen und einen innern Halt zu finden, – und er zögerte: Ihm fielen die Worte nicht ein. Er hatte nicht gelernt zu denken; auch Briefe schrieb er fast nie. Er hatte immer das Gefühl gehabt,

sich in seinen Briefen bloßzustellen, sich preiszugeben, sich selbst ans Messer zu liefern; gerade dann am allermeisten, wenn er, um die Bloßstellung zu verhindern, zu Verstellungen Zuflucht genommen hatte. Wenn die Sache zu kompliziert wurde, hatte er alles sausenlassen; er redete jetzt von den Mädchen, die er bisher kennengelernt hatte; das verstand sie doch? – und er sah auf, wußte plötzlich, daß er es genoß, von ihr geführt zu werden, wußte, daß er ihre Überlegenheit genoß.
Beatrice trat nahe an ihn heran, fuhr ihm mit beiden Händen durchs Haar; dann gingen sie weiter, Arm in Arm jetzt, nicht zur Drogerie, wie er geplant hatte, um neben dem Treupelröhrchen auch einen Kondom einzustecken, sondern seewärts.
Aus der nächtlichen Stille traten sie in den Morgen hinaus.
Der Weg führte sie durch ein von vielfältigen Vogelstimmen bebendes Erlengestrüpp, verlor sich in der Uferwiese, und sie zogen die Schuhe aus, wateten durchs Gras. Ihre Füße wurden naß, sie froren und lachten darüber.
Plötzlich riß Beatrice sich los, rannte zu einer Weide, ließ sich, am Stamm entlang, zu Boden gleiten. Er blieb vor ihr stehen, sagte: »Du liebst mich nicht.«
»Gib mir warm«, sagte sie.
Er setzte sich neben sie, schaute sie an, schluckte leer, ertrug das Schweigen nicht, fing an, von seinen Ferien zu reden: Anfang September hatte er Ferien, Madame war einverstanden, der Patron hatte es ihm bestätigt.
Wer war Madame?
Madame war die Frau des Patrons; ihr hatten alle zu gehorchen, und nicht nur in der Drogerie.
Und wie beurteilte er diese Überlegenheit?
Peter fuhr auf: Das hatte mit Überlegenheit nichts zu tun! Madame unterjochte jeden. Ihr eigener Sohn hatte sich mit

einem Messer dagegen zur Wehr gesetzt; das war auch eine der Kocher-Geschichten; aber davon wollte er jetzt nicht reden. Von seinen Ferien wollte er reden. War es nicht möglich, daß sie, Beatrice und er, zusammen irgendwohin fuhren, ans Meer, nach Italien, nach Frankreich, egal wohin; nach Spanien? Sie war doch frei, hatte sich hoffentlich nicht in aller Heimlichkeit nach einer neuen Stellung umgesehen?
Sie lachte: Die Angst in seiner Stimme, plötzlich, war komisch.
»Für einen, der wenig redet, redest du recht viel«, sagte sie; – und ja, es gab wirklich ein Land, das sie kennenlernen wollte, später einmal, und vielleicht wirklich zusammen mit ihm.
Er küßte sie. Seine Hände machten sich an ihrem Büstenhalter zu schaffen, und wieder lachte sie: Wie ungeschickt er sich anstellte! Sie würde ihm helfen, aber erst, wenn er ihr Traumland erraten hatte. Wann mußte er in der Drogerie mit der Arbeit anfangen?
»Um halb acht«, sagte er.
Und sie: »Ist es schlimm, wenn du einmal nicht pünktlich bist?«
Er konnte nicht zugeben, wie schlimm es war: Madames Demütigungen und Mißtrauen; sein Verhältnis mit ihr. Das alles werde ich in Ordnung bringen, dachte er; es muß möglich sein, alles neu anzufangen.
»Es ist mir egal«, sagte er; »dein Traumland; Amerika vielleicht?«
Sie schüttelte den Kopf: Er sollte sich hinlegen, so, den Kopf in ihren Schoß gebettet; sie würde ihm helfen, hatte sie das nicht versprochen? Über das Land, das sie liebte, hatte sie viel gelesen, in einem Lexikon. Es war ein reiches und es war ein geschlagenes Land. Stachlige Grasgürtel hielten die mit dem Wind wandernden Sanddünen auf, und dahinter

erhoben sich terrassenförmig angelegte Tabak- und Weizenfelder; Weingärten auch.
»Sanddünen«, sagte Peter; »Afrika also.«
Das ließ sie nicht gelten, Afrika war zu wenig genau. Sie hatte nach einem Land gefragt, nicht nach einem Kontinent. Das Land, von dem sie sprach, war immer wieder besetzt worden, von Vandalen, von Berbern und zuletzt von den Franzosen.
Peter versuchte es mit Nordafrika und, als Beatrice nickte, mit Algerien. Was hatte Algerien mit ihrer Ferienreise im September zu tun?
Sie beugte sich über ihn: Er hatte es erraten; sie war keine Spielverderberin, – und sie löste den Büstenhalter, warf ihn ins Gras.
Er sah zu ihr hoch. Aus der Weidenkrone über ihnen lösten sich unablässig weiße Blütenkätzchen.
Nein, eine Spielverderberin war Beatrice nicht; aber jedes Spiel hatte bestimmte Regeln. Zuerst mußte sie seine Frage beantworten. Die Antwort auf seine Frage war ihm wichtig. Warum wollte sie nicht mit ihm in die Ferien fahren?
»Mein Paß«, sagte sie ruhig, »mein Reisepaß. Ich habe ihn jemandem gegeben, der ihn dringend braucht.«
Er wollte sich aufsetzen. Sie preßte ihre Hand auf sein Gesicht. Er schob sie weg, blieb liegen.
»Du bist wahnsinnig«, sagte er.
Und sie: Sie hatte einen algerischen Arzt kennengelernt, bei Freunden, hatte ihm den Paß mitgegeben. Er würde ihn wiederbringen, wenn die Frau, für die er ihn benötigte, in Sicherheit war, – und Beatrice legte sich hin, dicht neben Peter.
»Ich habe seinen Rücken gesehen«, sagte sie. »Ich habe die Narben betastet, die Verdickungen, die Krater.«
Peter vergrub sein Gesicht in ihrem Haar: Sie konnten auch nur nach Ascona fahren; Ferien in Ascona; dort brauchten

sie keinen Reisepaß. Im Tessin kannte er sich aus. Man konnte in der Maggia baden, Anfang September, man konnte sich in den vom Fluß geglätteten Felsbänken aufwärmen, so, – und er drängte sich an sie, während sie ihren linken Arm unter seinen Kopf schob.

Als er seinen Gürtel öffnete, sagte sie: »Ich will, daß du mich spürst, ganz fest spürst!«

Die Weidenkätzchen, die rings um sie her trieben, wurden in Flocken und leichten Ballen über die Uferwiese geweht, verfingen sich in ihren Kleidern.

Martin beugte sich über den Zeichentisch. Manchmal verkrampften sich seine Finger, und nicht immer mochte er aufstehen, hinausgehen und sich die Hände waschen. Lieber legte er Feder oder Zeichenstift weg, legte die Hände flach auf den Tisch, warf einen Blick auf die Front des Hochhauses gegenüber, die jeden Versuch, weiter abzuschweifen, zunichte machte.
Diese Front war ihm bereits vertraut, und er erschrak nicht mehr, wenn sie sich um neun Uhr morgens auseinanderschob und die Kauflustigen durch den entstandenen Riß in das Haus eindringen ließ. Es war eben so, daß der Architekt des Gebäudes Berechnungen angestellt hatte, daß der Bauherr vermutlich zuerst ebenso verblüfft gewesen war wie nun jene verblüfft waren, die den Supermarkt zum ersten Mal durch diese eigenartige, einen Zusammenbruch vortäuschende Haupteingangslücke betraten. Mehr war da nicht. Das Ding galt als architektonische Neuheit und mußte, schien es, weltweit bekannt geworden sein, denn die Touristen wurden in Omnibussen von ihren Hotels herangeführt. Andere fuhren im Taxi vor oder kamen mit der Untergrundbahn, und wieder andere beschlossen, den Ausflug mit einem Spaziergang zu verbinden. Diese schauten dann wohl von Zeit zu Zeit an den Himmel, der auch bei schönem Wetter nicht blau, sondern, unter den unablässig aus den Hochkaminen geschleuderten Rauchmassen, gelblich oder bräunlich verhängt war: Amerikaner, Japaner, Europäer.
Die Stadt war umstellt von den Anlagen der Schwerindustrie. Das dort Tag und Nacht andauernde Dröhnen war hier nur als leises Pochen zu spüren, vermischte sich nicht mit andern Lebensäußerungen und auch nicht mit jenem

andern Pochen aus den Docks und aus den weitläufigen Hafenanlagen Baltimores.
Manchen Sonntag hatte Martin am Hafen verbracht, und erst, wenn er abends in die Innenstadt zurückkehrte, befiel ihn so etwas wie Schwermut. Die Schatten verdichteten sich, die Luft verlor Glanz und Geruch, die Lichtsignale glühten düster in den leergefegten Straßenschluchten.
Diese Schwermut war etwas Kollektives, ließ sich auch dann, wenn es von Menschen wimmelte, nicht verdrängen; denn wenn an Sonntagen das Alleinsein schwer zu ertragen war, so war es am Montag das Gedränge. Die Menschen hatten eine dünne Haut, fürchteten jede Berührung, versteckten sich in der Untergrundbahn hinter ausgebreiteten Zeitungen oder hinter dunklen, wie Schmetterlingsflügel geformten Sonnenbrillen. Sie ertrugen es nicht, Anteil zu nehmen am Glück oder am Elend eines andern. Jeder Blick verletzte sie, während sie, die Augen zu Boden geschlagen, mit vibrierenden Nerven zur Arbeit eilten. Mußten sie sich, aus irgendeinem Grund, einmal doch mit einem Unbekannten unterhalten, sprachen sie am liebsten von Wirbelstürmen, die sie beim Vornamen nannten.
Ende Juli hatte Martin seine neue Stelle angetreten; viel hatte sich seither nicht geändert, die Stadt war ihm immer noch völlig verschlossen.
Eines Nachts erwachte Martin mit Kopfschmerzen. Er machte Licht, suchte in seiner Toilettentasche das Schächtelchen Saridon, fand es nicht, trank Wasser, Leitungswasser, legte sich wieder hin. Seine Augen tränten. Er hängte seine Unterhose über die Lampe, um das Licht zu dämpfen. An Schlaf war nicht mehr zu denken. Schließlich stand er auf, zog sich an, verließ das Haus und trat auf die Straße.
Er entdeckte, daß der Drugstore des Supermarkts auch um zwei Uhr morgens geöffnet war. Das Gebäude war größer, als er, der vor allem die Frontseite kannte, angenommen

hatte. Es gab, in der Nacht und vom Warenumschlagplatz aus gesehen, eine ganz andere Ansicht preis: Feuerleitern, Hebebühnen, Lager, Not- und Nebenausgänge.
Während Martin auf eine schwach erleuchtete Türe zuging, wurde er aus der Dunkelheit angerufen.
Er sah auf, sah im Widerschein des Lichts das schwache Blinken von Metall, erriet die Umrisse eines Lastwagens. Er gab Antwort, glaubte, keine Angst zu haben, wunderte sich über seine Erleichterung, als sich die automatische Tür des Supermarkts hinter ihm schloß.
Nur wenige Leute waren im Laden. An eine Dosenpyramide mit Hundefutter gelehnt, stand ein Mann, der einen Apfel aß und dabei die farbige Kassiererin nicht aus den Augen ließ.
Martin bekam sein Saridon. Während er auf das Herausgeld wartete, starrte er auf die Plastic-Enten, die in regelmäßigen Abständen mit dem Kopf nickten.
Er hatte das Bedürfnis, mit der Kassiererin, die ihn keines Blickes würdigte, ein Gespräch anzufangen: Kam es vor, daß sie Angst hatte? War sie schon einmal überfallen worden, vielleicht von einem Täter, der kein bestimmtes Ziel hatte, der hier einfach, betrunken oder nicht, in der Wärme den Morgen erwartete und ohne ersichtlichen Grund plötzlich durchdrehte?
»Tobey«, sagte die Frau, während ihre Hand unter den Kassentisch glitt.
Im nächsten Augenblick wurde Martin herumgewirbelt, zu einer Tür geschoben und mit einem Stoß auf den Gehsteig befördert.
Er lief, um nicht zu fallen, ein paar Schritte. Als er zurückschaute, stand der Mann, der sich eben noch an die Dosenpyramide mit Hundefutter gelehnt hatte, unter der Tür. Er aß einen Apfel.
Martin dachte an seinen Vater.

Sein Vater hatte sich Amerika wirklich als das Land der unbeschränkten Möglichkeiten vorgestellt; oder mußte es heißen unbegrenzt? Unbegrenzt nicht für jeden, aber für jeden Tüchtigen, – und im Weitergehen rieb sich Martin das Handgelenk. Jetzt schmerzte ihn nicht nur der Kopf, sondern auch die Hand und der Rücken.
Seine blödsinnigen Versuche, mit jemandem zu sprechen. Was er nötig gehabt hätte, wäre ein Glas Wasser gewesen. Von Überfällen zu reden, wenn man Wasser brauchte! Gegen Wasser hätte ein Rausschmeißer, Wächter, Aufpasser nichts gehabt. Wenn's um Wasser ging, waren vor dem Gesetz alle gleich; alle Weißen jedenfalls, und vorausgesetzt, die Nachfrage war nicht größer als das Angebot. Unter diesen Umständen war Wasser kein verlockendes Betätigungsfeld für den Tüchtigen. Mehr Markt, bitte; freie Bahn dem Unternehmer.
Martin blieb auf dem Gehsteig stehen, würgte vier Saridon herunter, ohne Wasser.
Seinem Vater hatte er eine Ansichtskarte vom Mississippi geschickt. Er schrieb nur noch Ansichtskarten; immer kürzere Nachrichten; einmal, für Peter und Christoph, die Schilderung eines Jazzabends mit einer Band, die von der Westküste hergereist war und eine Europatournee plante, Kopenhagen, Mailand, Turin, Paris.
Ihm wurde schlecht. Zu den Schmerzen war Magenbrennen gekommen; das alte Leiden, das Leiden vieler Ehemaliger. Er ging bis zum Hydranten an der Straßenecke, preßte den Stöpsel hinunter, beugte sich über die Röhre. Während er trank, las er den Spruch an der Wand hinter dem Hydranten: DIE ANDERN DENKEN ANDERS.
Er kämpfte gegen den Brechreiz an, und, um sich abzulenken, versuchte er, das zu ziehen, was er Bilanz nannte. Sich nicht hinsetzen, nicht nachgeben, weitergehen. In Denver hatte er als Elektromechaniker angefangen, daneben Fach-

kurse besucht, ein Vorexamen als Elektrotechniker abgelegt, sich um die Stellung in Baltimore beworben. Ein Doppel des Bewerbungsschreibens trug er immer noch auf sich. Er hatte Zeugnisse beigelegt, hatte sich in Denver seinen Leumund bestätigen lassen. Seine Arbeitsbewilligung war ohne Rückfrage verlängert worden. Eine weiter zurückliegende Vergangenheit schien niemanden zu interessieren. Von den Testformularen, die ihm ein Personalbüro schon ein paar Tage später zugeschickt hatte, besaß er jedoch keine Kopie. Er war naiv genug gewesen anzunehmen, notfalls dieselben Fragen wieder auf dieselbe Art beantworten zu können und hatte erst, als er in die engere Wahl gekommen und zu einem persönlichen Gespräch aufgeboten worden war, bemerkt, daß seine mündlichen Auskünfte nicht in allen Teilen mit den schriftlichen Angaben übereinstimmten. Er war dennoch auf Probe, und das hieß, ohne Kündigungsfrist, angestellt worden; eine Dauer der Probezeit wurde nicht vereinbart.

Zu gewissen Abteilungen der Firma hatte Martin keinen Zutritt. Erst nach einiger Zeit hatte er erfahren, daß sich eine dieser Abteilungen mit der Planung von Raketenführungsinstrumenten beschäftigte, mit Steuerungsproblemen sowohl für Weltraumobjekte als auch für Raketen in einer ballistischen Laufbahn.

Was gehen dich Atomsprengköpfe an?

Das Waffenarsenal in Ost und West, hatte der Boß im Büro gesagt, mußte sich selbst regeln; dafür war nicht die Firma zuständig, das war Sache der Politiker. Alles war eine Frage des Gleichgewichts, der Anpassung, der Arbeitsteilung.

War das etwas, das man einem Vater mitteilte? Er konnte seine Lage nicht mitteilen.

Auf dem Weg, den er gekommen war, kehrte Martin in seine Straße zurück; der Drugstore war immer noch geöffnet, auch der Lastwagen stand noch da.

Martin betrat das Haus, in dem er wohnte, stützte sich auf die Toilettenschüssel, trank Wasser wie ein Verdurstender. Er legte sich mit den Kleidern ins Bett. Die Unterhose auf der Tischlampe hatte einen braunen Brandfleck. Er nahm sie weg, löschte das Licht, lag mit offenen Augen da.
Vorgestern hatte ihn eine der Kellnerinnen in der Imbißecke angelächelt, während sie den andern Gästen bloß den Teller vor die Nase knallte. Oder hatte er sich das bloß eingebildet? Er mußte morgen herausfinden, an welchen Tagen sie dort Dienst tat. Linda. Sollte er ihr eine Blume mitbringen? sie ins Kino einladen?
In Denver war er zweimal mit Mädchen in die Berge gefahren, hatte wirklich eines der beiden Buffalo-Bill-Gräber besucht. Beide Male waren es die Mädchen gewesen, die ihn aufgefordert hatten mitzufahren, sich zu ihnen in den Fond des Wagens zu setzen, ein bißchen nett zu sein und bitte zu vergessen, daß auf dem öffentlichen Rastplatz zwanzig oder dreißig andere Wagen standen. Wie die meisten Pärchen hatten sie das Radio laufen lassen, waren später in die Stadt zurückgefahren, ohne auch nur einmal anzuhalten und die im Mondlicht liegende Landschaft zu betrachten.
Vielleicht würde Linda seine Freundin werden.
»Was wollen Sie?« hatte der Boß einmal gesagt, »wir sind hier nicht bei der NASA«, und alle hatten gelacht wie über einen guten Witz, den Martin allerdings erst verstand, als er zufälligerweise einem Kurier ein an die NASA adressiertes Dossier ihrer Firma übergeben mußte; die NASA war ihr Auftraggeber.
Inzwischen hatte er seinem Vater auf einer Postkarte mitgeteilt, daß in einem aus Beton gebauten Hochhaus wie dem ihren der Boden buchstäblich schwanke.
Mehr als einmal hatte er eine fast fertige Reinzeichnung verpfuscht.

Er hatte seinen Vater gebeten, ihm, wenn es nicht zu viele Umstände machte, Cafergot-Zäpfchen gegen Migräne, rezeptpflichtig, zu schicken.
Hatte er Heimweh?
Ihm stand die Zukunft offen. Es war nicht eine Zukunft, die er sich erträumen mußte. Glückliche Zufälle spielten keine Rolle mehr.
Zu Hause hatte er sich ein aus eigener Kraft gestaltetes Leben nicht vorstellen können. Seine Versuche, unabhängig zu werden, waren immer kraftlos gewesen, hatten das Mißlingen eigentlich schon vorausgesetzt. So hatte er sich treiben lassen. Das war jetzt vorbei. Von einem Opfer konnte keine Rede sein. Alles, was er tat, tat er freiwillig. Freiwillig belegte er Fachkurse, freiwillig schrieb er sich an der Hochschule ein, freiwillig ließ er sich in Elektronik ausbilden. Er war nicht tüchtiger, nicht ehrgeiziger, nicht skrupelloser als jeder andere auch.

Es war lange her, daß sie sich von Anna verabschiedet hatten, Peter und er.
Damals, als sie dem Zug nachsahen, hatte Christoph Peter angelogen.
Wochen später war ein Brief von Anna gekommen; das, was Christoph einen vernünftigen Brief nannte, als er Peter endlich erzählte, was wirklich geschehen war.
Sie hatten beschlossen, sich zu trennen; Anna wollte ihn jetzt nicht nötigen, auf den Entschluß zurückzukommen; das Ganze war lächerlich; sie war beim Abschiednehmen schwanger geworden; sie würde versuchen, das Kind wegzumachen; andern gelang das auch; war sie nicht gelernte Laborantin?
Wegmachen, schrieb sie; warum brauchte sie nicht das Wort Abtreibung, warum die härtere, die furchtbare Bezeichnung?
Später einmal, wenn er vor einem in ferner Zeit auftauchenden Spiegel stehen würde, würde Christoph sich an das Bild des Spiegels, vor dem er jetzt stand, erinnern als an etwas Unfaßbares: und er betrachtete sein Gesicht, die platzenden Seifenbläschen an der Oberlippe, die Badewanne im Hintergrund, in der er sich Anna vorstellte, kniend, stöhnend, eine junge Frau, die mit Schmierseife, Gummidusche und Stricknadeln hantierte. Er näherte sein Gesicht dem Spiegel. Der Spiegel beschlug sich unter seinem Atem.
Christoph griff nach dem Rasierapparat, setzte eine neue Klinge ein, schloß die Augen, begann, sich zu rasieren. Er spürte keinen Widerstand. Er hatte sich am Morgen schon einmal rasiert. Die kleine Schnittwunde am Kinn fing wieder an zu bluten; Blutgruppe Null. Das Kind würde

vielleicht dieselbe Blutgruppe haben; es war eine häufig vorkommende Blutgruppe; sein Kind, ihr Kind.
Christoph tastete nach dem Frottiertuch, löschte das Licht, ging durch die dunkle Küche in sein Zimmer, nahm die trockene Unterwäsche vom Heizkörper, hängte das feuchte Tuch darüber.
Auf dem Tisch, unter Stapeln von Schallplatten, fand er seine Uhr. Es war halb sieben.
Er ließ sich aufs Bett fallen, zog den Tonarm aus der Halterung, legte die Platte Steaming auf den Plattenteller, starrte in den grünen Schein der Radioskala, hörte auf die Schritte im Haus, auf eine schlagende Tür, auf das Saxophon und auf das kratzende Geräusch der Nadel in der Endlosrille.
Eine Stunde später stand er mit hochgeschlagenem Mantelkragen auf der Straße, und er kostete es aus wie einen Sieg, daß er der Versuchung, auch die Sonnenbrille aufzusetzen, hatte widerstehen können.
Der Nebel hing tief. Die Stadt war eingepackt in eine gigantische, in sich selbst leuchtende Neonröhre. Christoph ging am Quai entlang, blieb auf der Brücke stehen, zündete sich eine Zigarette an, starrte ins dunkle Wasser hinunter, und sofort stellte sich auch das Schwindelgefühl ein, ein kurzer Rausch, der ihm den Boden unter den Füßen wegzog.
Unter dieser Brücke standen tagsüber manchmal Forellen, hart an der Schattengrenze, den Kopf gegen die Strömung gerichtet.
Als Kind hatte er hier, wenn der Kanal gereinigt wurde, der Bach fast kein Wasser mehr führte, Groppen gefangen. Als Kind? nein, als Schüler; er war nicht allein gewesen. Ein Schüler war nicht mehr nur ein Kind.
Als Schüler war er zweimal ausgerissen. Das erste Mal hatten ihn Hunger und Kälte nach Hause zurückgetrieben.

Das zweite Mal war er von der Polizei aufgegriffen und zurückgebracht worden. Groppen durfte man fangen und töten, das gehörte zum Kindsein; ausreißen durfte man nicht.
Er hatte gelernt, Vorwände zu benützen oder zu schaffen, die sein Handeln rechtfertigten. Er nannte das Ökonomie, und, bei sich selbst, Ökonomie der Schwächlinge.
Christoph warf die Zigarette ins Wasser. Wenn er am Wasser stand, warf er seine Zigarette immer ins Wasser. So etwas sah man in jedem zweiten Film. Er überquerte die Brücke, ging auf dem breiteren Gehsteig weiter, kam ins Gedränge, erreichte den Bahnhofplatz, betrat nicht eine der leeren Telefonkabinen, sondern eine, die eben ein anderer verließ. Er legte Kleingeld, Zigaretten und Feuerzeug zurecht, hob den Hörer ab, wählte die Nummer, hörte sich selbst seinen Namen sagen.
Nein, Anna war noch nicht aus der Stadt zurückgekommen. Nein, nicht die Großmutter war am Apparat, die Mutter selbst, ja, Frau Leibundgut, geschiedene Satori.
Christoph zog die Kabinentür, die sich hinter ihm von selbst geöffnet hatte, mit dem Fuß zu: Es war so, daß er zu einer Sitzung der Schulkommission aufgeboten war, heute abend noch; es konnte spät werden; aber vielleicht erwartete Anna ein Lebenszeichen, einen Anruf, zum Beispiel.
Einen Augenblick lang blieb es still. Er lauschte mit angehaltenem Atem. Der Ton der Stille veränderte sich an seinem Ohr, dann war die Stimme der Frau wieder da, deutlicher als zuvor, wie ihm schien: Anna hatte nichts von einem Anruf erwähnt; es war besser, wenn er es morgen wieder versuchte, am besten über Mittag, – und der Hörer wurde leise aufgelegt.
Aufschub, man hatte ihm Aufschub gewährt.
Plötzlich war Christoph hungrig.
Er holte Zigaretten am Kiosk, machte einen Bogen um den

Tisch der Technikumsstudenten, reihte sich vor der Bratpfanne des Maroniverkäufers in die Schlange der Wartenden ein.
Er brauchte sich nicht zu beeilen.
Er kaufte eine abgepackte, nur noch lauwarme Hundertgrammtüte Kastanien, schlenderte durch die Bahnhofstraße.
Er betrat das Schulhaus, schwatzte unter der Tür mit dem Hauswart, ging mit dem Oberlehrer und einer Kollegin ins obere Stockwerk. Auf der Traktandenliste stand an erster Stelle eine Lehrerwahl; dabei war die Anwesenheit der Lehrer nicht erwünscht; der Oberlehrer hatte sich ausnahmsweise vertreten lassen, wegen Befangenheit, wie er erklärt hatte.
Wieso befangen?
Befangen, weil er den Kandidaten persönlich kenne, sagte der Oberlehrer und stellte einen herumliegenden Pantoffel ins Schuhgestell.
Sie hängten ihre Mäntel an den Kleiderrechen, warteten einen Augenblick vor dem Lehrerzimmer, klopften und traten ein. Sie waren willkommen. Traktandum eins war bereits erledigt, man konnte gleich mit Traktandum zwei beginnen, Integration der Ausländerkinder. Man durfte davon ausgehen, daß auch in dieser Frage die Schulkommission nicht parteipolitisch argumentieren würde, daß im Gegenteil das menschliche Problem im Vordergrund stand, oder daß doch wenigstens eine menschlich vertretbare Lösung gefunden werden konnte; der Vorsitzende war froh, wenn die Sitzung nicht bis in alle Nacht dauerte.
Christoph dachte an die Italienerkinder in seiner Klasse; an Roberto, der mit zehn Jahren schon fast erwachsen war; an Franco, den Velorennfahrer; an Antonella, die auch im vergangenen Sommer nicht schwimmen gelernt hatte. Die Eltern dieser Kinder würden das Wort menschlich nicht

gebraucht haben. Für sie bedeutete Integration vor allem das eine: nicht mehr aufzufallen; möglichst in die Nähe des Unauffälligkeits-Ideals zu rücken. Als der Schularzt zur Aufklärungsstunde gekommen war und die Kinder gefragt hatte: »Wo haben es die Menschen am schönsten?«, hatte Roberto geantwortet: »Im Grab.« Und der Arzt, der das Wort Bett hatte hören wollen, erschrocken: »Was sagst du da, im Grab? Wie kannst du so etwas sagen? und warum hältst du nicht die Hand hoch wie alle andern, wenn du etwas zu sagen hast?« Und Roberto: »Im Grab habe ich vor den andern Ruhe.«

Jetzt nicht an Anna denken. Eine Abtreibung im vierten Monat. Er war sicher, daß Anna keinen Arzt finden würde.

Christoph zuckte zusammen, als sein Name fiel. Der Schulkommissionspräsident sah ihn an, wies auf den Papierhaufen in der Zimmerecke: Vielleicht hatte Herr Hauser einen Vorschlag für eine besser funktionierende Pausenaufsicht? Nachweisbar stammten die meisten dieser Papierflugzeuge aus Herrn Hausers Klassenzimmer; unbeschriebenes Häuschenpapier, im laufenden Kredit für Schulmaterial mit runden achthundert Schweizerfranken budgetiert. Und wenn er schon dabei war: Gegen Herrn Hauser liefen auch andere Beschwerden. Traf es beispielsweise zu, daß Herr Hauser Stammgast im Restaurant Schönegg war? in einem Lokal, das, wie Herr Hauser wissen mußte, keinen guten Ruf besaß und sogar schon unter polizeilicher Aufsicht gestanden hatte?

Ein Lehrer war der öffentlichen Kritik ausgesetzt, er saß im Glashaus, mit dem Lehrauftrag verband sich auch die Erwartung, daß der Lehrer ein tätiges Vorbild sei, einen moralisch einwandfreien Lebenswandel führe, sozusagen als Gegenleistung für seine Privilegien.

Die Kreise, in denen Herr Hauser verkehrte, schädigten

nicht nur sein eigenes Ansehen, sondern das Ansehen der ganzen Schule.

Der Oberlehrer sah vom Protokoll auf. Christophs Kollegin saß, den Blick gesenkt, die Knie zusammengepreßt, sehr aufrecht am Tisch, während Christoph aufstand, sich hinter seinen Stuhl stellte.

Er wußte nicht, wie er beginnen sollte. Satzfetzen ohne Zusammenhang gingen ihm durch den Kopf; es war doch alles falsch, was hier gesagt worden war, es war das falsche Ende; Papierflugzeuge, Ordnung, Privatleben; man hätte mit dem Kind beginnen müssen, mit den Kindern. Jeder Erwachsene hatte als Kind angefangen; dennoch wußte keiner, was das war, ein Kind, es blieb Kind nur in bezug auf den Erwachsenen, war Gegenstand der privaten Mythen, einmal zum Engel erklärt, einmal zum Teufelsbraten; Rousseau, Pestalozzi, Rollenteilung, Mutterliebe, Ödipus; Annas Kind, ihr Kind.

Die Hände, die die Stuhllehne umklammerten, waren seine Hände; die Stimme, die er hörte, war seine eigene Stimme: Er hatte seinen Führerschein vor zweieinhalb Jahren gemacht, die Prüfung in einem alten Studebaker bestanden, er dachte daran, sich im nächsten Frühling einen eigenen Wagen zu kaufen, einen Citroën-Deuxchevaux vorerst, er wollte seiner Frau etwas bieten können, oder hatte er zu erwähnen vergessen, daß er die Absicht hatte, sich zu verheiraten? Er war gerne bereit, der Kommission Rede und Antwort zu stehen, seine Braut wohnte in Basel, es war schon möglich, daß er, als Junggeselle, dem einen oder andern anonymen Beobachter unangenehm aufgefallen war; im übrigen glaubte er nicht, sich für seinen Freundeskreis entschuldigen zu sollen. Der Sohn des Schönegg-Wirts, ein alter Schulfreund, lebte in Amerika; dessen Vater führte die Wirtschaft allein, hatte bestimmt seine Eigenheiten, das konnte nicht geleugnet werden. Es mochte der

Polizei aufgefallen sein, daß Herr Knecht, so hieß der Wirt, alle seine Kellnerinnen Rosa nannte, denn Rosa war der Name der vor fünf Jahren verstorbenen Frau Knecht gewesen. Der Wirt versuchte, ein ihm, Christoph, unbekanntes Versäumnis an der Toten gutzumachen, er feierte ihren Geburts- und gleichzeitig ihren Todestag mit einem Fest, jeden Sommer; sollte man ihm dies zum Vorwurf machen? Sollte man es einem Menschen übelnehmen, daß er der Einsicht, seine Verantwortung nicht wahrgenommen zu haben, Ausdruck verlieh, auf seine Weise?
Die Schulglocke draußen im Korridor unterbrach ihn.
Christoph setzte sich, blickte in lauter lächelnde Gesichter. Der Oberlehrer klopfte ihm auf die Schulter. Der Vorsitzende kam herüber und drückte ihm die Hand: Zu Herrn Hausers baldiger Verheiratung konnte man nur herzlichst gratulieren. Die Gründung einer eigenen Familie brachte bestimmt manches in Ordnung und war als ein Zeichen der inneren Reife zu werten. Wer eine eigene Familie gründete, sah alles mit andern Augen an, fühlte sich für eine Gemeinschaft verantwortlich und dadurch auch für die Gesellschaft und für den Staat als Ganzes. Die Regellosigkeit des Junggesellenlebens hatte Herr Hauser nun bis zur Neige ausgekostet; zum Mann wurde einer doch erst durch die Verheiratung, durch eine freiwillig gewählte Seßhaftigkeit und Beständigkeit. In diesem Sinne durfte man die eben an Herrn Hauser gerichteten Vorwürfe getrost ad acta legen und aus Abschied und Traktanden fallenlassen; Damen und Herren, Schwamm drüber! Er, als Präsident, erlaubte sich den Vorschlag, die Sitzung abzubrechen und die gute Nachricht ein wenig zu feiern, mit einem Glas Wein, es mußte ja nicht gerade im Restaurant Schönegg sein, nicht wahr, aber im Café Spitz, wo man sicher sein konnte, unbehelligt zu bleiben.
Es regnete, als Christoph das Café Spitz verließ.

Am Steuer eines geparkten Wagens, im Dunkel unter den Bäumen kaum zu erkennen, saß ein wartender Mann.

Auf der Plakatwand am Bahnhofplatz luden die Schweizerischen Bundesbahnen jedermann zu ihrer nächsten Fahrt ins Blaue ein, und, wie Christoph sich auch hinstellte, die Hand am untern Plakatrand zeigte auf ihn.

Im Gleichschritt bewegten sich Tausende von Lehrern durch die Städte dieser Welt, Schlichter, Vermittler, bis zum Hals mit Vertraulichkeiten eingedeckt; Systemkollegen.

Christoph ging über die Brücke, ohne stehenzubleiben; der Regen rann ihm übers Gesicht und in den Kragen.

Vor dem Haus zog er den Schlüssel aus der Manteltasche, steckte ihn ins Schloß, stellte fest, daß die Türe nicht abgeschlossen war, stieß sie auf, drehte den Lichtschalter und sah im selben Augenblick den Postaufkleber an seinem Briefkasten. Noch im Treppenhaus riß er den Umschlag des Telegramms auf. ANNA MIT INNEREN BLUTUNGEN ALS NOTFALL IN KLINIK EINGELIEFERT – VERBETEN BRIEFE ODER ANRUF – FRAU LEIBUNDGUT

Christoph tastete nach den Zigaretten in der Manteltasche. Das Zigarettenpapier klebte an seinen Fingern. Er streifte die Tabakbrösel an der rauh verputzten Wand ab, betrat seine Wohnung, legte das Telegramm auf den Küchentisch. Er fing an zu husten, hielt sich am Radiator im Badezimmer fest.

Wie lange er so dastand, im Mantel, an den Radiator gelehnt, wußte er nicht.

Im Frühling würde er einen Wagen kaufen. Auch Anna würde den Deuxchevaux einem Volkswagen vorziehen; grau oder rot. Mit einem Deuxchevaux gab es keine Schaltprobleme; das mußte er Anna mitteilen; kein Abwürgen des Motors bei niedrigen Drehzahlen; der Deuxchevaux besaß eine Fliehkraftkupplung.

Die Katze richtete sich auf, als sie das Klicken der ins Schloß fallenden Haustür hörte. Sie sprang vom Ofen herunter, knickte in den Vorderbeinen ein, blieb stehen, fing an zu husten, hustete, bis ihr Kopf den Boden berührte.
Anna, noch im Mantel, setzte sich neben sie.
Aus der Küche kam das Dienstmädchen, einen Lappen in der Hand: Das war ja nicht mehr zum Aushalten, der Gestank im ganzen Haus, die Urinflecken auf dem Parkett, das Gekotz und Gescheiß. Zu Hause hatte man auch Katzen, manche waren halb verwildert. Zu Hause ließ man Katzen nicht leiden, sondern sterben. Aber hier – seit Wochen ging das nun so, sie hätte es nicht für möglich gehalten. Das Tier litt Schmerzen, und sie rannte von morgens bis abends hinter ihm her, wischte Schleim und Dreck von den Teppichen, von der Polstergruppe, wechselte zehnmal täglich die Windeln im Katzenkorb, deckte Öfen und Biedermeier mit Tüchern ab. In diesem Haus war, seit sie es betreten hatte, immer jemand krank, Fräulein Satori selbst, deren Mutter, Frau Leibundgut, die Großeltern oder in Gottes Namen die Siamesendame.
Die Katze kroch Anna auf dem Bauch entgegen, bis ihr Kopf Annas Hand berührte. Aus ihrem Darm floß ein dünner Faden. Anna hob sie auf, legte sie auf das Tuch, das ihr das Dienstmädchen reichte.
»Sie haben recht«, sagte Anna, »so weit hätte es nicht kommen dürfen. Ich werde den Tierarzt anrufen. Bitte, holen Sie den Korb und räumen Sie das Air-fresh weg; es macht den Gestank nur noch schlimmer.«
Eine halbe Stunde später ging Anna aus dem Haus. Die Katze lag, in einen roten Wollpullover gebettet, in ihrem

Korb, ohne einen Laut von sich zu geben. Anna redete mit ihr.
»Osprey«, sagte sie, »frierst du, Osprey?« – und sie wartete auf ein Kratzen, auf eine Pfote, die sich zwischen Deckel und Korbrand zwängte.
Ein Mann kam ihr entgegen, und sie spürte, daß er stehenblieb und ihr nachschaute.

So war es gewesen.
War ihr nicht der Name Christoph eingefallen?
Sie hatte den Mann nur gesehen, nicht gehört. Rascher gehen, entrinnen, entkommen, um sein Leben rennen; das Leben einer Katze verlängern, um sich selbst zu bestrafen.

Und wohin mit den Erinnerungen?
Die sich automatisch aufziehenden Armbanduhren waren auf europäische, auf unsanfte Bewegungen ausgerichtet; in Kalkutta, von Indern getragen, blieben sie stehen; in Kalkutta blieb die Zeit stehen, hatte ihr Vater gesagt. Aber auch er, ihr Vater, Satori, hatte nicht gewußt, daß Siamkatzen meckern, fluchen, rufen und weinen können, und Ospreys Stimme hatte ihn nicht weniger aus der Fassung gebracht als sie.

Schuldgefühl und Zeitgefühl; Gefühle und Gedächtnis.
Der Seidelbast blühte vor dem Haus, an das Anna sich nicht mehr erinnern wollte. Zwischen Ginsterbüschen ging sie, ein Kind in rotem Pullover, durch den Garten und zog Osprey an einer Leine hinter sich her. Ospreys Stammbaum führte nach, reichte zurück nach, nein, begann in Kalkutta.
Satori hatte den Wunsch seiner Tochter ernst genommen, hatte Katzenbücher gelesen, hatte sich mit Katzenbesitzern im Rotary Club unterhalten, hatte eine Katzenausstellung

besucht. Manchmal war mit dem Schwanz einer Siamkatze etwas nicht in Ordnung; Knoten- und Stummelschwänze. Es konnte auch vorkommen, daß Siamesen schielten. Das waren Rassemerkmale für den Kenner; nur ein Ignorant konnte behaupten, ein solch häßliches Tier sei häßlich.
Satori hatte sich bestätigen lassen, daß Siamkatzen ausdauernde Schwimmer waren, daß man sie mit andern Katzen nicht vergleichen konnte. Sie waren eher mit Hunden vergleichbar, sozusagen. Sie konnten dazu erzogen werden, Befehlen zu gehorchen.
Vor der hysterischen Stimme hatte ihn niemand gewarnt.
Wie gelähmt lag Annas Mutter nächtelang wach und wartete auf den Katzenschrei. Anna mußte Osprey im Keller an die Leine legen; aber lange bevor die Eltern sich scheiden ließen, die Mutter ihren Mädchennamen wieder annahm und mit Anna wegzog, war die Leine verschwunden: von Satori versteckt oder wirklich nur unabsichtlich verlegt.
Nach der Scheidung bestand Annas Mutter darauf, die Katze mitzunehmen; es gab genug, was einen schrecken konnte.
Es mußte nicht alles ausgesprochen werden.

Aus der Tiefe der Allee tauchte ein Taxi auf. Der Fahrer musterte Anna, legte seine Zeitung weg, lehnte sich zurück und öffnete die Tür zum Wagenfond. Sie schob den Korb auf den Sitz, stieg ein, sah seine Augen im Rückspiegel. Eine Frage hatte er, ohne indiskret sein zu wollen: Die Frage war, wohin das Fräulein mit seinem Korb gefahren zu werden wünschte.
Der nicht ausgesprochene Schrecken: die leisen Schritte eines Mannes; daß einem der Name Christoph dabei einfiel; die Unfähigkeit, Gram in Grimm zu verwandeln; Tage, Wochen, die vergingen, ohne die geringste Spur zu hinterlassen im Gedächtnis; daß es einen Unterschied gab zwi-

schen wissen und glauben; daß wissen etwas mit zweifeln zu tun hatte und glauben etwas mit verzweifeln; Liebe, das uneinlösbare Versprechen; Verliebtheit, der Zustand.
Die Augen im Rückspiegel waren helle Augen gewesen, der Rauch der Zigarette hatte ihnen nichts anhaben können. Es waren Augen, denen keine Bewegung entging, Augen, die sie umstellten; konnte man das sagen?
Sie hatte dem Taxifahrer die Adresse genannt, die falsche offenbar; sie waren nicht vor dem Tierspital, sondern vor einer Klinik vorgefahren; vor ihrer Klinik.

So mußte es gewesen sein.
Anna hätte den Fahrer jetzt auch beschreiben können, wenn jemand von ihr eine Beschreibung verlangt hätte; nicht nur die Augen, sein ganzes Gesicht, und, genauer noch, das Armaturenbrett des Wagens; die überall angebrachten Täfelchen. WENN IHNEN ZU HEISS IST, BRAUCHEN SIE SICH NICHT GANZ AUSZUZIEHEN. WIR HABEN FENSTER.
Allerdings fehlte da ein Stück, war eine Verbindung unterbrochen.
Wie kam es, daß sie in ihrem Zimmer lag, und die Vorhänge machten es dunkel, und neben ihr, in dem Schaukelstuhl, der nicht hierher gehörte, saß ihre Mutter?
Was war aus Osprey geworden?
Anna richtete sich in ihren Kissen auf: Wie war Osprey gestorben? – und wie ein Echo auf ihre Stimme kam es zurück: Wenn das Kind stirbt, muß ich auch für das Tote weiterleben.
Sie erfaßte ihre eigene Gedankenlosigkeit. Sie stand da, immer noch fluchtbereit, in das Licht eines Suchscheinwerfers getaucht; ein Schmerz, der ihren Körper durchzuckte.
Die Stimme ihrer Mutter: Anna, hörst du mich? Anna, verstehst du mich?

Der Arzt verlangte, der Arzt würde am Abend noch einmal vorbeikommen, würde ihr eine Spritze geben; Annas Nerven; der Blutverlust.

Wer denn hatte immer gefragt: Ist das nun eine Geschichte oder ist es die Wahrheit? Christoph vielleicht? Sie mußte ihn danach fragen. Wichtig war es nicht. Es war nichts, das geklärt werden mußte.

Sie lag in ihrem Bett, in ihrem Zimmer. Dazu gehörten, wie zu jeder Geschichte, die verhaltenen Stimmen vor der Tür; Annas Großeltern, die es nicht fassen konnten, daß man nicht auf sie hörte, daß Wechselbäder, Essig- und Senfwickel ausgedient haben sollten. Und vielleicht hatten sie nicht unrecht, da doch das Leiden für alle dasselbe war; das Leiden am Leben.

Anna trank Tee, Anna schluckte ihre Pillen, setzte sich auf, lehnte sich zurück. Leintuch und Wolldecke hingen übers Fußende, wie zu der Zeit, als sie Osprey unter die Decken geschoben hatte, sobald die Lampe gelöscht worden war.

Anna ließ sich an den Rand des Schlafs zurückgleiten. Sie sah die Allee, die zu ihrem Haus führte, so, wie sie sie Christoph beschrieben hatte.

Im Vorfrühling wurde das Laub vom vergangenen Herbst weggeführt. Überall standen vor den Gartenmauern die Schubkarren der Gärtner. Äste wurden geschnitten, die Bäume wurden mit Gift besprüht.

Für Christoph würde es leicht sein, ihr Haus, eines jener Patrizierhäuser, zu dem einem das Wort vornehm einfiel (so hatte sie ihm gesagt), zu finden. Auf der untern, verglasten Veranda wuchsen in Kübeln Lorbeerbäumchen und Agaven. Auch dazu hatte sie ein Wort von den Großeltern übernommen: Wintergarten.

Christoph hatte eine jener Abkürzungen hinnehmen müssen, die sich zum Wort Wintergarten von selbst ergaben:

daß Satori Annas Mutter nur deshalb geheiratet hatte, weil diese aus einem reichen Haus stammte. Zu der Vergröberung gehörte die stillschweigende Unterstellung, daß er sich von ihr hatte scheiden lassen, weil sie ihm später auf dem Weg zu größerem Reichtum hinderlich geworden war.
Anna würde darauf zurückkommen; sie würde den ersten Schritt tun. Der erste Schritt war wichtig; es sollte kein Ausweichen mehr geben, keine Vergleiche, keinen Wettbewerb.
Christoph würde zur Teezeit kommen, an einem freien Nachmittag, nicht am Wochenende. Er würde das Buttermesser, das zum Teeservice gehörte, übersehen, würde die Butter mit dem Messer schneiden, das neben seinem eigenen Teller lag. Er würde sich nicht entschuldigen, wenn Großmutter ihm das Buttermesser reichte.
Es durfte nicht mit einer Entschuldigung beginnen.
Eine Entschuldigung würde sie nicht –
Eine Entschuldigung war ein Messer.

Der Gewerkschaftssekretär dachte jetzt schon an den Bericht, den er würde ablegen müssen, in dreifacher Ausfertigung; egal, was passierte, es schlug sich immer in einem Bericht nieder, Format A4. Namen mußten genannt, nähere Umstände beschrieben, der Ablauf mußte dargestellt, eine Lagebeurteilung entwickelt, Vorschläge mußten gemacht werden. Es ging darum, die Entwicklung in den Griff zu bekommen und zu steuern. Die Namen der Schuldigen kamen in eine geheime Kartei. Schuldige gab es immer. Der Funke durfte nicht überspringen, das war das Wichtigste.
Der Sekretär fuhr rasch.
In Bern waren die Straßen trocken gewesen; jetzt regnete es wieder.
Vor neun Monaten hatte ihm ein Tankwart in Pamplona, Navarra, den rechten Scheibenwischer falsch eingehängt. Wie war es möglich, daß ein falsch eingehängter Scheibenwischer die Windschutzscheibe zerkratzen konnte? Der Sekretär öffnete das Seitenfenster und warf den Zigarettenstummel weg.
Er wollte es sich lieber nicht vorstellen, wie die Organisierten unter den Metzgern zuerst einmal versucht hatten, den Streit zu schlichten; wie sie zwischen Tötebucht, Kleinviehstall, der Schlachtbahn und der Darmerei hin- und hereilten: drohend, beschwörend, bittend. Die andern hörten zu, sagten kaum ein Wort, legten aber am Nachmittag, wie auf ein Kommando, ihre Messer, Bürsten, Stecher, Bolzen hin, schalteten die Maschinen ab, schlurften in ihren Holzschuhen über die Straße und durch den Wirtshausgarten, während wahrscheinlich beim Wirt das Telefon heißlief. Der Wirt war gewarnt worden; Knecht war der Name des Wirts.

Auch darauf lief es immer hinaus: auf Einschüchterung. Vergleiche konnte man erst unter Eingeschüchterten schließen.
Den Stier ins Leere rennen lassen. Es war seine Aufgabe, die Aufgabe des Gewerkschaftssekretärs, den Leuten die Aussichtslosigkeit eines bis zu Ende durchgestandenen Kampfes vor Augen zu führen, solange, bis der Kompromiß als Sieg erschien.
Kapitalistenknecht; war er das?
Er war einer, der sich im Sanitätszimmer des Betriebs die Hände wäscht, mit den Angestellten ein Wort wechselt und die Bar betritt, in der ausschließlich Fußballfans verkehren, während die Kleider der tanzenden, kleinen Mädchen im Zwielicht leuchten und sich die Felder hinter den Toren der Stadt im aufsteigenden Dunst verlieren.
Sein Waschzwang, auch in Pamplona.
Der Mensch ist ein rationales Wesen; Deckel drauf mit Überdruckventil.
Er hätte sich gegen die Abschaffung des Streikrechts zur Wehr gesetzt, selbstverständlich; selbstverständlich war er für das zwischen Unternehmern und Arbeitern ausgehandelte Friedensabkommen, für den Arbeitsfrieden. Abkommensfrieden, Friedensarbeit, Abkommensarbeit; Wörter, die sich aufs Lenkrad trommeln ließen: primo de enero, dos de febrero, tres de marzo, quatro de abril, cinco de mayo, seis de junio, siete de julio: San Fermin.
Er konnte es sich vorstellen: die Metzger in der Arena, schwerfällig in ihren steifen Gummischürzen; der Wirt, hinter der Theke, der in die Hände klatschte, um sich Gehör zu verschaffen: Jedermann kannte sich in der Schönegg aus; am besten, sie gingen gleich mit in den Keller, um Bier zu holen.
Und sich selbst sah er, wie er aufstand, wie er in seine Rolle schlüpfte: die Etablierung der Autorität, das Ritual, die Darstellung des Stehvermögens.

Seine Stimme war lauter als ihre Stimmen.
Glaubten sie, daß ein nicht von langer Hand vorbereiteter Arbeitskonflikt durchzustehen war, ohne Unterstützung durch andere Sektionen, ohne eigene Streikkasse, ohne Garantien?
Und sie, nachdem sich Aufruhr und Jauchzen gelegt hatten, saßen wieder da mit gesenkten Köpfen.
Die Arbeit des Picadors war getan, die nächste Phase konnte beginnen. Es kam das eingeplante Stück aus den Unterlagen, die er sich beim Schlachthofverwalter hätte holen müssen. Er würde ihnen eine Vereinfachung der Schlachtlinie versprechen, würde von der Anschaffung der neuen Mehrzweckguillotine reden; so reden, als sei er täglich dabei, als sei er einer der ihren, als spreche er ihre Sprache.
Schön, sie hatten eine reale Lohnerhöhung verlangt, zwanzig Rappen mehr Stundenlohn; darüber konnte man reden. Man konnte ihre Forderungen in die Verhandlung einbringen. Hatten sie bedacht, daß ihre zweite Forderung, die Erneuerung der Schlachtlinie, automatisch die Trennung der septischen von der aseptischen Abteilung bedeutete, daß sie selbst also ihre Arbeitsplätze gefährdeten?
Er sprach ihre Sprache nicht; er bediente sich einer Sprache.
Sie drängten sich an den Tischen zusammen, als seien sie selbst die an hydraulische Fußzangen gefesselten Opfer der Stechelevatoren.
Und er: Sie waren verheiratet, hatten Kinder, ernährten eine Familie, hier oder in Catanzaro, in Nijar. Sie hatten ein Dach überm Kopf, eine Wohnung, eine Bleibe in einer der Baracken am Stadtrand. Sie hatten Anspruch auf Sozialleistungen, hatten Vergünstigungen beim Kauf gewisser Fleischwaren. Wollte auch nur einer von ihnen das Erreichte freiwillig aufs Spiel setzen?

Es würde ihm gelingen, nicht, sie zu überzeugen, aber sie zu überwältigen.

Der Ablauf ist festgelegt, die immer gleiche Prozession. Ein Tor wird geöffnet, aus dem Dunkel bricht der Stier hervor. Es wird geprüft, wie er angreift, wie er wendet, wie er rutscht, wie er zustößt und nachstößt. Die Figuren haben einen Namen; es gibt Eingeweihte.

Hatten sie vergessen, daß nur die kleinen Schritte sie weiterbrachten? daß es der Gesamtheit der Arbeitnehmer heute besser ging als früher?

Der Regen hatte aufgehört, als der Gewerkschaftssekretär auf dem Parkplatz des Schlachthofs anhielt, dann aber nicht ausstieg, sondern zurücksetzte und den Wagen vor der Schönegg zum Stehen brachte. Die Kratzspur auf der Windschutzscheibe war jetzt, im schräg einfallenden Sonnenlicht, deutlich zu sehen.

Er hatte die Unterlagen beim Schlachthofverwalter nicht geholt, hatte keinerlei Abkommen getroffen. Er war bereit, und eigentlich nur um seiner selbst willen, es sich diesmal nicht leichtzumachen. Er hatte sich entschlossen, etwas herauszufinden, das nicht schon von Anfang an feststand.

Er betrat das Wirtshaus.

Er kam zu spät.

Es hätte nichts ausgemacht, wenn er die Kellnerin unter der Tür nach einer Waschgelegenheit gefragt, sich in der Küche die Hände gewaschen, sich nach den Sorgen des Wirts erkundigt hätte.

Die Polizei war ihm zuvorgekommen.

»Ist das noch einer vom Schlachthof?« fragte der Polizist, der neben Knecht an der Theke stand.

Die Metzger standen an den Tischen.

Der Sekretär nannte seinen Namen: Das also war es. Das Motorrad im Garten war ihm aufgefallen; aber er hatte es nicht mit der Polizei in Verbindung gebracht.

Das Telefon läutete. Der Polizist steckte den Ausweis des Sekretärs in die Tasche, schob Knecht zur Seite, hob den Hörer ab: Ja, sie waren noch da, waren gerade dabei, zu bezahlen und aufzubrechen; alle ganz friedlich und gesittet. Nein, einen Journalisten hatte er nicht gesichtet, bloß einen Gewerkschaftssekretär; ein Journalist hätte gerade noch gefehlt. Übungsabbruch. Ende.
Er legte auf, wandte sich an die Metzger: Sie hatten es gehört. Er hatte Wort gehalten. Es würde keinen Rapport geben. Die Sache war erledigt. Die Übernahme des Schlachthofs durch die Polizei hatte vermieden werden können. Der Schlachthofverwalter erwartete von ihnen nichts Unmögliches. Nur die dringendsten Arbeiten sollten sie fertigmachen, und morgen war ja Erster Mai; Tag der Arbeit. Da hatten sie Gelegenheit, sich mit ihren Vertretern, mit ihrem Sekretär da, auszusprechen, wenn ihnen dann noch danach zumute war.
Der Sekretär stellte sich hinter den Wirt, legte ihm die Hand auf die Schulter. Knecht schüttelte die Hand ab, trat einen Schritt vor: Ihre Vertreter, damit mußte der Polizeigefreite Marzohl den Leuten nicht kommen! Ein Streik war nicht eine Sache, die am grünen Tisch an einem einzigen Tag gelöst werden konnte. Sein eigener Vater, Albin Knecht, hatte genug Arbeitslose betreut; Arbeitslose und Streikende. Er erinnerte sich daran. Er hatte keine Nachhilfestunde nötig. Er erinnerte sich an die Schikanen, die sein Vater, und mit ihm die ganze Familie, hatte erdulden müssen. Sie hatten die Küche blitzblank gehalten, aus Angst vor unangemeldeten Kontrollen. Nächtelang hatten sie den erbitterten Kampf gegen den Schwabenkäfer geführt. Immer hatte man ihnen gedroht: Wir machen euch die Bude zu, wenn ihr mit dem Schwabenkäfer nicht aufräumt.
Was wußte Marzohl vom Schwabenkäfer! Der lauert im Boden, unterm Linoleum, in den Zwischenräumen, im

Mehl, im Kaffeesatz; du schlägst auf ihn ein, blitzschnell ist er weg. Du erwischt ihn, und dort rennt er schon wieder, wühlt sich durch die Kanalisationen, frißt sich durch Dreck, Blut, Abfall, bis sein Leib platzt und tausend andere Schwabenkäfer daraus hervorbrechen; vom Schlachthof hierher, und von hier über die ganze Stadt.
Und Ameisen! Flugameisen gab es damals noch, im Sommer, nur während kurzer Zeit.
Ameisen und Schwabenkäfer und Arbeiter, die sich nicht einschüchtern ließen, die für ihre Rechte einstanden, den Rücken hinhielten, und nicht nur den Rücken!
Er, Robert Knecht, wußte es noch, wie nach dem Ersten Weltkrieg ein Arbeiter zu seinem Vater gesagt hatte: Albin, jetzt bin ich auf dem Frauenabort gewesen, ich habe mich in der Türe getäuscht; und glaub es oder glaub es nicht, da hockt der Tod. Der Tod hat zu mir gesagt: Brauchst nicht zu erschrecken, Josi, ich hab's ja auch nicht wissen können, daß du auf die Frauentoilette gehst! und am andern Tag wurde dieser Arbeiter am Bahnhof erschossen, im Generalstreik, – und Knecht richtete sich auf, stieß mit dem Gewerkschaftssekretär, der sich nicht von der Stelle gerührt hatte, zusammen: »Eure Vertreter«, schrie er. »Dableiben sollt ihr, kämpfen, Freibier für alle!«
Marzohl lachte: Wollte Knecht den Leuten vielleicht auch noch mitteilen, welche Farbe sein Pyjama hatte?
Die Metzger drängten sich durch die Tür.
Knecht starrte, an die Theke gelehnt, ins Leere.
Der Gewerkschaftssekretär setzte sich an einen Tisch.
»Wir wollen zusammen reden«, sagte er.

Annas Großmutter konnte sich vorstellen, wie Christoph bis heute gehaust hatte; in einer Junggesellenwohnung eben; vielleicht nicht einmal unordentlich. Möglicherweise war er sogar übertrieben ordentlich. Legte er etwa, wie Junggesellen das früher gemacht hatten, seine Hose zwischen Ober- und Untermatratze, um die Bügelfalten aufzufrischen? Aber da fiel ihr ein, daß es heute keine Ober- und Untermatratzen mehr gab. Sie hatte sich Kataloge von Versandhäusern kommen lassen, um zu sehen, wie junge Paare sich einrichteten: die Sparaussteuer Erika, beispielsweise, so furchtbar fertig, als sei das ganze Leben schon gelebt; zwei Bilder nach Wahl waren im Preis inbegriffen. Und dann das Bettenangebot! Sie hatte es als anzüglich empfunden, ohne sagen zu können, warum. Vielleicht lag die Anzüglichkeit gerade in der Beschränkung auf technische Angaben wie Materialbeschaffenheit, Robustheit und Lebensdauer. Sie hatte sich nicht zu einem Kauf entschließen können. So war es nun doch bei Bargeld geblieben, phantasielos, nicht wahr? – und sie legte eine Brieftasche auf den Tisch, schob sie zu Anna hinüber: Sie sollten selbst entscheiden, was sie kaufen wollten; eine Hochzeitsreise, einen Hund, eine neue Stereoanlage. Hatte Anna ihr nicht einmal von Christophs Plattensammlung erzählt?

Alles, was Anna sagen konnte, war, daß das Halten von Haustieren in Christophs Wohnung verboten war, – und sie stand auf, um die Großeltern zu umarmen.

»Bleiben Sie in dieser Stellung«, rief der Fotograf.

»Aber das Essen hat dir geschmeckt, Großmama«, sagte Anna.

Der Großvater nickte: Es hatte ihr sehr geschmeckt. Nur

der Conférencier gefiel ihr nicht. Dabei war der Conférencier seine Idee gewesen; schon die Idee hatte ihr nicht gefallen.
»Du hast es gut gemeint«, sagte Anna.
Und er: Er hatte zufälligerweise in einer deutschen Illustrierten den Bericht über eine Fürstenhochzeit gelesen. Er hatte bei Radio Basel angerufen, um sich zu erkundigen, ob der Conférencier, der die Hörer an Werktagnachmittagen durch die Sendungen führte, nicht auch zu Privatanlässen auftrat. Danach hatte es kein Zurück mehr gegeben, leider. Er selber fand den Conférencier jetzt auch nicht lustig. Lustig war eigentlich nur, daß eine Stimme, die jeder kannte, plötzlich zu einem Gesicht, zu einem Körper gehörte, zu einem Mann, den er sich jünger vorgestellt hatte, ohne Brille, schwarzhaarig.
»Wir wollen uns nicht streiten«, sagte die Großmutter.
»Ich habe es wirklich nur gut gemeint«, sagte er, und zu Anna: »In einem Schleier wärst du noch hübscher gewesen, das wenigstens lasse ich mir nicht ausreden; aber jetzt geh und setz dich wieder zu deinem Mann; du hast Verpflichtungen.«
Es war eine ganz gewöhnliche Hochzeit.
Der Fotograf stand auf einem Stuhl, wartete auf die Pointe eines Witzes, lauerte auf lachende Gesichter.
Und wie langsam ihr die Zeit verging. Die Kopfschmerzen, weil sie keine Möglichkeit hatte, davonzulaufen. Der Schmerz strahlte in die Schulter und in den rechten Arm aus. In diesem Spiel mußte sie die Hauptperson spielen, und es gelang ihr nur für Augenblicke, sich aus dem Spiel zu stehlen als Darstellerin der Braut. Die Hände, die sie angefaßt, die Arme, die sich um sie gelegt hatten, hinterließen Male. An der Taufe erstickt der Säugling; an der Hochzeit wird die Braut in Stücke gerissen.
Auf dem Nebentisch häuften sich die Geschenke.

Der Conférencier verlas Telegramme, mit und ohne Kommentar.
Nach jedem Telegramm spielte die Musik einen Tusch.
Die Besorgtheit in den Augen des Mannes, der sich zu ihr hinüberbeugte. Mein Mann. Meine Frau.
Anna rettete sich in eine plötzliche Wut, klopfte mit dem Messer ans Glas, bat um einen Augenblick Aufmerksamkeit: Ihr war ein Brief ihres Vaters zugestellt worden. Diesen Brief wollte sie gerne vorlesen; sie selbst, – und sie zog einen Briefumschlag aus der Handtasche, hob einen Scheck hoch, sagte: »Ein Scheck«, hob ein gefaltetes Papier hoch, sagte: »Ein Gutschein«, legte beides vor sich hin, entfaltete einen Briefbogen und fing an zu lesen.
Meine liebe Tochter. Nach allem, was vorgefallen ist, kann ich mich doch nur schwer damit abfinden, zu eurem Hochzeitsfest nicht eingeladen worden zu sein; muß es aber wohl. An Enttäuschungen reift der Mensch. Du wirst zugeben, daß ich dir und deiner Mutter gegenüber meine Pflichten, und mehr als das, stets erfüllt habe, wie aus Quittungen zu ersehen ist, und zwar restlos.
Ich habe mir mein Verhältnis zu dir anders vorgestellt, denn du bist jetzt erwachsen und weißt nicht, was das Leben, das jedem Menschen vieles schuldig bleibt, für dich bereithält und wo schließlich deine wahren Freunde zu dir halten, noch wer sie sind. Dieser Brief mag dich in Erstaunen versetzen, du wirst ihn vielleicht gar nicht gerne lesen; aber eine gewisse Ordnung auch in den Gefühlen muß sein; eines Tages wirst du das einsehen. Nicht jeder, der in jungen Jahren mit kurzer Badehose und einer großen Gitarre am Strand auftaucht, um ein Mädchen zu betören, taugt als Mann fürs Leben. Item, ich bin kein Philosoph, sondern Geschäftsmann, und das Gesetz der Dynamik gilt überall, von der Jugend zum Alter, vom Leben zum Tod, usw. Da wir nun, wie es scheint, in diesem Leben nicht zusammen-

kommen, obschon ich es immer wieder versucht habe und weiter versuchen werde, denn ich bin keiner, der seine Pläne so leicht aufgibt, wie du wissen wirst, habe ich mir erlaubt, auf dem hiesigen Friedhof ein Familiengrab zu erstehen. Die letzte Ruhestätte wenigstens wollen wir teilen, denn auch du kannst das Blut der Satori nicht verleugnen, davon bin ich überzeugt. Unsere Zukunft steht in den Sternen, doch wünsche ich dir, liebe Tochter, zu deinem Ehebund nur Gutes und Schönes. Es ist wahrscheinlich vermessen zu wünschen, daß ein Sohn, der dieser Ehe vielleicht entspringt, den Vornamen seines Großvaters väterlicherseits trägt, doch grüße ich dich in diesem Sinne, empfehle dir und deinem Mann den Stand der Gütertrennung und bleibe, mit aufrichtigen Wünschen und über euer weiteres Leben weiterhin wachend, dein Vater Bruno Satori, – und Anna ließ den Brief sinken, sah aus dem Augenwinkel ihre Mutter mit dem Taschentuch hantieren, sah die eifrigen Gesichter der zum Einsatz bereiten Musiker: Da war noch ein P.S. Er gehöre zur Füllfederhaltergeneration, schrieb Satori, und er benütze immer noch seinen alten Füllfederhalter, jenen, den Anna ihm vor Jahren zu Weihnachten geschenkt habe, fertig. Kein Wort vom italienischen Stil des Grabes, von Rosenmarmor und Trauerweiden! Aber vielleicht wußte einer der hier Anwesenden, was eine standesgemäße Beerdigung kostete, die Benützung der Leichenhalle, die Miete des Tiefkühlraums, das Orgelspiel am Anfang und am Ende, das Aufstellen der Kranzgestelle, der Leichentransport auf dem Friedhof und schließlich der Grabunterhalt für hundert Jahre, das Nachfüllen von Komposterde, Um- und Neupflanzungen, Pflege, Beschneidung, Herbizide?

Die Musik spielte ihren Tusch; der Conférencier sprang auf, versuchte, einen Blick auf den Scheck zu werfen, der immer noch vor Anna auf dem Tisch lag; die Kellnerin trat ein: Durfte man den Nachtisch servieren?

Es war eine ganz gewöhnliche Hochzeit. Nur kein Schweigen aufkommen lassen. Das Brautpaar mußte den Tanz eröffnen; danach betraten andere Paare das Parkett, das hier Linoleum war.
Christophs Tante würde sich zu Annas Großmutter setzen und ihr erzählen, wie sie mit dem Jungen Ostereier gesucht hatte; wie sie ihn, nach seiner Konfirmation, auf eine Ferienreise nach Alassio mitgenommen hatte. Eine lebenslängliche Betreuung. Kannten Herr und Frau Leibundgut Alassio?
Anna drängte Christoph zur Veranda, trat mit ihm auf die Terrasse hinaus. Peter Tripet folgte ihnen.
Es war ein föhnklarer Tag. In den Weinbergen arbeiteten Rebbauern, Frauen und Männer. Das Auwäldchen am gegenüberliegenden Seeufer war schon grün; dort blitzten Lichtbündel auf. Über der Stadt lag Dunst.
»Wo bleibt Beatrice?« fragte Anna.
Peter wußte es nicht. Beatrice hatte gelacht, als er gesagt hatte, sie würden ohne sie mit dem Essen anfangen. Er hatte sie um halb zwölf erwartet.
Eine Winzerin winkte mit den Rebstickeln, die sie in der Hand hielt. Es sah aus wie eine Drohung. Anna beugte sich übers Geländer und winkte zurück, bis jemand sie am Arm faßte und wegzog. Es war der Fotograf.
Durfte er Frau Hauser darauf aufmerksam machen, daß zu einem solchen Fest ein Gruppenbild gehörte? Er, als Anhänger der alten Schule, war kein Freund des Blitzlichts. Durfte er den Herrschaften vorschlagen, sich nach draußen zu begeben, nicht auf die Terrasse, sondern unter den Kastanienbaum im Garten?
»Daß ihr einen Fotografen kommen laßt, hätte ich nicht erwartet«, sagte Annas Mutter unter der Tür.
Und Anna: Hatte nicht sie, ihre Mutter, den Fotografen herbestellt?

Die beiden Frauen sahen sich an.
»Vielleicht Großvater?« sagte Anna.
»Das hätte er mir gesagt«, sagte Annas Mutter: Aber sie verstand es jetzt, sie hätte gleich darauf kommen müssen. Satori. Das Bild würde sich gut machen, Braut und Bräutigam, in Satoris Büro.
Anna riß sich los.
Draußen, unterm Kastanienbaum, herrschte das bei Gruppenbildern übliche Durcheinander. Der Fotograf erteilte Anweisungen: Die Leute im Vordergrund sollten sich umarmen, locker bleiben, lässig, damit es aussah wie ein gelungener Schnappschuß. Es durfte nicht wie ein gestelltes Bild aussehen, nicht wie ein Bild aus dem Leben. Es mußte aussehen wie das Leben selbst.
Während die Gäste ins Haus zurückgingen, wartete Anna auf den Fotografen: Sie hatte mit ihm zu reden, unter vier Augen.
Er hörte ihr zu, nickte, schüttelte den Kopf: Nein, Frau Hauser verlangte Unmögliches von ihm. Die Filme konnte er ihr nicht verkaufen, für kein Geld der Welt. Herr Satori war ihr Vater. Sie mußte aus Erfahrung wissen, daß man einen solchen Auftraggeber nicht vor den Kopf stoßen durfte. Er, der Fotograf, war weder ein Held noch ein Märtyrer, – und er nahm Tasche und Stativ auf, öffnete die Tür mit dem Fuß, sagte höflich: »Bitte nach Ihnen.«
Anna, noch in der Gaststube, packte Peters Hand: »Komm«, sagte sie, »trinken wir hier ein Glas Wein zusammen; im Saal oben wird man uns nicht vermissen.«
Anna wußte, warum Beatrice nicht gekommen war. Beatrice war ein Mensch, der sich nicht nur wehrte; Beatrice verweigerte sich; Verweigerung war ihre Stärke.
Und Peter: Auf einmal hatte er das Gefühl, nicht mehr so reden zu können wie früher. Hatten sie denn jemals das Bedürfnis gehabt, sich zu erklären? Was bedeutete das:

Verweigerung? Hatten sie vielleicht Verständnis mit Nachgiebigkeit verwechselt? Er hatte sich immer verstanden geglaubt; oder nie. Jetzt aber waren es nicht nur die Worte, die ihm fehlten. Daß die Worte ihm fehlten, merkte er erst jetzt.

»Ich möchte Beatrice zur Freundin haben«, sagte Anna.

Und Peter: Wie leicht sich das sagte. Beatrice hatte viele Freunde. Beatrice war eine Träumerin; sie war nicht bereit, war nicht in der Lage, die Dinge einfach hinzunehmen. Keiner kannte sie, auch er kannte sie nicht wirklich.

»Ich möchte sie so zur Freundin haben, wie sie ist«, sagte Anna.

Heute, am Tag der Arbeit, hatte Polizeikorporal Jakob Straub – im Dienst des Lebens ergraut, wie er von sich selbst zu sagen pflegte, wenn ihm nichts Besseres einfiel – eine Frage an seinen Kollegen: Was hätte Marzohl getan, wenn sie gestern zum Einsatz gegen die streikenden Metzger gezwungen worden wären?
Marzohl saß, über eine Zeitung gebeugt, am Archivtisch. Beim Lesen bewegte er die Lippen.
Und Straub: Es war doch wirklich so, daß Militär und Polizei in diesem Jahrhundert schon einige Male zur Verhinderung von Unruhen im eigenen Land hatten antreten müssen, höflich gesagt.
Marzohl blickte auf: Sah Straub nicht, daß er Zeitung las? Wie kam es nur, daß man Leute, die Zeitung lasen, besonders gern störte? Die Sportberichte waren wahrhaftig lausig genug, auch ohne Zwischenrufe. Gute Sportreporter konnten oder wollten sich die Zeitungsverleger nicht leisten, Sport war für die nichts anderes als Opium fürs Volk. Auch heute wieder, – und Marzohl schlug mit der flachen Hand auf die Zeitung: Nichts als Politik und Theateraufführungen, und dazu ein Artikel eines Wühlers, der sich mit irgendwelchen dunklen Punkten im Leben des Schachgenies Botwinnik beschäftigte. Kein Wort über die Aussichten des FC Schalke 04, deutscher Fußballmeister zu werden!
»Ich habe dich etwas gefragt«, sagte Straub.
Ja, das hatte Marzohl gehört; Streik, und seine Antwort war, daß er die Versammlung der Schlachthäusler aufgelöst hätte. Was hieß das schon: zum Einsatz gezwungen! Vielleicht entzog es sich der Kenntnis des Kollegen, daß vor einiger Zeit das gute, alte Tränengas erfunden worden war.

Er hätte die Versammlung aufgelöst und gleichzeitig dafür gesorgt, daß die einschlägig bekannte Spelunke dieses Aufwieglers geschlossen worden wäre. Hatte nicht er selbst, Marzohl, während Straub seinen freien Tag genoß, versucht, den Wirt zur Vernunft zu bringen? Aber Vernunft setzte Vernunft auf der Gegenseite voraus, und da gab es keine Gewähr, keinen Verlaß. Auf den Instinkt kam es an; in ihrem Beruf wurde einer, der nicht seinem Instinkt folgte, nicht alt.

Er lese eben die Zeitung, hatte ihm Knecht durch seine Kellnerin ausrichten lassen, und er wünsche, nicht gestört zu werden. Was Herr Knecht denn eben lese, hatte Marzohl gefragt, und die Kellnerin hatte die Frechheit gehabt zu antworten, Herr Knecht lese immer nur die Sportberichte.

Straub trug seinen Becher zum Ausguß hinüber, spülte ihn aus, griff nach der Nescafédose, vermied den Blick in den Spiegel. Das Pulver löste sich auch in kaltem Wasser auf, wenn man kräftig rührte und die obenauf schwimmende Schicht mit dem Löffel am Becherrand zerrieb.

»Jakob«, sagte Marzohl, »ist was?«

Was sollte schon sein; nichts war. Er fühlte sich ein bißchen schlapp, war gestern im Zirkus gewesen, hatte dann schlecht geschlafen. Mit dem Einschlafen hatte er Mühe, und gestern kein vernünftiges Kreuzworträtsel zu Hause. Am besten, Marzohl kümmerte sich nicht um ihn, – und Straub kehrte an den Tisch zurück, setzte den Becher ab, ließ sich in seinen Stuhl fallen.

Vor ihm lagen, im offenen Postquittungsbuch, die zur Zahlung fälligen Rechnungen und Einzahlungsscheine: Miete, Telefon, Gas, Wasser, Licht, Lebensversicherung, Haftpflichtversicherung, Krankenkasse, Pensionskasse, Steuerrate, Unfallversicherung.

Der Beitrag für die Krankenkasse wurde, wie man dem

geschätzten Kunden in einem vorgedruckten Brief mitteilte, nur mäßig erhöht. Es galt, sich den heutigen Gegebenheiten notdürftig anzupassen.
Die Bank seiner geschiedenen Frau schickte, in verschlossenem Umschlag, zwölf neue Einzahlungsscheine; mit freundlichen Grüßen.
Die Mietervereinigung bot, in der Hoffnung, einen vielseitigen Wunsch ihrer Mitglieder zu befriedigen, nun endlich auch eine erweiterte, das Mietobjekt betreffende Sachschadenversicherung an.
Noch offen war die Zahnarztrechnung, die er in Raten bezahlte.
Die Rechnung der Reinigungsanstalt und eine andere Rechnung hatte er zu zahlen vergessen und dann, nachdem er gemahnt worden war, gleich doppelt bezahlt: sicher ist es Ihrer Aufmerksamkeit entgangen, daß –
Mit seinen Zahlungen war er ein oder zwei Tage im Rückstand, so war es immer gewesen; am zweiten oder dritten Tag des Monats trug er das Geld zur Post. Konnte man das Nachlässigkeit nennen? Einmal hatte er eine Pfändungsdrohung erhalten, irrtümlicherweise, wie sich sogleich herausstellte.
Straub ging Seite für Seite durch, las, mit wachsendem Entsetzen, die immer wiederkehrenden Eintragungen, die ihm in seiner eigenen, vertrauten Schrift entgegentraten: sein Leben, zusammengefaßt in fünf Quittungsbüchern.
Er hatte Marzohl die Wahrheit gesagt. Was sollte schon sein? Nichts war. Was gab es da hinzuzufügen? Vielleicht, daß auch er sich notdürftig angepaßt hatte, auf dem Weg vom einfachen Polizisten zum Gefreiten und schließlich zum Korporal? Er hatte es geschafft; auf vielseitigen Wunsch.
Korporal Straub führt die Untersuchung.

Korporal Straub wird die Presse um achtzehn Uhr informieren.
Korporal Straubs Lieblingsblumen sind gelbe Tulpen.
Es war nichts passiert. Nur war es seiner Aufmerksamkeit entgangen, daß er die Leere Sinn genannt hatte.
Straub, der Einzelkämpfer.
Er war von den Lehrern in allen Klassen für seine Schrift gelobt worden. Er war einer von denen, die Lob brauchten. Er wollte geliebt werden.
Zuneigung muß man sich verdienen, Straub; abtreten. Abverdienen. Abwarten.
In seinen Heften herrschte lange eine ins Grünliche schillernde Tinte vor. Später war Azurblau Mode und noch später Schwarz. Seine Schrift hatte sich über Jahre hinweg kaum verändert. Dem Wunsch, andere Schriften auszuprobieren, hatte er nie nachgegeben. Steil und aufrecht standen seine Buchstaben da, auch heute noch, in vertrauenerweckender Unanfechtbarkeit. Straub, mit seinen Musterheften, mit seinen Musterschülerheften, mit seinen Musterschülermusterheften.
Er sah auf, sah, daß Marzohl ans Fenster getreten war und auf den an- und abschwellenden Straßenlärm lauschte.
»Die Lage ist die«, sagte Straub, »daß ich sechsundfünfzig Jahre alt bin, esse, was man mir vorsetzt, meine Wäsche auswärts waschen lasse und von meinen Nachbarn als äußerst stiller Mieter bezeichnet werden darf«, – und er packte den halbvollen Becher, warf ihn aber nicht an die Wand, sondern leerte ihn ohne Hast über die vor ihm liegenden Quittungsbücher aus.
Marzohl drehte sich um, starrte ihn an: Hörte Straub nicht, was draußen vorging?
Straub lachte: O doch, er hörte es; Knallerbsen, Nonnenfürze, Feuerwerk; da fiel sozusagen der Erste Mai mit dem ersten August zusammen; auf diese Weise war es möglich,

einen unproduktiven Feiertag einzusparen. Sein Gehör war prima. Er war jederzeit bereit, dem Kollegen das Attest des Polizeiarztes vorzulegen. Sein Gehör war fast zu gut für eine Freiheit, die mit der Pensionierung beginnen sollte; recht bald also, – und er beugte sich vor: Wie schön war es für einen alten Mann, zurückblicken zu dürfen auf ein reiches und erfülltes und von einem Vertrauensarzt begleitetes Leben. Da noch eine Fahrt ins Blaue, dort eine organisierte Reise an den Titisee; Träume, die man sich endlich leisten und erfüllen konnte, vorausgesetzt, daß es die richtigen Träume waren. Man hatte zwar bei Frauen kaum mehr Erfolg; wichtig war das nicht; wichtig war, daß man noch nicht unzumutbar war. Pflegebedürftig wurde man erst mit fünfundsiebzig. Das Gedächtnis ließ allerdings schon früher nach; aber auch das war ein Genuß für den bescheidenen Menschen. Mancher nahm sich vor, sein Leben aufzuschreiben und ein kleines Testament zu verfassen, nach dem Motto: auchanderekochennurmitwasser, nirgendswachsendiebäumeindenhimmel, ehrlichwährtamlängsten.

Marzohl schrie ihn an, schrie ins Telefon, schwieg, schrie.

Der Kaffee rann über die Quittungsbücher, über den Tisch, tropfte auf Straubs Hose.

»Straßenschlacht«, schrie Marzohl, »Stellung halten. Sie kommen!«

Straub schrieb dem Kaffee mit dem linken Zeigefinger Entlastungskanäle vor.

War es so schwer, einfach wegzugehen? Es schien Mut zu brauchen; eine Art von Mut.

Marzohl beugte sich über ihn, versuchte, ihn aus dem Stuhl zu zerren. Straub schüttelte Marzohls Hände ab.

In einem Gesuch um vorzeitige Entlassung bitten, das würde er fertigbringen. Aber nachher? Wie würde er es aushalten? Zu welcher Arbeit war ein Ex-Polizist brauchbar? Er konnte mit seinen Händen arbeiten, konnte sich einen nicht allzugroßen Kastenwagen kaufen und Werkzeug, mußte dann nur noch ein Inserat aufgeben: MALERARBEITEN – KLEINREPARATUREN – RUFT DEN STRAUB. TELEFON: 234657; und warum sich nicht mit einem andern zusammentun, mit einem pensionierten Schlachthofarbeiter, mit dem alten Kocher, zum Beispiel, – und er dachte an all die Leute, die er vor dem Schlachthof und in der Stadtparkgegend, wo sie, in Zeitungen eingewickelt, vor sich hindösten, aufgegriffen hatte; und an die andern, die sich hinterm Güterbahnhof an einem Feuer und an der kreisenden Flasche wärmten: Alte und Junge, polizeilich Gesuchte und solche, die niemand mehr suchte, Flüchtlinge und Gestrandete, Ausbrecher und Einbrecher, Kleinkriminelle, Politische. Randgruppen nannte man solche Leute auf der Polizeischule. Als ob es etwas anderes gäbe als Randgruppen.

»Marzohl, wir sind eine Randgruppe«, sagte er: Konnte der Kollege den Lärm draußen nicht abstellen? Der Lärm störte ihn beim Nachdenken.

»Straub, Mann, du bist wahnsinnig geworden«, schrie Marzohl, – und Straub sah, wie er nach dem Schlagstock griff, als die Tür aufsprang.

Marzohl wich zurück. Junge Leute mit Stangen und Latten drangen ein. Marzohl war nicht mehr zu sehen. Ein Rollmöbel segelte durch die Luft, durchschlug das Fenster. Wie ein Echo auf den Aufprall kam der Jubel von der Straße.

Straub war nicht beteiligt. Was da geschah, betraf ihn nicht. Nicht er war es, der die Schublade öffnete, die Waffe herausholte, den Arm hob, auf einen der Schatten zielte.

Ein Aktenbündel ergoß sich über seinen Tisch; rote Tinte; wann hatten sie je rote Tinte verwendet?

Der Clown im Zirkus gestern hatte es fertiggebracht, auf dem Gepäckträger des Tandems zu sitzen und gleichzeitig die Glocke zu läuten; sehr seltsam.
Straubs Arm wurde hochgerissen. Er durfte nicht vergessen, sich heute abend nach dem Dienst, am Feierabend, Schlaftabletten zu besorgen.
Und noch immer, noch immer läutete die Glocke.

Nie waren die Fenster in der Schönegg sauberer gewesen. Die Kellnerin trug beim Fensterputzen Gummihandschuhe. Wenn ein Gast sie an seinen Tisch rief, streckte sie die Arme aus und spreizte die Finger: Der Gast durfte ihre Schürze heben und sein Geld in den darunterliegenden Beutel gleiten lassen; aber dann: Hände weg!

In der Wirtschaft saßen drei Schlachthofarbeiter beim Jaß, während draußen die Stadtgärtner das Thujagestrüpp, das den Wirtschaftsgarten gegen die Straße hin abgeschirmt hatte, zersägten und auf einen Lastwagen luden.

Der Wirt kam aus der Küche: Rosa hatte ihn gerufen? – und er sah den Mann an der Theke, faltete, während er zu ihm hinüberging, die Zeitung zusammen, legte sie aber nicht aus der Hand.

»Mabillard«, sagte der Fremde: Herr Knecht kannte ihn wohl kaum, und auch er kannte den Wirt nur vom Hörensagen.

Knecht fuhr auf, knallte die Zeitung auf die Theke: Mit Leuten, die ihn nur vom Hörensagen kannten, wollte er nichts zu tun haben. Er hatte seine Bewilligungsgesuche bei der Stadt fristgerecht eingereicht. Auf Diskussionen mit irgendwelchen Beamten ließ er sich nicht ein. Er hatte gegen die Straßenverbreiterung, gegen die neue Kanalisation, die drüben im Schlachthof nötig sein sollte, Einspruch erhoben, selbstverständlich ohne Erfolg. Er würde jede von der Verwaltung verfügte Kostenbeteiligung an diesen Arbeiten anfechten. Es war schon genug, daß man ihm wieder ein Stück Land wegnahm, und die Hecke natürlich. Aber er ließ sich von den Herren nicht fertigmachen, nicht kaputtmachen, nicht zum Aufgeben zwingen.

Und Mabillard: Da mußte eine Verwechslung vorliegen,

er, Mabillard, war hierhergereist, um einen Schulungskurs für Versicherungsvertreter zu besuchen. Er hatte Martin Knecht in der Rekrutenschule kennengelernt, vor sechs Jahren; Martin und seine beiden Freunde, Christoph Hauser und Peter Tripet. Danach hatten sie sich noch eine Weile lang geschrieben und sich dann, wie es im Leben so ging, aus den Augen verloren.

Und Knecht: Er konnte sich nicht erinnern, den Namen Mabillard je gehört zu haben. In der Rekrutenschule also, das war 1952 gewesen; das Jahr, in dem seine Frau gestorben war.

»Losone«, sagte Mabillard.

»Bitte setzen Sie sich«, sagte Knecht.

»Ich muß mich bei Ihnen entschuldigen«, sagte er. »Was darf ich Ihnen anbieten? So setzen Sie sich doch.«

»Kaffee«, sagte Mabillard.

Die Kellnerin brachte ihnen den Kaffee in Gläsern.

Der Wirt verlangte Kräuterschnaps, stützte sein Gesicht in die Hände. Wenn sie jetzt hereinkäme, Rosa, seine Frau, wäre es wie ein Erwachen; er würde wissen, daß er ihr keine Rechenschaft mehr schuldete. Die Lebende hätte ihm eine Chance gegeben, die ihm die Tote vorenthielt.

»Es gibt Gäste«, sagte er, »die mögen den Kaffee lieber in der Tasse und den Schnaps daneben in einem Extra-Glas. Aber Kaffeeschnaps, der echte, wird in Gläsern serviert; das werden Sie im Militärdienst auch erfahren haben, Herr –«

»Mabillard«, sagte Mabillard. »Ich war Leutnant des Zuges, damals. Martin und ich, wir waren viel zusammen. Ich habe lange nichts mehr von ihm gehört. Wie geht es ihm, in Amerika?«

Knecht schaute durchs Fenster.

»Neuerdings kommen viele Junge in die Schönegg«, sagte er. »Es ist gerade Mode, und solange sie sich mit den Stammgästen vertragen«, – und er zuckte die Schultern: Die Stammgäste, das waren Arbeiter vom Schlachthof, Pensionierte, Leute von der Güterexpedition; aber eben, da gab es Wechsel, da tauchten neue Gesichter auf, verschwanden alte. Er, Knecht, konnte sich schlecht mit dem Wechsel abfinden. Die Schönegg war ein Wirtshaus, nicht eine Schnellimbißecke.

»Und Hauser und Tripet?« fragte Mabillard.

Hausers Frau kam selten, er selber fast täglich. Auch Tripet war oft da. Tripet gehörte zu den Gästen, die das Geld auf den Tisch warfen, noch bevor sie ihre Bestellung aufgegeben hatten. Aber wenn er dann doch einmal sitzenblieb, gab es kein Halten mehr. Dann blieb er bis zur Polizeistunde und betrank sich. Er trank sich aus dem Elend hinaus, wie man hierzulande sagte.

Mabillard lachte: Aus dem Elend! Er verstand, was damit gemeint war.

»Zum Wohl«, sagte Knecht.

»Zum Wohl«, sagte Mabillard: Er hatte sich die Schönegg anders vorgestellt. Man mußte sich zweimal umsehen, man mußte die Umgebung auf sich wirken lassen. Die hohe Stufe, die alten Holztische, der Garten; Wirtshäuser wie dieses waren selten geworden.

»Die Leute, die solche Wirtshäuser gern haben, sind selten geworden«, sagte Knecht. »Sie werden nicht mehr benötigt. Ich weiß nicht,was Sie mit dem Wort Qualität meinen; wir kennen uns zu wenig. Ganze Straßenzüge werden abgebrochen, die Straßen werden verbreitert, Neubauten werden aus dem Boden gestampft, mehr Komfort, bessere Ausnützung, kleinere Küchen, zu stark beheizte Kellerchen; Sanierung und so weiter. Wollen Sie hier auf gut Glück auf Tripet oder auf den Lehrer warten?«

Ja, Mabillard hatte Zeit. Herr Knecht sollte sich nicht durch ihn von der Arbeit abhalten lassen. Es hatte ihn gefreut, Martins Vater persönlich kennenzulernen; ihm allerdings kam es so vor, als habe er ihn schon immer gekannt.

»Das ist wegen Martin«, sagte der Wirt. »Die furchtbarsten Fehler begeht man da, wo man einem Menschen, den man liebt, etwas Schweres ersparen möchte. Aber was ist das, Liebe. Vergessen wir es, geben Sie mir Feuer«, – und zur Kellnerin: »Rosa, Kaffee im Glas und zwei Kräuter!«

»Für mich ohne Zucker, bitte«, sagte Mabillard: Schlanke, sportliche und großgewachsene Typen hatten mehr Chancen im Versicherungsgewerbe als andere. Sie holten größere Aufträge herein; jedenfalls sagte man ihnen das an den Schulungskursen. Er selber hatte sich zwar keine Schuhe mit extra hohen Absätzen, aber doch eine Höhensonne angeschafft, um auch im Winter gebräunt bei der Kundschaft vorzusprechen. Kurz bevor er Leutnant geworden war, hatte er sein Studium abgebrochen. Seither vermied er den Umgang mit den Kollegen aus der Universitätszeit. Eine Versicherungsgesellschaft hatte ihn als Vertreter angenommen; Lebensversicherungen. Verheiratet war er nicht.

Die Kellnerin brachte den Kaffee, Mabillard goß den Schnaps ins Glas: Jetzt hatte er wieder nur von sich erzählt, und dabei war er doch hergekommen, um etwas von Martin zu hören. Mit Martin, das war eine Freundschaft gewesen, besonders gegen Ende der Rekrutenschule, in der Zeit der Verlegung vor Tesserete und Stabio. Wußte Herr Knecht, daß er, Mabillard, es war, der Martin den Rat gegeben hatte, nach Amerika zu gehen, und daß er ihm die Adresse in Denver vermittelt hatte? Am Anfang hatte Martin ihm Briefe geschrieben; später nur noch Postkarten, die letzte aus Baltimore, vor dreiviertel Jahren, ohne Absender, so daß Mabillard nicht hatte antworten können; – und war es wirklich wahr, daß Martin Mabillards Namen nie erwähnt hatte?

»Auch mir schreibt er nur Postkarten«, sagte Knecht; »aber das hätten Sie mir gleich sagen sollen.«

»Was hätte ich gleich sagen sollen?« fragte Mabillard.
»Daß Sie keinen Zucker im Kaffee haben wollen«, sagte Knecht.
Und Mabillard: Herr Knecht wich ihm aus, wenn es um Martin ging.
»Martin«, sagte der Wirt, »Martin will von uns nichts mehr wissen. Wahrscheinlich hat er recht. Glauben Sie, daß man Versäumtes nachholen kann?«
Mabillard starrte ihn an.
»Entschuldigung«, sagte Knecht; »es ist mein Fehler, daß mir nichts Neues einfällt. Ich bin Wirt. Sie hätten mit Martins Großvater, mit Albin, reden müssen. Albin hatte viele Freunde unter den Gästen; Metzger aus dem Schlachthof; Fuhrleute, die um einen Kleiderbügel baten und ihre Jacke aufhängten, bevor sie sich an den Tisch setzten; einen Dichter mit großen, roten Händen. Der Dichter wohnte im Hotel Blaues Kreuz, wenn er nicht gerade durchs Land vagabundierte.
Dann, als wir den Betrieb übernahmen, Rosa und ich, wollten wir, wollte ich, alles besser machen. Es gibt schon Versäumnisse, wissen Sie. Ich habe Martin in ein Erziehungsheim gesteckt; er wird es Ihnen erzählt haben; ich hoffe, daß er es Ihnen erzählt hat. Auf seiner letzten Postkarte stehen nur noch Namen.«
»Was für Namen?« fragte Mabillard.
»Namen von Schiffen, Raketen, Satelliten«, sagte Knecht. »Nautilus, Explorer, Atlas«, sagte er und stand auf: Nein, Herr Mabillard sollte sitzenbleiben. Er, Knecht, würde versuchen, Peter oder Christoph anzurufen.
Als er zurückkam, hatte er Tripet in der Drogerie erreicht, es dann bei Christoph nicht mehr versucht, nachdem Peter ihm gesagt hatte, daß sie sich bereits in der Schönegg verabredet hatten.
Der Wirt griff nach seinem Glas, trank es auf einen Zug aus,

rief nach der Kellnerin: »Noch einmal dasselbe, Rosa!« – und zu Mabillard: »Es gab Leute, die unentwegt versuchten, sich zu rechtfertigen. So einer war er auch.«
»Ich bin nicht sicher, daß Sie so von sich selbst denken«, sagte Mabillard.
Sie schwiegen.
Die Kellnerin brachte den Kaffee, goß Schnaps in die Gläser.
Knecht nahm ihr die Flasche aus der Hand und stellte sie auf den Tisch: In seiner Lehrzeit als Koch war er ein vom Theater Begeisterter gewesen, hatte später als Feuerwehrmann sogar freiwillig Dienst im Stadttheater geleistet; das war lange her. Noch später hatte er sich in seiner Freizeit als Maler versucht, hatte nach Postkarten gemalt, nicht nach der Natur; Segantini, Böcklin; auf Holzgrund. Irgendwann waren die Bilder auf dem Estrich gelandet, hinter Kisten versteckt; Martin hatte sie dort gefunden, hatte wissen wollen, wer diese Insel gemalt hatte, und er, Knecht, hatte ihn belogen und gesagt, er wisse es nicht.
Mabillard rief die Kellnerin an den Tisch, wollte zahlen: »Zwischendurch reinen Tisch machen«, sagte er.
Mabillard fühlte sich nicht wohl. Es sah ganz so aus, als habe der Wirt zuviel getrunken. Vielleicht führte Knecht ein Tagebuch. Ein solcher Fall war am Morgen an der Vertretertagung besprochen worden. Mabillard hatte keine Lust, in einem Tagebuch vorzukommen. Da konnte einer schreiben, was er wollte, konnte seine persönlichen Ansichten als Wahrheit ausgeben; und wenn er gestorben war, gab sein Tod ihm recht, gab ihm Rechte, die ihm kein Lebender mehr nehmen konnte. Wahrheit war etwas Privates; mußte man sich damit abfinden?
Eine Stunde später, als auch Christoph und Peter am Tisch saßen, als sie sich begrüßt und gemustert hatten, fing Mabillard davon zu reden an: Es war eine banale

Geschichte, mehr als nur aus dem Leben gegriffen, fast schon Versicherungslatein; das Tagebuch eines geschiedenen Polizisten, der plötzlich durchdrehte, hier in dieser Stadt.
Der Polizist hatte sich, nachdem er die Versicherungsgesellschaft angerufen hatte, um zu fragen, ob Selbstmord auch versichert sei, eine Kugel durch den Kopf gejagt; Ende.
»Ist Selbstmord versichert?« fragte Christoph. Er suchte in der Tasche nach Zigaretten.
Mabillard schob ihm ein Feuerzeug über den Tisch: So konnte man es auch machen, zum Kettenraucher werden; Selbstmord ratenweise, Tod spätestens nach zwanzig Jahren.
»Warum?« fragte Peter.
»Weil er zuviel raucht«, sagte Mabillard.
»Das meine ich nicht«, sagte Peter. »Ich meine, warum erst nach zwanzig Jahren?«
»Selbstmord«, sagte Christoph, »kann man sich dagegen versichern?«
Und Mabillard: Warum, zum Teufel, wollten sie das wissen? Es gab unterschiedliche Bestimmungen. Wenn einer fünf Jahre lang seine Prämien bezahlt hatte, war auch Selbstmord gedeckt; anderenfalls wurden nur die einbezahlten Beträge zurückbezahlt. Soviel zum Stand heute und zu der versicherungstechnischen Seite seines Besuchs. Hatten sie sich eigentlich nichts anderes zu sagen?
»Nach fünf Jahren«, sagte Knecht. »Das wäre dann die Geschichte eines Mannes, der eine Lebensversicherung abschließt, weil er nicht mehr leben will. Er muß fünf Jahre lang seine Prämie bezahlen, wird möglicherweise ein Tagebuch schreiben über den Tod auf Termin, für und wohl auch über die Erben, für die sich das Warten gelohnt haben soll. Die einzige Freiheit, die ihm nach Ablauf der fünf Jahre noch bleibt, ist die Wahl des genauen Datums. Das Tage-

buch wird von der Versicherungsgesellschaft beschlagnahmt. Vielleicht gelingt es, dem Toten eine betrügerische Handlung nachzuweisen.
Mabillard klammerte sich an den Tisch: Der Wirt war wohl schon ein wenig betrunken, womöglich ziemlich stark; es schien ihm so. Oder konnte er Gedanken lesen?
»Nicht mehr als üblich«, sagte Peter.
Und Mabillard: Es war falsch gewesen, in die Schönegg zu kommen, um sie zu sehen und Erinnerungen aufzufrischen. Sie hatten nicht dieselben Erinnerungen. Sie ließen ihn einfach ins Leere laufen, ließen ihn reden über einen zufälligerweise aufgegriffenen Fall, über einen Mann, den sie womöglich gekannt hatten. Das war es doch, sie hatten den Polizisten gekannt; warum war ihm das nicht gleich eingefallen!
»Er heißt Straub«, sagte Peter. »Er hat am Tag der Arbeit zwei junge Leute erschossen; Demonstranten. Er ist freigesprochen worden. Was er nicht überlebt hat, sind die Ehrungen nachher: die Dankesbriefe der Bevölkerung, die Tapferkeitsmedaille des Polizeidirektors, das Ständchen der Stadtmusik, das Lob der Behörden.«
»Aber er hat sich mit der Dienstwaffe erschossen«, sagte Mabillard; »ausgerechnet mit der Dienstwaffe.«
»Sie haben eine seltsame Art, sich um Menschen zu kümmern, Herr Oberleutnant«, sagte Peter Tripet.

Kunstharz und Lack, wasser- oder alkohollösliche Beizen gab es heute sowohl in Spezialgeschäften als auch in Drogerien zu kaufen, streichfertig, raschtrocknend, widerstandsfähig; das hatte er wirklich einmal gesagt. Und bestimmt hatte er dann auch erwähnt, daß ihre Drogerie, als einzige auf dem Platz, gewöhnliche Ölfarbe nicht nur führte, sondern selber noch herstellte. Manchmal kam ein Kunde mit einem Farbmuster, und man einigte sich auf eine Minimalmenge; das hatte er vermutlich gesagt.

Peter stand im Labor, stellte Weißblechbüchsen in einer Reihe auf und versuchte, sich zu erinnern, wie sie, Beatrice, Christoph und er, darauf zu sprechen gekommen waren. Es mußte etwas mit der Haltbarkeit zu tun gehabt haben. Von Giften und von giftigen Dämpfen war erst später die Rede gewesen. Beatrice hatte damit angefangen. Warum? Rostschutz interessierte Beatrice ebensowenig wie die Tatsache, daß Blau oder Grün mehr Farbpigmente besaßen als etwa Weiß; daß sie deshalb auch viel schwerer waren.

Beatrice war schwer zu verstehen. Sie hatte eine Art, Fragen zu stellen und dann sozusagen in Abwesenheit zuzuhören. Er redete, und plötzlich fing sie an, in ihrer Tasche zu wühlen, und er: Hatte sie etwas verloren? und sie: Nein, sie suchte nur, hatte ihn doch eben noch in der Hand gehalten, ihren Schlüssel. Peter sollte sich nicht unterbrechen lassen, sie konnte suchen und zuhören zugleich. Sie mußte wenigstens nur nach ihrem Schlüssel suchen, nicht auch noch nach Lippenstift, Wimperntusche, Puderdose, Lidschatten. Neuerdings veränderten Frauen ihre Augenformen mit einem schwarzen Stift; fand Peter das etwa schön?

Dann, plötzlich, hatte sie den Schlüssel gefunden, gerade als

Peter anfing, von Explosions- und Feuergefahr zu reden; auf einmal schien die Herstellung von Farbe sie wirklich zu interessieren.
Peter öffnete den am Boden stehenden Sack, fing an, Pulver abzuwiegen. Das Weiß, das er anfertigen sollte, war in seiner Zusammensetzung schwer definierbar. Peter gab Oxydgrün zu, atmete Farbstaub ein, fluchte, band sich dennoch kein Tuch vor Nase und Mund, machte weiter, schneuzte sich, ging zu den Korbflaschen hinüber, rechnete die Dosengewichte nach.
Madame trat ein: Sie hatte einen delikaten Auftrag, hatte gehofft, Peter damit betrauen zu können, – und sie lächelte ihn an, drängte sich an ihm vorbei, betrachtete das Gemisch in der Farbmühle: Den richtigen Farbton hatte er noch nicht gefunden.
Und er: Über den richtigen Farbton konnte man sich streiten. Die frisch angeriebene Ware sah anders aus als ein ausgetrocknetes, womöglich verblichenes Farbmuster.
»Das mußt du dem Kunden erklären, nicht mir«, sagte Madame. »Mir wirst du etwas anderes erklären müssen, gleich nachher, wenn ich zurückkomme«, – und sie huschte hinaus, ließ die Tür hinter sich offen.
Er stieß die Tür mit dem Fuß zu.
Dem Kunden erklären. Dem Kunden konnte man alles erklären, was er zu glauben bereit war. Der Kunde betrat das Geschäft, faßte Vertrauen, nicht zum Verkaufspersonal, sondern zu einem bestimmten Gesicht, zu Madame, zu ihm, zu einer der Verkäuferinnen, zu einer Verbeugung, zu einem schwerfälligen Gang, zu dicken Beinen, zu einer Stimme.
»Jeder ist sein eigener Kunde«, auch das war Beatrice. Ein bißchen viel Heilsarmee war da manchmal schon dabei.
Peter goß Leinöl nach, rührte im Pulverbrei.
Zuviel Siccativ; die Farbe mußte innerhalb von zwölf

Stunden staubtrocken sein; zwölf Stunden war das Limit. Kunden prüften den Anstrich mit dem Zeigefinger; die Grenze ihrer Geduld war nach zwölf Stunden erreicht. In fünf Jahren würden es nur noch acht Stunden sein, in zehn Jahren zwei Stunden.

Soviel zum Fortschritt, Beatrice.

Die Reinigung der Farbmühle hatte er ihr, nachdem sie ihren Schlüssel gefunden hatte, ausführlich erklären müssen. Ja, wirklich, er benutzte gewöhnliches Sägemehl und Putzlappen.

Er hatte erwähnt, daß sich die mit Leinöl gesättigten Putzlappen in einer verschlossenen Sägemehlkiste durch chemische Reaktion erhitzten. Und sie: War das immer so? Und er: Es dauerte allerdings ein paar Stunden. Und sie: War es so, daß dadurch auch ein Brand ausgelöst werden konnte? Und er: Nur wenn einer die Absicht hatte, einen Brand auszulösen; hatte sie diese Absicht?

Sie hatte gelacht, hatte etwas von kleiner Pyromanin gesagt und war mit einer Geschichte gekommen, die weder ihn noch Christoph erheiterte; irgendeine Sache mit einem südfranzösischen Feuerwehrmann.

Beatrice; wie mühsam ihre Ernsthaftigkeit manchmal sein konnte.

Peter setzte die Maschine in Betrieb, lauschte auf die Geräusche, die durch die geschlossene Tür drangen.

Madame war wieder zurückgekommen, Madames Stimme, das Staccato von Absätzen auf dem Fliesenboden.

In der Lehrzeit hatte er sich angewöhnt, immer beschäftigt zu erscheinen. Der Angestellte mußte beschäftigt sein, selbst dann, wenn er nichts zu tun hatte. Auch das Nichtstun mußte wie eine Arbeit erscheinen.

Madame, alle nannten sie so; nenn mich Louise, – und er goß Siccativ nach, holte einen Glasstab, wollte, wenn sie wieder eintrat, nicht untätig vor der Mühle stehen, wollte nicht wehrlos sein, wollte kein Mißverständnis aufkommen lassen.

»Es gibt zwei Arten, fliegen zu lernen«, hatte Beatrice einmal gesagt. »Wenn du nur die Arme hebst und auf Wind wartest, kommst du nicht vom Boden weg. Du mußt dich ins Leere fallen lassen.«

Und er: Was machte es aus, ob er am Boden blieb oder ob er versuchte wegzukommen. Er brachte doch nur sich selber mit, da, wo er hinging.

»Die Zeit unterwegs macht den Unterschied«, hatte sie gesagt. Und er: »Hör auf mit dem Quatsch. Laß mich in Ruhe.«

Beatrice auf den Boden zurückholen, nannte er das bei sich.

Mit halbem Ohr lauschte er auf die Schritte draußen.

Als Madame das Labor betrat, stand Peter am Trog und wusch sich die Hände.

Sie schloß die Tür hinter sich, löschte das Licht, stützte die Arme in die Hüften: Jetzt war es soweit. Sie hatte mit ihm zu reden, ernsthaft, unter vier Augen, wie früher einmal, in den schönen Zeiten, als er sich von ihr noch etwas hatte sagen lassen. Das war vorbei; sie mußte es wohl hinnehmen. Wie es in ihrem Herzen aussah, konnte er nicht wissen. Es kümmerte ihn nicht. Er hatte sein Vergnügen gehabt, er hatte erreicht, was er hatte erreichen wollen. Daß er herz- und rücksichtslos war, mußte sie hinnehmen. Nicht hinnehmen mußte sie aber, daß er auch den Ruf ihres Geschäfts zerstörte, so wie er sich in der Öffentlichkeit benahm.

Er sollte sich ja nicht unterstehen, sie zu unterbrechen! Sie war jetzt an der Reihe; sie hatte das Wort. Lange genug hatte sie dem Treiben zugesehen, hatte geschwiegen, hatte alles heruntergeschluckt. Jetzt mußte sie es loswerden oder ersticken.

War es vielleicht nicht so, daß sie auch andere Ansichten

gelten ließ? daß man mit ihr reden konnte? daß sie ein umgänglicher Mensch war, wenn man ihr ein wenig entgegenkam? Sie wußte, was Takt und Anstand war; damit mußte er ihr nicht kommen. Sie machte niemandem das Leben schwer, sie war eine beliebte, geschätzte, geachtete Person und jederzeit bereit, einem in Schwierigkeiten geratenen Menschen zu helfen. Und er, der das Wort nicht mehr an sie richtete, der ihr auswich, der sie quälte, er war in Schwierigkeiten, ohne es überhaupt zu merken. Wie hatte es nur so weit kommen können? Oh, sie wußte Bescheid, er sollte sie ausreden lassen; sie wußte alles. Die Feste, die Schlägereien dort in dem Wirtshaus, in dem er zu verkehren beliebte! Da gab es nichts zu beschönigen; sie hatte ihre Informationen; gutmeinende Menschen hatten sie längst auf Peters Treiben aufmerksam gemacht. Die Frauengeschichten ihres Angestellten waren ein beliebtes Stadtgespräch.
Madame trat näher. Peter starrte auf die roten Lippenstiftstreifen auf ihrem Handrücken.
Sie hob die Hand: Nein, er sollte schweigen! Sie war noch lange nicht fertig. Er war zusammengezuckt, vorhin. Hatte er befürchtet, Schläge zu bekommen? Schläge verdiente er wahrhaftig, – und sie legte die Hand ans Herz. Niemandem, nicht einmal dem Patron, hatte sie von Peters ausschweifendem Leben erzählt. Kellnerinnen!
Man hatte ihn vier Jahre lang als Lehrling gehalten, dann als Angestellten, fast wie ein eigenes Kind. Man hatte ihn immer bevorzugt. Dank war dafür nicht zu erwarten, Dankbarkeit war etwas Altmodisches. Wie lange war das her, daß er nicht einfach der Peter gewesen war, sondern ihr Peter! Wie oft hatte sie ihn gebeten durchzuhalten, im ersten Lehrjahr schon, als er aufgeben wollte. Sie hatte ihn ermutigt, hatte stets zu ihm gehalten, hatte ihn gegen den älteren Lehrling in Schutz genommen, hatte die von ihm geschnürten Pakete vor allen Angestellten gelobt, hatte ihm

Dis-y anvertraut und nie gefragt, wo er so lange mit dem Hund bleibe. Und schließlich hatte auch ihr Mann, der Patron, ihr zuliebe Größe gezeigt und Peter ins Vertrauen gezogen. Oder kannte er einen andern, dem man die Hausrezepte schon im zweiten Lehrjahr anvertraute und den Geschäftsschlüssel im dritten? Die einzige Bedingung ihres Mannes war gewesen, daß sie sich nie mit Peter zusammen in der Öffentlichkeit zeigte.

Oh, sie wußte, was er ihr antworten würde. Das sei alles lange her, würde er sagen. Mit einer Kellnerin konnte er sich herumtreiben, wo er wollte und ohne Rücksicht zu nehmen auf das Schamgefühl und die öffentliche Meinung. Ein Mädchen, das sich mit Polizisten herumprügelte, – und Madame wischte sich die Augen mit dem Taschentuch: Alles lastete ganz allein auf ihr. Man hatte ihr den Schönheitssalon geschlossen; Schose, der eigene Sohn, war so gut wie verschollen; die Kunden bestahlen sie; der Patron bat nur noch um Schonung. Nichts als Gemeinheit und Dreistigkeit, und dazu sollte sie lächeln und schweigen, – und sie schielte unterm Taschentuch hervor, schwankte.

Peter mußte sie auffangen. Sie lehnte ihren Kopf an seine Brust: Dieses Mädchen, war das wirklich Liebe? Sie selbst war doch immer gut zu ihm gewesen, hatte sich nie beklagt, hatte nie mehr verlangt, als er ihr von sich aus hatte geben wollen. Ein bißchen Wärme und Zuneigung, ein wenig Zärtlichkeit; mehr verlangte sie nicht. Aber er wich ihr aus, seit mehr als einem Jahr schon. Er wollte nicht mehr mit ihr zusammensein, grausam war das, unmenschlich, – und Madame drängte sich enger an ihn: Eines Tages würde sie es nicht mehr aushalten, würde mit dem Leben, das keinen Sinn mehr hatte, Schluß machen und endlich Ruhe finden.

Er schaute auf ihre von Lack starrende Frisur hinunter. Sein Blick ging über Tische und Wandgestelle, Chromgelb,

Zinkweiß, Rebschwarz. Er schloß die Augen, aber der Geruch blieb, der immer gleiche Geruch; eine Mischung aus ihrem Parfum, Terpentinöl und Sägemehl.
Einmal, vor langer Zeit, waren sie vom Patron überrascht worden. Er war eingetreten, die Zigarre in der Hand, mit niedergeschlagenen Augen, so als sei er der Ertappte.
»Louise«, hatte er gesagt, »entschuldige, eine Kundin verlangt dich.«
Und sie, ganz ruhig, hatte geantwortet: »Geh nur, mein Lieber, ich komme gleich nach.«
Sie hatte ihre Kleider geordnet, den Lippenstift und einen Spiegel aus der Tasche gezogen, dann ihren Mann, der sich nicht vom Fleck gerührt hatte, angesehen und gesagt: »Die Asche, Arnold, doch nicht auf den Boden, wenn ich bitten darf!«
Peter versuchte, sich von ihr zu lösen: Er ertrug es nicht mehr, er wollte es nicht mehr, es war vorbei, endgültig vorbei.
Madame hob ihr Gesicht dem seinen entgegen, ließ sich nicht abschütteln, stellte sich auf die Zehenspitzen. Ihre Lippen umschlossen seinen Mund, saugten und bissen sich an ihm fest. Ihre Hand glitt in seine Hose, streichelte sein Schamhaar, schloß sich um sein Glied.
Sie taumelten in die Ecke mit den Putzlappen, fielen hin. Noch immer hielt ihre Hand sein Glied umschlossen. Sie beugte sich über ihn, richtete sich auf und nahm ihn, sank von Zeit zu Zeit über ihm zusammen, biß ihn in die Lippen, richtete sich wieder auf, drängend und stoßend.

Christoph hatte, als Beatrice ihnen den Plan auseinandersetzte, Bedenkzeit verlangt, sich aber zwei Tage später bereit erklärt, sie im Wagen bis zur Grenze mitzunehmen.
Bis zur Grenze, dort würde man weitersehen.
Und wo blieb Peter?
Sie saßen im Wagen, warteten.
Peter hatte keine Bedenkzeit verlangt, hatte den Plan gutgeheißen; vielleicht hatte er es sich anders überlegt?
Beatrice stieg aus, schloß den Kofferraum mit dem Schlüssel ab und setzte sich, ohne Christoph anzusehen, wieder auf den Beifahrersitz: Sie nahm es Christoph nicht übel, wenn er jetzt auch aufgab. Er mußte sie nicht anlügen, mußte nicht von Verschieben reden, mußte überhaupt nichts sagen, sondern sie nur wieder dahin bringen, wo sie eingestiegen waren, sie und der Toubib. Sie würde es ihm erklären, er würde es verstehen. Es gab andere Wege, ihn nach Frankreich zu bringen. Nur: hier konnten sie nicht aussteigen. Ein Mann, der aus dem Kofferraum kroch, das würde den Leuten auffallen.
»Hast du wenigstens deine Papiere dabei?« fragte Christoph.
Und sie: Ja, ihr Paß war wieder in Ordnung.
Christoph streckte die Hand aus; Beatrice gab ihm den Schlüssel.
»Ich fahre so nah an die Grenze heran wie immer möglich«, sagte er.
Ein Deuxchevaux war langsam am Berg. Auf der Paßhöhe würde Christoph zum Rastplatz fahren und die Wagen durchlassen, die nicht gewagt hatten, sie auf der Bergstraße zu überholen.
Der Toubib im Kofferraum! Nicht einmal seinen Namen

wußte er; Chaled, Ahmed; Namen waren verräterisch. Toubib, das mußte genügen. Toubib bedeutete Arzt.
»Wären wir bloß zwei«, sagte Christoph, »würde ich es vielleicht im zweiten Gang schaffen.«
»Da haben wir ja Glück, daß Peter es sich anders überlegt hat«, sagte Beatrice.
Und Christoph: So durfte sie nicht reden. Möglicherweise war Peter im letzten Augenblick aufgehalten worden, hatte sich, ohne Erklärungen abzugeben, nicht freimachen können. Und hatte sie je daran gedacht, daß auch Eifersucht im Spiel sein konnte, Eifersucht nicht auf ihn, sondern auf den blinden Passagier im Kofferraum, und nicht nur auf diesen, sondern darüber hinaus auf ihre immer stärker und rücksichtsloser werdende politische Leidenschaft?
»Ansteckend ist sie offenbar nicht«, sagte Beatrice.
Christoph schlug mit der flachen Hand aufs Lenkrad: Hier saß sie, in seinem Wagen, ritt ihn in eine Geschichte hinein, die ihn seine Stellung, seine wirtschaftliche Sicherheit kosten konnte, und auch hier noch ließ sie ihn nicht ausreden, sondern nötigte ihn, den Umstand ihres Auf-ihn-angewiesen-Seins auszunützen, um sie zu einem Gespräch zu zwingen. Er gab es auf, endgültig und für immer. Vermutlich war sie tatsächlich eine Frau, die sich vor nichts fürchtete. Sie beobachtete die Anzeichen von Furcht bei andern, als wäre Furcht eine tödliche Krankheit, ein unheilbarer Makel.
»Und wenn es so wäre?« fragte Beatrice.
»So solltest du dich vor deinem Hochmut fürchten«, sagte Christoph.
Er lenkte den Wagen wieder mit beiden Händen, während er die Kurven ausfuhr, auf das Klopfen des Motors hörte, eigentlich aber auf ein Geräusch im Innern des Wagens lauschte, auf ein Kratzen oder ein Scharren oder einfach nur auf die Stimme des Mannes im Kofferraum.

Beatrice beobachtete den Straßenrand, der an ihnen vorüberkroch, hob den Kopf, sah, wie sich im noch langsameren Gleiten zwischen breit ausladenden Tannen eine nicht eingezäunte, von Kalksteinbrocken übersäte Viehweide öffnete, sah sich selbst, als hätte sie das Bild einem endgültigen Vergessen entrissen, als kleines Mädchen jauchzend und rufend in die Schatten eintauchen und ins Licht hinausrennen. Hochmut? Als eine unter vielen hatte sie nach der Schulzeit ihren Platz im Büro eingenommen, Tag für Tag gelähmt vom stillschweigenden Verzicht auf Veränderung, mitgeschwemmt von der stummen Verzweiflung der andern Angestellten, deren Zukunft in der Planung der nächsten Ferien zu bestehen schien. Am Anfang jedes neuen Jahres trugen sie sich in eine Warteliste ein; eine Liste für den letzten, verkümmerten Rest ihrer Zukunftserwartung. Das konnte nicht das Ganze sein. In ihr war eine, die wollte hinaus. Die ließ sich nicht vernichten vom gewöhnlichen Schrecken.

Aber auch das war es noch nicht.

Sie hatte sich nicht damit abfinden wollen, an der eigenen Verzweiflung, am eigenen, zu Langeweile verkommenen Warten zugrunde zu gehen. Sie hatte gekündigt, hatte Gelegenheitsarbeiten angenommen, hatte sich treiben lassen. Überall hatte sie das Verbindende gesucht und manchmal, für Augenblicke, auch gefunden. Nachher wieder die nächtelangen Auseinandersetzungen; die Trennungen, nur weil sie alle nicht wußten, wie sie das neue, unerprobte Leben bestehen sollten. Sie hatte ihre Sicherheit verloren; das war es.

»Bald«, sagte sie, »wird alles nur noch Erinnerung sein, eine Geschichte, die man unter Freunden erzählt, und dann auch das nicht mehr.«

»Entschuldige«, sagte Christoph: – Es hatte keinen Sinn. Sie redeten aneinander vorbei. Er verstand sie nicht, und er wußte, daß auch Peter sie oft nicht verstand. Man konnte ihr trauen, das schon; aber kennen konnte man sie nicht. Sie richtete unsichtbare Mauern auf. Sie war klug, wußte mehr als andere, schüchterte die Leute ein, benützte sie, ließ sie zappeln und vielleicht zuletzt, wenn sie sie nicht mehr brauchen konnte, dann einfach fallen; obschon: er hielt sie nicht für eine Egoistin. Egoisten waren Leute, denen das Selbstvertrauen fehlte. Das konnte man von ihr nicht behaupten, oder vielleicht doch?

Sie lachte: Kannte Christoph einen einzigen Menschen, der nicht von sich glaubte, er habe zu wenig Selbstvertrauen? Wirklich, sie hatte den starken Verdacht, auch er versuche, unentwegt aus Fehlern zu lernen. Sie nahm sich die Freiheit, ihm das in aller Freundschaft zu sagen. Er, als Lehrer, hatte mit Leuten zu tun, die aus Fehlern etwas lernen wollten. Was die meisten tatsächlich gelernt hatten, war traurig und entmutigend; das Kuschen hatten sie gelernt.

Sie schwiegen.

Die Straße war breiter geworden, schien sich selbst auf einer sanften Berg-und-Tal-Fahrt durch die Hochebene zu führen und gab den Blick auf immer neue Aussichten frei: auf einen Mann, der mit in Sacktuch eingewickeltem Arm zwei Schäferhunde abrichtete; auf einen Trauerzug, der sich von einem zwischen rostigen Badewannen zerfallenden Gehöft wegbewegte; auf eine am Waldrand grasende Pferdeherde; auf das nahe an der Straße liegende, offene Auge eines mit dunklem Wasser gefüllten Moorbruchs.

»Bist du noch da, Toubib?« rief Beatrice nach hinten.

Aus dem Kofferraum kam ein Knurren, dann ein Fluch.

Christoph bat Beatrice um eine Zigarette: Eine Frage hatte er noch. Beatrice kannte doch den Jura, die Freiberge bis zur Ajoie, das ganze Doubs-Ufer, Straßen und Wege, jeden einzelnen Übergang; selbst in den Kalksteingrotten von Réclère fand sie sich zurecht, und sie mußte wissen, daß es

dort einen von Zigeunern benutzten Schmugglerpfad gab. Warum hatte sie nicht versucht, den Toubib über die grüne Grenze zu bringen?
Beatrice schien nachzudenken, saß jetzt mit fest geschlossenem Mund ein wenig vornübergebeugt da.
Sie mußte sich entscheiden, ob sie sich auf ihn verlassen konnte, mußte ihre Einschätzung überprüfen, mußte seinen Widerstand gegen seinen Stolz abwägen; ja, seinen Widerstand und nicht allein die Angst vor einem möglichen Mißlingen. Stolz konnte sie nur für den Fall in Rechnung stellen, daß sie, ohne von Zöllnern aufgehalten und kontrolliert zu werden, mit dem Toubib über die Grenze kamen; mit einem algerischen Arzt, dessen Ausweis vermutlich in einer Pistole und in einem Empfehlungsschreiben an die waffenschiebenden Genossen in Marseille bestand. Der Toubib befand sich im Krieg mit Frankreich; er würde schießen, wenn es die Umstände erforderten. Das wußte Beatrice, sie wußte nur nicht, ob sie es ihm, Christoph, sagen sollte. Er konnte ihr den Entscheid nicht abnehmen. Er hoffte, sie würde nicht versuchen, seinen Stolz in Rechnung zu stellen; dazu hatte sie nicht das Recht.
Sie waren nahe an der Grenze; aber noch immer schwieg Beatrice, saß neben ihm, sprungbereit wie ein nicht mehr ganz junges Mädchen, das es zum ersten Mal mit Autostopp versucht, und als sie endlich den Mund aufmachte, sagte sie etwas völlig anderes als das, was er erwartet hatte.
Sie sagte: »Nimm den nächsten Feldweg links bis zum Waldrand und weiter bis zum Fahrverbot; der Toubib soll sich die Beine vertreten.«
Christoph nickte, schaltete den Blinker ein, und gleich darauf holperten sie über den Feldweg, fuhren über eine Böschung hinunter ins Gras und hielten hinter einer aus losen Steinen aufgeschichteten Mauer an.

Christoph ließ den Zündschlüssel stecken. Sie blieben im Wagen sitzen.
»Der Toubib wird nicht einfach davonrennen«, sagte er, »das würden die Zöllner nicht zulassen, und er würde es auch gar nicht versuchen. Er wird, wenn es zu einer Kontrolle kommt, versuchen, sich einen Weg freizuschießen.«
Beatrice schaute ihn ruhig an: Warum machte er sich Sorgen? Hatte sie ihn um etwas für ihn Unzumutbares gebeten? Er sollte sie und den Toubib hier aussteigen lassen; das war alles. Sie würden die Nacht abwarten und sich dann zu Fuß durchschlagen, – und sie hob ihre Tasche auf, streckte die Hand aus. Er legte den Schlüssel hinein, und diesmal war er es, der etwas anderes sagte, als er eigentlich hatte sagen wollen.
»Wie spät ist es?« fragte er.
Und damit war es entschieden.
Einen Augenblick lang schlossen sich ihre Finger fest um seine Hand, dann stiegen sie aus, Beatrice öffnete den Kofferraum, und Christoph half dem Algerier beim Aussteigen.
Es war halb sechs. Am Himmel stand noch immer die Kumuluswolke, die sie die ganze Zeit über als Schatten begleitet hatte. Der Toubib legte sich ins Gras, Christoph setzte sich zu Beatrice.
»Bitte«, sagte der Toubib, ohne sie anzusehen, »sprecht französisch.«
Wieder griff Beatrice nach Christophs Hand: Es gab nicht mehr viel zu sagen. Sie hatte sich einen Plan ausgedacht. Christoph und sie spielten, nein, waren ein heimliches Liebespaar, das zum Essen nach Maîche fuhr, für ein paar Stunden nur, nicht für die ganze Nacht. Sie würden noch am selben Abend zurückkehren, sie kannten niemanden in Frankreich, hatten also auch kein Gepäck mitgenommen.

Der Toubib holte eine Schachtel Memphis aus seinem Segeltuchsack. Sie rauchten. Wieder zog die Wolke vor der Sonne durch, und in dem ihr folgenden Licht leuchteten die Bäume am gegenüberliegenden Hang auf. Nach ein paar hastigen Zügen drückte der Algerier die Zigarette aus: Sie brauchten französisches Geld, wenn sie den Zöllnern mit dieser Geschichte kommen wollten; Geld, das, wie unabsichtlich hineingesteckt, in Christophs Reisepaß liegen mußte, – und er zog drei Hundertfrancscheine aus der Tasche.

»Wie meint er das?« fragte Christoph.

»Er meint, es sei wichtig, daß die Zöllner das Geld sehen, ohne Fragen stellen zu müssen«, sagte Beatrice.

Christoph nickte dem Toubib zu: Dies hier war ein Übergang fast ausschließlich für den kleinen Grenzverkehr. Wer über die Grenze gehen wollte, mußte anhalten und warten, bis ein Zöllner erschien. Manchmal kam ein Franzose, manchmal kam ein Schweizer, und manchmal, so hatte er gehört, ließen sie einen durch, ohne die Papiere auch nur zu kontrollieren oder nach Waren zu fragen. Es kam vor, daß sie einfach den Schlagbaum hochzogen und einen über die Grenze winkten.

Er spürte, wie Beatrice ihn anstarrte: Ja, so hatte man es ihm erzählt. Ob man ihm die Wahrheit gesagt hatte, würden sie bald wissen, in zehn Minuten, einer Viertelstunde.

Der Algerier stand auf. Schweigend sahen Beatrice und Christoph zu, wie er seinen Segeltuchsack öffnete und in den Kofferraum kletterte. Er schaute an ihnen vorbei: Dieses weiße Licht gab es da, wo er zu Hause war, nur im Januar; Winterlicht; und auch zu Hause war es so, daß es jede natürliche Farbe verfälschte.

Es war der erste Tag nach den Sommerferien.
Am Stammtisch der Schlachthofarbeiter saßen die Pensionierten.
Sie freuten sich darauf, der neuen Kellnerin mit ihren Spitznamen Eindruck zu machen.
Einer wurde Fürzeler gerufen; niemand brauchte das lustig zu finden.
Ein anderer, der nach jedem Satz zwei sagte, hieß Zwei.
Der dritte war lange in Irland gewesen; sie nannten ihn Fingel.
Der vierte, ein ehemaliger Hilfsschüler, war schon von seinen Lehrern Sugus genannt worden, weil er sein ganzes Taschengeld verwendet hatte, um Süßigkeiten zu kaufen; Sugus, das feine Fruchtbonbon, pfundweise, sackweise; eine Handvoll Sugus für ein liebes Wort.
Sugus, Rosa! an den mußte sie sich halten. Ledig war er auch noch. Wußte sie, was das war, da, an seinem Jackenaufschlag? Das goldene Fip-Fop-Abzeichen war's, sie hatte recht gehört, das goldene, nicht bloß das silberne. Sugus hatte es vom Vettergötti der Firma Nestlé persönlich erhalten, war eben fleißig gewesen, hatte Schokolade gekauft und Schokoladepapier gesammelt und zu jeder Kindervorstellung Nestlépetercaillerkohlerpapier mitgebracht. Anschließend hatte man Hopfipfop rufen müssen. Ein mit Kindern vollgestopftes Theater, und alle riefen Hopfipfop, das mußte sie sich vorstellen. Hop-Fip-Fop! Lauter. Hopp Fipp Fopp. Viel lauter. Hoopp Fiipp Foopp! und alle hatten es vor sich, nicht nur den Film vom Kalif Storch, nein, das wunderbare, unbeschwerte, abenteuerliche Leben.
»Laßt sie in Ruhe«, sagte der alte Kocher. »Sie kann mit unseren Geschichten nichts anfangen.«

Zwei mischte sich ein: Kocher machte jeden Spaß kaputt. Noch hatte man seine Erinnerungen, noch konnte man sie mit andern teilen; jedenfalls mit andern, die ähnliche Erinnerungen hatten. War nicht Kocher selbst das beste Beispiel dafür? Wer, wenn nicht sie, hörte ihm denn zu? Und Kocher: Das ließ er gelten. Erinnerungen brauchte man zum Leben, auch dann, wenn sie einen am Ende umbrachten.

Die Kellnerin nickte, lachte sie unsicher an, versuchte es mit einem Scherz: Wenn Sugus erst einmal ihren Hochzeitsstrumpf zu sehen bekam, waren seine Junggesellentage gezählt. Aber im Ernst: was durfte sie den Herren bringen?

Und sie: Herren war gut! So höflich war eine Kellnerin nur am allerersten Tag nach der Wiedereröffnung zu ihnen. Dem Zwei durfte sie eine Flasche Bier bringen, eiskalt; dem Sugus ein Bier vom Faß; Fingel und Fürzeler tranken dunkles Bier; Kocher wünschte einen Ballon Weißwein. Am besten, sie nahm das ein für allemal zur Kenntnis. Wie konnte man sich in einem Wirtshaus daheim fühlen, wenn die Bedienung nicht wußte, was sie den Gästen zu bringen hatte?

»Sie hat eben erst angefangen«, sagte Kocher, – und zur Kellnerin: Sie sollte ihnen die Witzelei nicht übelnehmen, böse war's nicht gemeint. Manchmal schien es ihnen, die Zeit bleibe stehen. Der Kellnerinnenwechsel in der Schönegg war für sie ein wichtiges Ereignis, ein Einschnitt. Sie wußten dann wenigstens, daß die Zeit nicht nur für sie stehenblieb, nicht nur für ihre Gemeinschaft. Gemeinschaft, das war das richtige Wort. Sie waren manchmal nicht einmal Kumpane und manchmal viel mehr als bloß Kumpane. Das würde er ihr ein andermal erklären. Zuerst mußte sie sich hier eingewöhnen. Die Schönegg, auch das würde er ihr erklären; das Sommerfest, Jahr für Jahr, Ende Juli. Nach dem Fest war das Wirtshaus zwei, manchmal drei Wochen lang geschlossen. Der Wirt unternahm seine Reise, sah sich nach einer neuen Kellnerin um. Jetzt war sie die Neue. Von nun an hieß sie hier Rosa; der Wirt wollte es nicht anders haben. Ihre Vorgängerin hatte Gummihandschuhe getragen, nicht nur am Spültisch. Es war verständlich, daß sie ihre Hände hatte schonen wollen; sie hatte schöne Hände gehabt. Einer der Gäste hatte ihr einmal einen Handschuh mit Bier gefüllt. So waren ihre Späße, plump und derb und verzweifelt.

Wie Kocher, der Neunmalkluge, wieder daherredete! Es war unglaublich, unfaßbar! Endlich hatte er ein neues Opfer gefunden. Wahrhaftig, wenn einer von ihnen ein Schwerenöter war, dann Kocher selbst.

Aber die Kellnerin legte dem Alten die Hand auf die Schulter: Sie war schon lange neugierig. Knecht verheimlichte ihr etwas, das spürte sie. Er hatte Andeutungen gemacht, hatte das Sommerfest und auch die Sache mit dem Namen nur beiläufig erwähnt. Sie hatte nicht gewagt, ihn um genauere Auskunft zu bitten. Spitznamen gab es überall, sie konnte damit nichts anfangen; aber wenn schon Spitzname, dann lieber Rosa als Mausi.

»Das Fest ist häßlich, der Name Mausi ist häßlich«, sagte Kocher.

»Er meint«, sagte Fingel bedächtig, »daß die Leute nichts anderes wollen als Wiederholungen. Feste werden überall gefeiert, landauf, landab. Vereinsveranstaltungen, Tombola- und Lottospiele; was weiß ich. Überall hoppsassa und heirassa, frisch zum Tanz aufgespielt und gesungen. Die Leute singen erst, wenn sie ein wenig getrunken haben. Nüchtern machen sie kaum das Maul auf; aber im Wirtshaus, gegen Mitternacht, legen sie los, fassen sich unter, singen und schunkeln; nichts kann sie aufhalten. In der Schönegg ist das nicht anders als anderswo.«

Und Fürzeler: Sie, die Alten, konnten ihr auch keine Auskunft geben. Sie hatten an Knechts Sommerfest nichts mehr zu suchen. Die Alten wurden von den Jungen verdrängt; das war der Lauf der Welt. Aber, um gerecht zu sein, mußte er auch zugeben, daß es Burschen gab, die sich gern zu ihnen setzten und sie manchmal sogar zu einem Glas einluden. Er sah nicht ein, warum man sich an ihrer Art, sich zu geben, stoßen sollte. Gegen die jungen Schlachthofarbeiter hatte niemand etwas einzuwenden, die fielen nicht einmal auf. Die andern waren eben keine Arbeiter, trugen keine Schürze, sondern Sonnenbrillen und Pullover. Wen störte das? und warum?
»So, und die Frauen?« fragte Zwei. »Sind die vielleicht die reine Augenweide?«
Mode, die brachte manchen auch Brot.
Sie duckten sich, redeten hin und her, wichen aus, schweiften ab. Sie scharrten mit den Füßen, ihre Blicke streiften die Kellnerin, irrten zur Tür.
»Es ist immer dasselbe Lied«, sagte Kocher.
Die Kellnerin mußte gähnen, fing an zu lachen, entschuldigte sich: Sie war wohl schwer von Begriff, verstand nicht, worum es ging. Egal, das Wichtigste hatte sie begriffen, eine Flasche Bier, zwei Dunkle, eine Stange, einen Zweier Weißen, und vielleicht durfte sie auch etwas für sich selbst mitbringen, um die neue Bekanntschaft zu begießen; nichts Alkoholisches, aber einen starken Kaffee? Sie schlief sonst wahrhaftig noch ein in der toten Zeit.
Sie holte die Getränke, wollte sich von Zwei nicht helfen lassen, stellte das Tablett ab, reichte jedem sein Glas, irrte sich zweimal, ließ sich noch einmal ihre Namen sagen, wollte wissen, ob sie in dieser Stadt nicht nur zu Hause, sondern auch aufgewachsen waren.
»Du bist in einer fremden Stadt«, sagte Fingel, »in einem fremden Land, weit weg von zu Hause, bist in der Nacht

angekommen und trittst am nächsten Morgen im Frühlicht auf die Straße hinaus: und da, vor dir, liegt eine Häuserzeile, seltsam vertraut; und hinter den Häusern die bewaldete Bergkuppe, und der Wind treibt Blätter über die Straße und mit den Blättern den Seegeruch; Wasserkraut, das am Ufer verfault. Wie vom Schlag getroffen bleibst du stehen. Es hilft dir nichts, die Augen zu schließen oder wegzulaufen. Du bist eingeholt worden. Und wie wehrst du dich jetzt gegen das Heimweh; das möchte ich wissen.«

Die Kellnerin beugte sich über den Tisch, flüsterte Fingel etwas ins Ohr; aber Fingel schüttelte den Kopf: Sie hatte ihn nicht verstanden. Er hatte von Heimatgefühl gesprochen; von Heimatgefühl, von Selbsthypnose.

Fürzeler, zum Beispiel, hatte vor Jahren eine Zuchthausstrafe abgesessen. Er war nie darüber hinweggekommen, nicht weil er sich schämte, sondern weil er das Zugehörigkeitsgefühl nicht mehr loswurde. Es traf ihn, wenn einer der Jungen die Kühnheit hatte, ihn nach dem Leben dort zu fragen. Er suchte nach Worten, fing an zu schwitzen, sah zur Tür der Gaststube hinüber, und die Gaststubentüre verwandelte sich unter seinem Blick zu einer Gangtüre im Zellentrakt, zu einer Tür ohne Klinke, zu einer Tür, die nur für den Wärter, der einen Schlüssel hatte, eine Tür war. Wo Fürzeler aufgewachsen war, spielte keine Rolle. Er, Fingel, hatte das erst verstanden, als Fürzeler einmal aufgestanden war und sich vor die Tür, die in den Wirtshausgarten führte, gestellt hatte: So, der Junge sollte die Tür öffnen, sie, wenn er, Fürzeler, hindurchgegangen war, hinter ihm wieder schließen, dann auf sein Klopfen warten, ihn einlassen und hinter ihm wieder abschließen.

Sie alle hatten gesehen, wie Fürzeler vor der Türe stand, und auf einmal war es auch für sie nicht mehr die Tür, die sie, ohne sich etwas dabei zu denken, benutzten, wann immer sie das Lokal vom Garten her betreten oder verlassen

wollten. Es würde für sie nie mehr dieselbe Tür sein; Fürzelers Zugehörigkeitsgefühl war auf sie übergesprungen wie ein Funken. Das waren Dinge, die man nicht erklären konnte; sie passierten im Unterbewußtsein.
Fürzeler schlug mit der Faust auf den Tisch: Er verwahrte sich dagegen, als Beispiel für oder gegen etwas benutzt zu werden. Seine Erinnerungen gingen Außenstehende nichts an. Und was hatte das Fräulein Fingel ins Ohr zu flüstern? Es gab eine einzige Antwort: Lügen. Diese Versuche, sich durch Erklärungen und durch Selbstdarstellung beliebt zu machen; das ertrug er nicht. Kocher und Fingel, die hatten es leicht; die konnten in Geschichten ausweichen. Aber auch Leute wie er, Fürzeler, hatten ihre Würde; austauschbare Leute vor dem immer gleichen Bier mit dem immer gleichen Schaumrand. Sie genossen es, unterschätzt zu werden. Ihnen konnte es recht sein, daß man sie als Strandgut, als Randexistenzen betrachtete; jedoch das Recht, ihnen nahezutreten und sie erkennen zu wollen, so, wie sie wirklich waren, hatte keiner, auch Fingel nicht, – »merk dir das«, sagte er.
Und Fingel: »Deswegen brauchst du mich nicht anzuschreien.«
Und Fürzeler: Das ertrugen sie nicht, das Schreien. Schreien war verpönt in diesem Schweigeorden, der Leben hieß.
Die Kellnerin stand auf: Wie sie daherredeten, furchtbar! Sie verstand nur die Hälfte; ihr war das alles zu pessimistisch. Sie war eine Person, die gerne lachte, kein Fräulein. Und diese Hitze! Hatten sie etwas dagegen, daß sie die Tür zum Garten nicht nur ehrfürchtig anstarrte, sondern öffnete?
»Bring uns noch eine Runde«, sagte Kocher.
»Rosa, muß es heißen«, sagte die Kellnerin; »bring uns noch eine Runde, Rosa.«

Zwei verlangte Karten, Tafel, Griffel und Schwamm.
»Wie spät ist es?« fragte Sugus.
Sie fingen an zu spielen. Sugus sah zu. Gäste betraten das Lokal, andere setzten sich draußen in den Schatten der Kastanienbäume. Die Kellnerin eilte hin und her. Der Wirt kam aus seiner Wohnung herunter, holte Bier und Mineralwasser im Keller, füllte den Kühlschrank auf.
Langsam ging der Nachmittag seinem Ende entgegen. Die Alten hatten Zeit. Das Reden hatte sie müde gemacht. Zwei gab die Karten aus, die andern nahmen sie auf. Fingel vergaß, ein Dreiblatt anzuzeigen und entschuldigte sich bei Fürzeler: Er hatte in der vergangenen Nacht schlecht geschlafen. Träume. Die Mondsommernächte hatten es in sich, auch heute noch. Eine alte, längst verstorbene Tante hatte, im Traum, an der Tür geläutet, hatte ihm in einer Korbflasche zwanzig Kilo Brombeeren gebracht, und ihm hatte geträumt, er erwache, wecke seine Frau auf und erzähle ihr den Traum; als es läutete, die alte, längst verstorbene Tante vor der Tür stand, mit zwanzig Kilo Brombeeren in einer Korbflasche, und er, im Traum, rief seine Frau: sie sollte, im Traum, Zeugin sein für den Traum, den er ihr doch eben erzählt hatte. In diesem Augenblick erst war er erwacht. Die Frau hatte an seiner Seite geschlafen, den Arm ums Kopfkissen geschlungen. Es war, mußten sie sich vorstellen, eine Korbflasche gewesen, wie sie sie vom Schlachthof her kannten, grün, eine Flasche, in der im Schlachthof Salzsäure gelagert wurde.
Kocher legte vier Karten auf den Tisch: »Hundert«, sagte er, »vier Damen.«
»Und die Brombeeren?« fragte Sugus. »Was hast du mit den Brombeeren gemacht?«

Satori und der Notar bestellten, nicht ohne ihre Begleiterinnen mit einem Blick um Verzeihung gebeten zu haben, noch einmal Bier.
Die Nonnen, ganz im Schatten des großen Kastanienbaumes, kicherten noch mit einander zugeneigten Köpfen und raschelnden Hauben, als die Kellnerin schon die neuen Flaschen brachte: Wiederum eiskalt, wie es die Herren sicherlich gewünscht hatten.
Satori hob sein Glas, deutete eine Verbeugung an.
Der Notar tat es ihm nach.
»Auf einen glücklichen Abschluß«, sagte Satori.
Die Nonnen kicherten.
Vom Schlachthof herüber kam eine alte, in Schichten von entfärbten Kleidern steckende Frau mit einem Hund, der sie an der Leine über die Straße zog. Der Hund glich ihr auf verblüffende Weise, war ebenso walzenförmig wie sie, hatte den gleichen schäbigen Haarbesatz, und auch er keuchte in der hitzeflimmernden Luft.
»Stammgäste hier«, sagte Satori.
»In Pantoffeln«, sagte der Notar.
Sie kamen über die Straße. Der Hund schnüffelte an den beiden übriggebliebenen, sich aneinander stützenden Thujastrünken und zog die Frau, die die Gesellschaft in der Gartenwirtschaft mit einem kurzen Blick streifte, zu den Kastanienbäumen hinüber.
»Aber Fritz«, sagte sie und klopfte ihm den Hals, »hier darfst du das doch nicht machen. Der Herr Knecht sieht es nicht gern, das weißt du ganz genau. Komm, sei brav, oder wir gehen sofort nach Hause zurück.«
Der Hund trottete an ihrer Seite, die Nase am Boden; die Leine hing jetzt durch, und noch immer schimpfte sie mit

ihm, ein wenig lauter, so daß man es an den Tischen hören konnte: Das teure, gelbe Pulver, das Herr Knecht kaufen und ausstreuen mußte! Hatte Fritz denn gar keinen Anstand im Leib? Was dachte er sich eigentlich? führte sich auf, als gehöre ihm die Welt; das ging doch nicht!

Der Hund machte ein paar Schritte, fing an, an der Leine zu ziehen, zog die Frau mit, blieb an dem einen Baum, dessen Stamm nicht mit Pulver bestreut worden war, stehen. Hier hob er sein Bein, pißte lange, und die Frau wartete neben ihm, ließ ihn gewähren, ohne den geringsten Versuch zu machen, ihn von seinem Vorhaben abzuhalten. Sie beugte sich über ihn, und erst als sie sich davon überzeugt hatte, daß er fertig war, richtete sie sich auf.

»Herr Knecht, Herr Knecht«, rief sie, »er hat es wieder gemacht! Ich kann nichts dafür, er tut es mir zuleide. Er läßt sich einfach nicht davon abhalten, wie ich ihm auch zurede.«

Der Wirt trat unter die Tür, kam über den Gartenweg, reichte ihr die Hand.

»Lassen Sie ihn machen, Frau Döbeli, plagen Sie ihn nicht«, sagte er; »das kann vorkommen, es sind Tiere. Kommen Sie, trinken Sie einen Kaffee. Oder wäre Ihnen ein Glas Orangensaft lieber?«

Die Frau faßte den Hund am Halsband: Nein, diesmal konnte sie es nicht dulden. Was mußten denn Herrn Knechts Gäste von ihr denken! Sie war doch keine Sau. Herr Knecht sollte ihr nur rasch ein Becken Wasser holen, sie würde den Stamm gründlich abwaschen. Es war einfach ungerecht. Immer waren es dieselben Bäume. Sie hatte Fritz nur einen Augenblick aus den Augen gelassen. So etwas nützte er aus. Er war im Alter hinterhältig geworden, daran war ihr verflossener Freund schuld, der hatte Fritz alle Unarten beigebracht, bloß um sie zu ärgern, um ihr Schande zu machen. Der Hund mußte jetzt wirklich einmal bestraft werden, auch wenn er eigentlich nicht allein schuld war.

Schlagen konnte sie ihn nicht, das brachte sie nicht übers Herz; aber nach Hause gehen würden sie zusammen, jetzt gleich, auf der Stelle.
»Nach dem Kaffee«, sagte der Wirt, »kommen Sie doch!« – und er ging ihr voraus. Sie folgte ihm. Der Hund ging dicht neben ihr.
Der Notar räusperte sich: Gewiß hatten die Damen und auch Herr Satori beobachtet, was da vorging. Man mußte nicht allein die Alte gesehen haben, sondern auch den Wirt; den Wirt vor allem. Mit einem solchen Mann war nicht gut Kirschen essen. Man durfte ihn nicht unterschätzen, dumm war er nicht. Es hatte schon seine Gründe, daß die Polizei ihm nie etwas hatte nachweisen können. Dieser Mann war vorsichtig. Es würde nicht leicht sein, ihn zu einem Abschluß zu bewegen, auch wenn dieses Geschäft nicht nur nicht zu seinem Schaden, sondern, im Gegenteil, zu seinem größten Nutzen war.
»Sie sehen Gespenster, mein Lieber«, sagte Satori und nickte den Nonnen zu: Die Sache mit dem Hund war bedeutungslos, völlig unwichtig. Ob ein Geschäft klappte oder nicht, hing allein von den Argumenten ab, die der mögliche Käufer ins Feld führen konnte, und von der Art und Weise, wie er diese Argumente an den Mann brachte. Er, Satori, war bekannt für sein zupackendes Naturell. Geld war nicht das letzte aller Argumente; er war jedoch überzeugt, die Liegenschaft Schönegg zu einem anständigen Preis erwerben zu können. Ein anständiger Preis war ein kaufmännisch vertretbarer Preis. Vielleicht war der Herr Notar jetzt so freundlich, die Damen, die das Objekt nun ja in Augenschein genommen hatten, mit dem Wagen in die Stadt zu bringen. Er, Satori, durfte als Mittelsmann doch davon ausgehen, daß Frau Mutter mit seinen Plänen einverstanden war und dem Kloster in diesem Sinne Bericht erstatten würde, nicht wahr?

Der Notar sprang auf: Die Damen sollten bitte sitzenbleiben. Er würde den Wagen holen und in ein paar Minuten vorfahren.
Die Nonnen sahen ihm nach, tuschelten.
»Ich bitte Sie um Antwort, Frau Mutter«, sagte Satori. »Sie sehen, wie schwierig es schon im engsten Kreis ist, Entscheidungen zu treffen. Ich bitte Sie, meine Erfahrungen nicht zu unterschätzen.«
Die Oberin zögerte: Sie hatte keinen Grund, an Herrn Satoris Erfahrungen zu zweifeln. In Grundstücks- und Anlagefragen war er dem Kloster eine über alle Zweifel erhabene Hilfe. Nur war es so, daß sie, wie Herr Satori sicher bemerkt hatte, wenig von weltlichen Dingen verstand. An einen Neubau würde sich der Orden, kurzfristig gesehen, nicht wagen; dennoch würde sie, nach ihrer Rückkehr, den Kauf der Schönegg befürworten. Man konnte das Gasthaus zunächst einmal verpachten, durfte jedenfalls das Alkoholpatent nicht verfallen lassen. Die Frage war, ob finanzielle Belastungen zusätzlicher Art entstehen würden. Das Haus war nicht in bestem Zustand. Der Dachunterbau mußte saniert, die Fassade, wenn schon ein Baugerüst aufgestellt wurde, mußte erneuert werden, und wahrscheinlich entsprach auch die Küche nicht mehr den von der Gesundheitspolizei erlassenen Anforderungen. Wenn sie ihren laienhaften Kenntnissen trauen durfte, blieb abzuklären, ob die Stadt an eine Umzonung dachte, ob nach der Straßenverbreiterung und der neuen Kanalisation weitere Eingriffe des Stadtplanungsamtes zu erwarten waren, ob Ausnahmebewilligungen beantragt werden konnten, um eine bestmögliche Ausnützungsziffer zu erreichen, sofern sich das Kloster später doch zu einer Überbauung des Grundstücks entschließen sollte. Einsprachen von Privaten waren wohl leicht zu erledigen, dafür bot Herr Satori als Unternehmer Gewähr, und wenn einmal eine Expertise

über den Baugrund vorlag, ließen sich auch die Pfählungskosten detailliert berechnen; oder sah sie das falsch? Richtziel, neun Prozent Rendite.
Sie rückte den Stuhl: Schade, daß sie nicht vor einem Monat hergekommen waren; in einem solchen Garten mußte die wildwachsende Akelei gedeihen, und welche? bestimmt die blaue, und wahrscheinlich auch die altrosa blühende.
Sie stand auf. Flatternd umringten sie die andern Nonnen. Auch Satori erhob sich und ging hinter ihnen her zur Straße, wo der Notar mit dem Wagen vorgefahren war.
Die Frauen stiegen ein, Satori drückte die Tür ins Schloß, verbeugte sich, sah, wie die Hand der Oberin flüchtig die Scheibe berührte, richtete sich auf, winkte dem davonfahrenden Wagen nach, holte, während er zum Tisch zurückging, sein Taschentuch hervor und trocknete sich die Hände.
Er warf sich Zerstreutheit vor.
Wie sollte er das Gespräch mit dem Wirt beginnen? Im Spalten von Loyalität waren Klosterfrauen Meisterinnen, vielleicht nur deshalb, weil es ihnen gelang, ihr Recht auf Schonung glaubhaft darzustellen; diese ganz bestimmte Darstellung von Hilflosigkeit.
Satori rief die Kellnerin an den Tisch: Er wollte noch ein Bier haben, nicht Flaschenbier diesmal, sondern offenes, ein Bier vom Faß.
»Bei uns gibt es das noch«, sagte die Kellnerin. »Darf ich die Gläser mitnehmen, oder kommen die Herrschaften zurück?«
Nur der eine Herr kam wieder; sie beide hätten gerne mit dem Wirt, mit Herrn Knecht, gesprochen.
Die Kellnerin räumte mit flinken Bewegungen ab, fuhr mit dem Lappen über den Tisch, nahm das Tablett auf: Herr Knecht hatte nicht die Gewohnheit, sich zu seinen Gästen zu setzen. Er ließ sich nur selten einladen, durfte, wenn er

einmal doch ein Glas angenommen hatte, die Einladung eines nächsten Gastes nicht ausschlagen.
Ja, Satori verstand das; es ging ihm aber nicht um eine Einladung. Der Herr, der die Nonnen zum Bahnhof gebracht hatte, war Notar, und das Gespräch, das sie mit Herrn Knecht zu führen hatten, war für alle Beteiligten sehr wichtig, – und Satori legte ein Fünffrankenstück auf ihr Tablett.
Sie ging weg, ohne zu danken, nahm an einem der Nebentische eine Bestellung auf, verschwand im Office.
Satori beschloß, aufs Ganze zu gehen. Ein Vorgeplänkel würde einen Mann wie Knecht nur mißtrauisch machen. Kein Wort übers Wetter; vielleicht nicht einmal eine Frage nach dem Geschäftsgang. Satori war informiert, das mußte herauskommen. Bis auf den ausstehenden Beitrag an die Straßenverbreiterung hatte der Wirt keine Schulden mehr. Knecht war ein Querulant. Stur und unvernünftig leistete er Widerstand gegen Vorschläge und Ideen anderer. Er tat alles, um seinen Ruf als Querulant zu bestätigen und zu mehren. Wie oft hatte er gerichtliche Schritte unternommen, meist ohne Erfolg, und immer hatte er jeden Entscheid weitergezogen bis zur höchstmöglichen Instanz! Wenn er für Schmeicheleien empfänglich gewesen wäre, hätte man ihn als Kämpfer für Recht und Gerechtigkeit feiern können. Aber so? Am besten war es, die Karten offen auf den Tisch zu legen, die Kaufabsicht bekanntzugeben, nachdem man sich als ernstzunehmender Geschäftsmann und Unternehmer ausgewiesen hatte, der mit einem ernstzunehmenden Partner in Verhandlung zu treten wünschte.
Satori legte den Aktenkoffer auf den Tisch.
Er würde den Wirt um Preisvorschläge bitten und ihm gleichzeitig Bedenkzeit einräumen. Er würde selbst ein Preisangebot machen, aber nicht von zukünftiger Sorgen-

freiheit, vom frühen Ruhestand reden. Er war darauf angewiesen, daß sich gewisse Schwachpunkte zeigten, geheime Wünsche vielleicht, eine Stelle, an der er einhaken konnte. Dies war ein erstes Abtasten; es durfte nicht zu einem Kräftemessen werden, wenn man im Gespräch bleiben wollte.

Die Kellnerin kam mit dem Bier, nickte Satori zu, und fast gleichzeitig erschienen der Wirt und die Frau mit dem Hund unter der Wirtshaustür.

Als der Wirt vor Satoris Stuhl stehenblieb, legte sich der Hund sofort hin.

»Herr Knecht«, sagte die Frau, »der Mann da ist kein Guter! Ich spüre es, und Fritz spürt es auch. Fritz merkt alles. Er kennt die Männer, glauben Sie mir.«

Satori lehnte sich zurück, lächelte sie an: Was war sie von Beruf? Wahrsagerin vielleicht, Kartenschlägerin, eine Art Zauberin?

»Hören Sie nur, wie er mit mir spricht«, sagte sie.

Der Hund fing an zu knurren, Knecht beruhigte ihn: Der Herr hatte doch hoffentlich keine Angst vor Hunden?

»Nun«, sagte Satori, »ich kenne mich da nicht aus, wissen Sie. Meine Tochter mochte eigentlich lieber Katzen, und auch das ist schon lange her. Was soll man machen? Die Kinder werden erwachsen, nicht wahr? Sie haben ja dasselbe erfahren mit ihrem Sohn.«

Der Wirt, die Frau und der Hund sahen ihn an, warteten, schwiegen.

Satori nannte seinen Namen: Tatsächlich hätte er gerne mit Herrn Knecht ein Problem besprochen; doch unter den gegebenen Umständen war es wohl besser, nicht länger zu stören und später wiederzukommen, nach den Betriebsferien vielleicht, in drei Wochen etwa, wenn Herr Knecht aus seinen Ferien am Bodensee zurückgekehrt war? Er würde ihm dann ein Angebot machen, das Herr Knecht einfach

nicht ablehnen konnte. Wenn er es einmal so ausdrücken durfte: Eine Einigung war immer möglich.
»Er droht Ihnen, Herr Knecht«, sagte die Frau, »er droht, und er lügt!«
Satoris Knöchel wurden weiß: Er war ein Unternehmer, Baufachmann. Er hatte gehofft, mit Herrn Knecht ernsthaft reden zu können, in einer der Wichtigkeit der Sache angemessenen Weise. Damit, daß Herr Knecht sich durch das Geschwätz einer dummen Person einschüchtern ließ, hatte er nicht gerechnet. Oder hatte der Wirt die Absicht, ihn zu demütigen?
Knecht trat näher an den Tisch: »Ich selber«, sagte er, »lasse mich ganz gerne beleidigen. Es gibt hin und wieder Gäste, die sich überlegen, wie sie mich beleidigen könnten. Es sind diese Überlegungen, die mich interessieren. Was aber nun Sie angeht: nein, ich hatte nicht die Absicht, Sie zu beleidigen.«
Satori starrte ihn an.
»Das«, sagte Knecht, »sind die Beleidigungen, die wirklich treffen; Beleidigungen ohne Absicht. Sie haben von meinem Sohn gesprochen. Sie haben mir zu verstehen gegeben, daß Sie über meine Lage Bescheid wissen. Es ist sinnlos, wiederzukommen, nach den Betriebsferien, im Herbst, im nächsten Frühling, in zwei Jahren. Wir haben einander nichts zu sagen, Herr Satori.«
»Darüber werden wir uns das nächste Mal unterhalten, und unter andern Umständen«, sagte Satori.

Sie trafen sich nach Feierabend im spanischen Viertel, im Dos Hermanos, im Sin Amar; sie hingen in den Hafenkneipen herum, veranstalteten in den langen Samstagnächten ihre Hindernisrennen; sie hatten ihre Kegelbahnen, Spielsalons, Billardsäle; sie hatten ihre Mädchen dabei oder nicht dabei, je nach Lust und Laune des Bosses; sie ließen sich da, wo sich der Boß die Haare schneiden ließ, die Haare schneiden, sahen die Filme, die er für sehenswert hielt; sie kauften sich die von ihm aus dem Versandkatalog ausgewählte, allererste Stereoanlage, trugen bei der Arbeit Anzüge aus dem Warenhaus, das er bevorzugte, tranken, wie er, Budweiser Bier, rannten ins Wasser, wenn er sich nur die Zehen naß machte: Achtung, das waren sie, die da kamen! Das war ihr Badeplatz in der Chesapeake-Bay! Das war ihr Recht, sich zu geben, wie sie waren, und sie waren nicht anders als alle andern! Sie waren eine ganz hübsche Bande, und das Schönste war, daß sie prächtig zusammen auskamen, war es nicht so?
Ein einziges Mal hatte der Boß Martin aufgefordert, seine Geschichte zu erzählen, und Martin hatte von seinem Großvater erzählt; aber noch bevor er mit Vater und Mutter, mit der Schönegg und mit dem Brandmoos hatte anfangen können, hatte ihn der Boß abgestellt: Es war schon gut, was Martin da von sich gab, aber uralt, es war, als hätte man solche Geschichten schon mit der Muttermilch eingesogen; über Bord mit dieser ganzen, weitläufigen Vergangenheit! – und der Boß hatte eine Bierdose aufgerissen und ihn mit Schaum bespritzt. Die andern auf und ihm nach, und lachend und kreischend waren sie, von einem wütenden Barkeeper verfolgt, auf die Straße hinausgerannt.

Den Lehrer Marfurt hätten sie ihm vielleicht durchgehen lassen, Marfurt und die US-Urlauber, und hinterher hatte Martin sich geärgert, daß ihm der Lehrer Marfurt nicht eingefallen war.
Es erschreckte ihn, daß ihm immer erst hinterher einfiel, was ihm sofort, im entscheidenden Augenblick, hätte einfallen müssen. Er schaffte es nicht, Neugier zu wecken, mildernde Umstände zu erwirken. Mit einem blöden Lächeln im Gesicht stand er da, wenn's drauf ankam, mit einem leeren Kopf. Er war ganz und gar auf die Stimmungen und auf die Sympathie der andern angewiesen. Wie kam es, daß sie nichts von seiner Schwäche merkten? Der Boß gab ihm eine Chance, das war's; auf den Boß kam es an.
An Werktagen war der Boß Boß der Rechtsabteilung ihrer Firma; in der Freizeit war er bloß der Boß.
»Das Gitarrespielen ist das einzige, was ich im Koreakrieg gelernt habe«, hatte er einmal gesagt. Daran mußte Martin denken, wenn der Boß, kaum daß sie sich am Badeplatz eingerichtet hatten, nach der Gitarre griff.
Auch an die einsamen Wochenenden der ersten Zeit dachte er, und er sah sich selbst wieder eingeschlossen im Vakuumsystem dieser Stadt, und vielleicht hatte er wirklich einen Augenblick lang geschlafen, denn das nächste, was er hörte, war Lindas Stimme, die sagte: »Er ist der begabteste Schläfer, den ich je kennengelernt habe.«
Martin, den Kopf zwischen den Armen, deutete ihr Gelächter, wußte, daß sie jetzt erwogen, ihn an allen vieren zu packen, über den Sand zu schleifen und ins Wasser zu werfen, spürte ein heißes Rinnsal zwischen den Schulterblättern und Lindas Hand.
Mit einem Ruck setzte er sich auf: Sechs Stunden würden sie hier wieder totschlagen, sich mit Öl einschmieren, ihre Picknickkörbe aus- und einpacken, herumknutschen und vor sich hindösen; langweilte sie das nicht auch manchmal?

Der Boß, die Gitarre noch in der Hand, sah ihn an: Es gab, wenn man ihn fragte, keine Einwände gegen einen hübschen Strandnachmittag; aber vielleicht hatte Martin einen besseren Vorschlag; vielleicht wußte er, wie man einen Hochsommertag auf angenehmere Weise verbringen konnte?
Aber nein, so hatte Martin es nicht gemeint. Er hatte nichts anzubieten; bloß gegen seine eigene Langeweile kam er manchmal nicht an, und vielleicht erging es ihnen ähnlich?
»Wenn es nur das ist«, sagte der Boß, »sei froh, daß du dich langweilen kannst; es ist ein Luxus.«
Bevor Martin antworten konnte, faßte Linda ihn an der Hand, versuchte, ihn auf die Beine zu bringen. Er zog sie zu sich herunter, sie wälzten sich im Sand, die andern warfen sich auf sie: Sie wollten es ihm zeigen! wollten ihm seine Langeweile austreiben! – und sie blieben am Strand liegen, bis, um halb fünf, die Brise vom Meer her einsetzte. Das war das Zeichen zum Aufbruch. Der Boß legte die Gitarre weg, sie zogen sich an, kletterten, schon wieder schwitzend, der Böschung entlang zur Straße hinauf, wo sie ihre Wagen im Schatten einer Zeder abgestellt hatten.
Es waren zwei Wagen, ein Ford Combi und eine Plymouth-Limousine, Baujahr 49, und beide standen jetzt in der prallen Sonne. Die Jungen rissen Türen und Kofferraumdeckel auf, die Mädchen breiteten ihre Badetücher auf den Sitzen aus, krallten sich an den Fensterrahmen fest, während die Jungen sich um die Plätze zwischen ihnen balgten.
Der Rückreiseverkehr in die Stadt war jetzt, am späten Sonntagnachmittag, noch flüssig; aber auf der Ausfahrt zur City-West kamen sie in eine Polizeisperre, wurden auf eine Umleitung aufmerksam gemacht, folgten den Signalen, blieben in der Kolonne stecken, folgten einem Wagen, der

rechts ausbrach, blieben auf dem Platz vor der Smithsonian-Bibliothek stehen.
Sie stiegen aus, als der Boß ausstieg: Nein, er wußte auch nicht, was los war. Es lohnte sich, manchmal einfach zu warten, die Dinge an sich herankommen zu lassen.
Sie schauten sich um.
Der Bibliothek direkt gegenüber lag der zum Kunstmuseum gehörende Garten. Am Gittertor warteten junge Leute mit Blumensträußen, bunt gekleidete, langhaarige Frauen und Männer, und hinter ihnen stand, Arm in Arm, eine Kette von Polizisten, die Gesichter der Straße zugewandt.
Auf der andern Seite des Platzes, zwischen Bibliothek und Bürgermeistersitz, fuhren weitere Bereitschaftswagen vor. Dort sperrten Polizisten und eine Feuerwehrbrigade die Straße ab und drängten die wartende Menge hinter die Abschrankung zurück.
Mit einem Mal waren sie nicht mehr bloß Zuschauer, sondern Mitbeteiligte.
Martin kannte diese Art Stille, die Nachmittagsstille über dem Zellentrakt, Stille aus polarisiertem Gebrüll.
Ein Kamerateam, begleitet von Presseleuten mit Foto- und Tonbandapparaten, schlenderte über den Platz, und jetzt, während die Kameras vor dem Museum aufgebaut wurden, entdeckten sie auch die ausgelegten Kabel, das bis vors Gittertor führende Gleis. Einige der jungen Leute steckten ihre Blumensträuße zwischen die Stäbe, andere fingen an, Blumen auf den Boden zu streuen, und dann geschah alles gleichzeitig: das Tor öffnete sich, vor dem Museum erschien ein schmächtiger Mann, breitete beide Arme aus, küßte eins der blumenstreuenden Mädchen, und die wartende Menge fegte Polizisten und Abschrankungen weg und überschwemmte den Platz.
Sie retteten sich in ihre Wagen. Faustschläge prasselten auf Windschutzscheibe und Kotflügel, während sie sich

hupend einen Weg durch die Menschenmasse bahnten, ein Seil mitrissen, die Fußgängerzone durchquerten, eine Straße in der falschen Fahrtrichtung hinter sich brachten und sich nun ausrechnen konnten, daß der Boß den Lotus-Club ansteuerte. Aber was dachte er sich dabei? Was sollten sie dort, in ihren T-Shirts, unter den Leuten, die, während sie sich mit Eßstäbchen herumplagten, nach Messer und Gabel eines kleinen, chinesischen Mädchens schielten?
Der Boß erklärte es ihnen auf dem Parkplatz: Um diese Zeit war die Bar im Club noch menschenleer. Sie kannten den Barmann. Man mußte doch wissen, was in dieser Stadt eigentlich gespielt wurde.
Der Boß hatte nicht zuviel versprochen. Der Barmann ließ sie das regionale Fernsehprogramm einschalten, und sie platzten mitten hinein in eine Hochzeitsschau und wurden gleich wieder munter: Wollt ihr euch lieben und gute und böse Tage miteinander teilen? Ja, das wollte das Bräutchen, und lieber nur böse Tage als gute, die ihr reicher Liebster einer andern Frau zu verdanken hätte.
Der Boß lachte mit: War jemand dafür, das Ganze zu vergessen? fallenzulassen? einfach wegzufahren und den Abend zu genießen? Schließlich waren Manifestationen und Schlägereien an der Tagesordnung, genauso wie Raub, Mord, Vergewaltigung und ein in Auftrag gegebenes Feuerchen; vorläufig allerdings noch nicht im Weißenviertel, nicht bei diesen Grundstückspreisen.
Er selber war fürs Dableiben. Womöglich hatte die Polizei ihre Zulassungsnummern aufgeschrieben, waren sie in irgendeine Bürgerrechtsbewegung hineingeraten, saßen sie bereits im schönsten Schlamassel.
Sie sahen ihn an, nickten, kannten dieses Lachen, das Zucken im rechten Mundwinkel, und sie blieben, gaben ihren Kommentar ab zu zwei auf einem Dach in die Falle gegangenen Farbigen, verfolgten die Entwicklung eines

männlichen Wesens vom Pfadfinder zum Rover zum Marineinfanteristen.
Die Bilder, auf die sie warteten, kamen erst im Nachrichtenblock.
Die Kamera zeigte den Platz vor der Bibliothek. Die Polizei hatte es geschafft, hatte die Zuschauer ein Stück weit zurückgedrängt, und außerdem hatten sie jetzt einen Sprecher, der Bescheid wußte.
Am Museum öffnete sich ein Kipptor, und der schmächtige Mann, der Künstler, wie der Sprecher sagte, rollte ein weißgestrichenes Apparätchen in den Garten hinaus. Es ging, sagte der Sprecher, um die Vorführung der ersten, sich selbst zerstörenden Maschine, – und noch während seiner Erklärung fing das Ding an, sich in seine Bestandteile aufzulösen. Unter dem Johlen, Pfeifen und Klatschen der Menge waren die Explosionen nicht mehr als ein leises Puffen.
»El Caballero pyrotechnico«, sagte der Boß; aber die andern machten sich an Martin heran: Hatte der Sprecher nicht eben die Schweiz erwähnt, hatte er nicht eben gesagt, der Künstler sei Schweizer?
Martin würgte an einer Antwort herum. Er brachte den Namen heraus, sprach ihn aus, zweimal nacheinander, so, wie man ihn zu Hause aussprechen würde, und sie versuchten, ihn nachzuahmen: Tinguely.
»Ich kenne ihn nicht«, sagte Martin.
Sie hatten sein Gesicht nett gefunden; aber was sah man in dreißig Sekunden?
Alles sah man in dreißig Sekunden; die Beweglichkeit; die Wachsamkeit der Augen; Martin hatte nie einen Künstler kennengelernt.
»Komische Sachen macht er schon«, sagte Linda. »Nimm einmal an, er wäre im Winter gekommen, dein Kollege, hätte im Winter sein weißes Maschinchen in den Schnee

hinausgerollt; viel wäre im Fernsehen nicht mehr zu sehen gewesen.«

»Und für so was gibt der Steuerzahler sein Geld aus«, sagte der Barmann.

Das ließ Martin, einmal in Fahrt gekommen, nicht gelten: Was hier am Fernsehen gezeigt worden war, ging morgen um die Welt. Was immer der Mann vorgeführt hatte, erst durchs Fernsehen wurde es zu einem allen zugänglichen, öffentlichen Kunstwerk; durchs amerikanische Fernsehen zum amerikanischen Kunstwerk, – »und wenn es Winter gewesen wäre«, sagte er zu Linda, »hätte der Tinguely die Maschine schwarz angemalt, und wahrscheinlich hätten ihm die Leute draußen dabei geholfen«.

Linda lachte ihn an: Das sagte er doch nur, um noch einmal Gelegenheit zu haben, diesen unaussprechlichen Namen auszusprechen, und so, wie er ihn aussprach, klang es, als wolle er sich damit einen Vorteil verschaffen.

»Jetzt bist du stolz auf die Schweiz«, sagte der Boß, »schaut nur, wie stolz das Bürschchen auf einmal ist«, – und damit schien die Sache erledigt.

Sie war es aber nicht, wie sich am andern Morgen herausstellte, als der Boß, Martin und ein dritter Mann sich im Büro vor dem Soda-Automaten begegneten: Der Boß hatte auf Martin gewartet, nachdem er die Morgenzeitungen durchgesehen hatte, und jetzt gab es kein Kneifen mehr. Es war wirklich so, wie Martin vermutet hatte: Über Nacht war dieser Künstler berühmt geworden; er hatte irgend etwas in den Leuten getroffen. Die ganze Nation war ein einziger Aufschrei, – und er sah Martin an: Nun, sie waren jetzt doch unter sich, konnten frei reden.

Aber Martin schwieg.

»Gut«, sagte der Boß, »dann nicht. Lassen wir's also dabei, daß die Künstler die Wahnsinnigen sind. Niemand zwingt sie dazu, uns Konkurrenz zu machen. Daß sie es, mit ihren beschränkten Mitteln, immer wieder versuchen, ist vielleicht schon so etwas wie Wahnsinn. Die Normalen sind wir, ganz klar. Wer arbeitet an hübschen Raketenköpfchen, Tag für Tag? Wer plagt sich mit dem kleinen Polarisbaby herum? Der Unterschied ist nur, daß wir's geheimhalten; vor den eigenen Landsleuten jedenfalls.«

»Und daß es anders angestrichen ist«, sagte der dritte Mann.

»Es hat einen schönen Namen, unser Kuckuckskind, das müßt ihr zugeben«, sagte der Boß; »Polaris.«

Er schob eine Münze in den Schlitz und gab dem Automaten einen Fußtritt: »Den Burschen, der all diese Namen erfindet, möchte ich gerne einmal kennenlernen.«

Ein Spaß war's gewesen, ein Versehen konnte man es allerdings nicht nennen, und eigentlich hätte es kein richtiger Fußtritt sein sollen, war dann ja auch keiner geworden, ob Anna ihm glaubte oder nicht. Es war beim Versuch geblieben, und er, Christoph, wußte nicht, wie es zugegangen war, daß er dabei hatte hinfallen können.
Eine Zeitlang war er am Boden liegengeblieben, nicht lange, eine Minute vielleicht, irgendwie benommen.
Die Schüler hatten gelacht, als sie ihm auf die Beine halfen, die Schüler wußten schon, wie er es gemeint hatte. Der Junge, den er nur ganz leicht hatte treten wollen, schubsen wäre das richtige Wort, der Junge hatte ihm den einen Turnschuh sogar eigenhändig in die Umkleidekabine gebracht. Es war ihm ein Rätsel, wie er den Turnschuh hatte verlieren können.
Anna saß neben Christoph am Bett, legte ihm die Hand auf die Stirn: Der Arzt hatte zu Umschlägen mit essigsaurer Tonerde geraten, hatte keine Zeit, Hausbesuche zu machen, – und sie zog das Deckbett weg, meldete, der Fuß sei stark geschwollen, nicht verfärbt. Sie berührte Christophs Fußsohle. Anna war im Zimmer. Anna war in der Küche. Anna war im Bad.
Er blieb auf dem Rücken liegen, spürte keine Schmerzen im Fuß.
Er hatte die Empfindung, sich am Bett festhalten zu müssen, um nicht herausgewirbelt zu werden.
Annas Zähne glitzerten.
Anna behauptete, in der Stadt eine Freundin getroffen zu haben, länger als zwei Stunden weggewesen zu sein, und auf dem Stuhl neben seinem Bett stand eine Einkaufstasche. Der Arzt hatte von einer Verstauchung gesprochen, richtig,

von einer Ruhigstellung des verletzten Beines. Er öffnete Annas Tasche, griff hinein; seine Hand zuckte zurück, als er zwischen Eiern, Tomaten, zwei in Zeitungspapier eingewickelten Salatköpfen den Schwanz einer Eidechse berührte. Sofort wußte er den Namen: Smaragdeidechse. Das war beruhigend.

»Du hast eine Smaragdeidechse in der Tasche«, sagte er.

Anna, am Fenster, warf eine elastische Binde nach ihm. Das eine Ende hielt sie in der Hand, das andere wand sich um sein rechtes Bein.

Anna legte sich neben ihn, streichelte ihn, lächelte ihn an.

Er wehrte sie ab. Es mußte etwas geschehen, sah sie das nicht ein? Er würde sein Bein verlieren, das Bein war verloren, wenn sie so neben ihm liegenblieb. Sie mußte sich beeilen, das Schlimmste mußte verhütet werden, er wollte nicht ins Krankenhaus zurückkehren.

Warum hatte er ›zurückkehren‹ gesagt?

Er sprach laut, er gab sich Mühe, langsam zu sprechen. Nur wer ruhig spricht, kann einen andern überzeugen. Nur wer seiner Sache sicher ist, kann einen andern umstimmen. Nur wer Gewißheit ausstrahlt, kann einem andern seinen Willen aufzwingen. Nicht rauchen, nicht trinken, seinen Körper beherrschen wie ein Instrument. Der Schlangenbeschwörer ist die Flöte.

Anna schien ihn nicht zu hören. Sie deckte ihn zu. Ihre Lippen bewegten sich. Zwei Männer standen im Zimmer. Hatten sie an der Tür geläutet, angeklopft? Waren sie die Träger? Er mußte sie um Geduld bitten, er war noch nicht bereit, er hatte ein Recht auf Aufschub.

Herr Hauser verliere oft die Geduld, sagte einer der beiden zu Anna, die mit einem Taschentuch vor dem Gesicht am Tisch saß.

In der Schule werfe er mit Linealen oder mit Schlüsseln nach

den Kindern, drücke ihnen den Tafelschwamm auf den Köpfen aus.
Seinen Jungen, den Daniel, habe er gewürgt und getreten, sagte der andere und zeigte auf Christoph.
Christoph bäumte sich auf: Wußte Anna denn nicht, daß diese Leute logen, sie, die von ihren Vätern in dunkle Kammern gezerrt und dort mit Lederriemen, mit Gummischläuchen, mit Teppichklopfern, mit Meerrohren gepeitscht, geschlagen, geprügelt, auf dem Estrich oder im Keller eingesperrt worden waren? Hatte er ihr nicht die Geschichte vorgelesen, die Geschichte, die Daniel nach den Weihnachtsferien geschrieben hatte, eine Geschichte, die zeigte, wie diese Väter, diese Mütter in Wirklichkeit mit ihren Kindern umgingen, im Bestreben, die eigene Erziehung, die eigenen Verletzungen und Kränkungen an sie weiterzugeben? – und er richtete sich im Bett auf, griff nach dem Blatt auf der Bettdecke, fing an zu lesen: »An Weihnachten habe ich mit meiner Kusine eine Dummheit gemacht. Da fing ich an zu lachen, bis ich anfing zu weinen. Da kam mein Vater und sagte, ich solle nicht weinen, es sei schließlich Weihnachten. Da fing ich wieder an zu lachen. Da hat mein Vater gesagt: du darfst nicht so viel lachen, es ist schließlich Weihnachten. Ende.«
Anna, das Taschentuch vor dem Gesicht, hatte sich nicht bewegt.
Vielleicht war sie eingeschlafen? Aber sie durfte jetzt nicht schlafen, es ging um alles. Er gab zu, er hatte versucht, sich mit dieser Weihnachtsgeschichte zu verteidigen. Er war froh über die Schülergeschichten. Er benutzte sie zu seiner Verteidigung, wenn man das Unterbinden eines möglichen Angriffs, das Im-Keim-Ersticken einer Aggressionshandlung als Verteidigung gelten ließ. Er gab zu, Daniel einen kleinen Fußtritt verpaßt zu haben. Er gab zu, sich, wenn Anna von zu Hause weg war, hartgekochte Eier zuzuberei-

ten und sie in seinem Sportsack in die Schule zu schmuggeln. Und auch dort noch schloß er sich in die Toilette ein. Er aß die Eier heimlich, sammelte die Schalen, auch die allerkleinsten Stücke, auf und warf sie in mehrere, auf seinem Heimweg verteilte Kehrichteimer, geduckt, den Kopf eingezogen, nicht ohne sich nach heimlichen Beobachtern umzusehen.

Wie auf ein geheimes Zeichen traten die Träger an Christophs Bett, hoben ihn auf, trugen ihn die Treppe hinunter vors Haus und setzten ihn dort in eine offene Draisine, die auf erstaunlich schmalen Schienen lief.

Den Wagenführer erkannte Christoph erst nach geraumer Zeit. Christoph hatte das Gefühl, sich entschuldigen zu sollen; doch der Mann schien, aus Freundlichkeit, keine Entschuldigungen annehmen zu wollen. Er plauderte, wies auf die Verzweigungen und Verästelungen des elektrischen Netzes hin, und Christoph folgte mit den Augen den locker gespannten, mit gelben Ballons gekennzeichneten Überlandleitungen.

Der Wagenführer nannte den Namen der Dörfer, die durch die Hochspannungsleitungsmasten zerschnitten wurden. Christoph versuchte nicht, ihm zu antworten. Er hatte seine Stimme verloren, das machte jetzt nichts mehr aus. Die Draisine stand still, der Wagenführer behauptete, dies sei die Endstation, Bellinzona. Das Wort Endstation bedeutete, daß man aussteigen mußte, und sie stiegen bergan, folgten einer mit großblühenden Rosen überwachsenen Hecke, der Wagenführer ging voraus, obschon, wie er sagte, Christoph den Weg ja kenne.

Sie kamen durch eine Wiese, die Wiese ging in Weideland über, und bald durchstießen einzelne, dunkle Felsen die Grasnarbe. Das Gras war vergilbt, weil, wie der Wagenführer sagte, hier der Schnee im Frühling lange liegenbleibe; oben, auf der Hochebene, sei es dann anders, dort sei die

Sonneneinstrahlung viel stärker, und man könne dort wirklich, ohne zu übertreiben, von Versteppung sprechen.
Plötzlich fiel Christoph ein, daß Anna ein Buch hatte mitnehmen wollen. Er wandte sich nach ihr um, war überrascht, daß ihnen andere Leute folgten, vollkommen lautlos, eine lange, vielgliedrige Schlange; Anna konnte er nicht entdecken. Er wollte den Führer fragen, der Führer war aber verschwunden, und so ging Christoph weiter, folgte dem schmalen Pfad, der in immer höhere Regionen hineinführte. Je dunkler die Felsen ihm entgegentraten, desto gelber und zäher wurden die Grasbüschel, desto schärfer die Schatten. Unter dem leeren Himmel breitete sich vor ihm das Land aus, und er wankte, wie von einem Lichtschlag getroffen, versuchte, zurückzuweichen; aber sofort schlang sich das Gras um seine Füße, zog ihn zu Boden, hielt ihn fest.
»Das ist mein Platz«, sagte er, und jetzt hatte er wieder eine Stimme, kein Zweifel, es war seine eigene Stimme, – und er spürte Annas Hand auf seinem Gesicht, hörte, wie Anna nach dem Lichtschalter tastete.
»Christoph, du träumst«, sagte sie.
Christoph suchte Zigaretten und Aschenbecher, setzte sich im Bett auf, tat so, als ob er gähnen müsse: Früher, bevor sie geheiratet hatten, war das oft vorgekommen. Träume. Er hatte dann eine Zigarette geraucht, war aufgestanden, um sich Honigmilch zu holen, kalte Milch aus dem Kühlschrank, mit heißem Boilerwasser und einem Eßlöffel Honig vermischt. Was hatte er eben gesagt, im Traum?
Er hatte undeutlich gesprochen, sie hatte ihn nicht verstanden.
»Kein Wort?« fragte er.
»Entschuldige«, sagte Anna und schlug die Decke zurück: Er sollte liegenblieben, seinen verstauchten Fuß schonen. Honig war nicht im Haus, aber Himbeersirup; und durfte

es auch gekochte Milch sein anstelle des heißen Boilerwassers?

»Es war ein schlechter Traum«, sagte er; »zum Glück bist du nicht darin vorgekommen.«

Er blieb sitzen, lauschte ihren Schritten, rauchte eine Zigarette und noch eine, nahm das Glas, das Anna ihm reichte, während sie gleichzeitig die Pantoffeln abstreifte, seinen Händen auswich, sich an den Tisch setzte, den Kopf in die Hände stützte, so daß das vornüberfallende Haar ihr Gesicht verdeckte.

»Das mit meinem Fuß ist nicht so schlimm«, sagte er.

»So etwas kommt vor, beim Turnen kann das leicht passieren, weißt du. Ich kann mir nicht einen solchen Scherz leisten und dann zu Hause bleiben. Ich werde mit dem Wagen zur Schule fahren. Nicht einmal hinken werde ich morgen, du wirst sehen.«

Zwei- oder dreimal sollte der Mann mit dem Fahrrad in der Schönegg gesehen worden sein, und war es wahr, daß er sich, im Namen eines gemeinsamen Bekannten, nach Martin Knecht erkundigt hatte? Konnte man sich auf den alten Kocher verlassen? auf ihn, auf seine Gespenster?
Ein schwarzes Militärrad hatte der Unbekannte mitgeführt, Ehrenwort; ein Rad mit Rücktrittbremse und ohne Übersetzungen; und im Garten war es abgestellt worden; an einen Kastanienbaum gelehnt; nicht abgeschlossen: Kocher sprach von Zeugen.
Sie stritten sich über das Alter des Fremden, noch bevor man sicher sein konnte, daß es ihn überhaupt gab.
Ein Mittvierziger war er, das Haar trug er in die Stirne gekämmt, schon stark ergrautes Haar; ein Mann mit kurzen Oberschenkeln, das war Kocher aufgefallen. Er gab zu, daß diese Personenbeschreibung auf manch einen zutraf. Es konnte sein, daß sich ein beliebiger Mensch vor ihn hinstellte, und er, Kocher, wäre dann vielleicht nicht in der Lage, ihn mit Sicherheit als den Gesuchten zu bezeichnen und eine völlige Übereinstimmung festzustellen. Wie viele Menschen gingen täglich verloren, verschwanden einfach zwischen den Grenzen, und nicht nur in Amerika?
Kocher, die Haupt- und Zentralunke! So einen sollte man ernst nehmen? Wer war er denn? Ein pensionierter Schlachthofarbeiter, der seinen Wein aus dem Strohhalm trank, weil seine Hände zitterten.
Aber nein, Kocher ließ sich nicht einschüchtern. Manch einer, der heute das Maul aufriß, hatte, um nur soviel zu sagen, in den dreißiger Jahren General Francos Machtübernahme als Sieg gefeiert. Wenn es nicht anders ging, konnte er, Kocher, Namen nennen, Namen von Leuten, die links

daherschwatzten, aber rechts fraßen und auch nie nur gegen die Erhöhung des Bierpreises aufgestanden waren. Von denen ließ er sich nichts anhängen. Den Mann mit dem Rad hatte er nicht erfunden: der hatte die Gartenwirtschaft betreten, sich eine Weile umgeschaut und schließlich sein Fahrrad an einen Kastanienbaum gelehnt; mehr als einmal; und nach Martin Knecht hatte er sich erkundigt, wenn auch nur nebenbei. Auf das Nebenbei kam es an; das Wichtige wurde immer nebenbei gesagt.

Sie fingen an zu raten.

Jeder von ihnen hatte seine Geheimnisse, Karten, in die er sich nicht schauen lassen wollte. Offenheit war eine gute Sache, aber auch das Verschweigen und Geheimhalten gehörte zur Welt, wie sie war, man mußte es lernen, es hatte etwas mit Reife und Erwachsensein zu tun. Schämte Kocher sich nicht, mit jedem Dahergelaufenen zu reden? konnte doch ein Spitzel sein? ein Greifer in Zivil? Nach dem Tod der Wirtin waren sie lange genug belästigt worden, überwacht von Fahndern, von der Fremdenpolizei, von der Gesundheitspolizei.

Sie ereiferten sich.

Fingel hatte einmal einen kennengelernt, der einen andern kannte, der ein Militärrad besaß. Er hatte Geschichten erzählt, das Rad hatte eine Rolle gespielt.

Solche gab es immer, solche mit Geschichten.

Dieser sollte ein Leben lang betrogen worden sein; jener behauptete, mit der Filmdiva Liz Taylor etwas gehabt zu haben, nur weil er gerade ihren Namen im Kinoaushang gelesen hatte.

»Und früher«, sagte Fürzeler, »ist das früher vielleicht anders gewesen?«

Sie riefen nach der Kellnerin: Wo Rosa nur wieder blieb? Wo denn! Draußen im Garten, bei den jungen Gästen.

»Die sind schon recht«, sagte Kocher, »die zahlen dir

ein Bier; zu Hause haben sie keinen, mit dem sie reden können. Mit dem Lehrer hat es angefangen, der sitzt jetzt fast immer allein in seiner Ecke, ist auch älter, als er aussieht.«

Sie drehten sich nach der Kellnerin um, die hereingekommen und hinter die Theke geschlüpft war: Sie kam ja schon, war schon da, wo brannte es denn, warum so ungeduldig, was war denn los? Der eine verlangte sein Bier ohne Schaum, der andere trank es aus der Flasche, der dritte temperiert. Stammgäste waren nicht die einfachsten Gäste. Katalanischen Weißwein führte bestimmt nur der Schöneggwirt, hier auf dem Platz; Kochers Ballönli Weißen.

Sie brachte Flaschen und Gläser, räumte den Tisch ab. Die Alten blinzelten sich zu, duckten sich, genossen es, ein wenig von ihr gescholten zu werden, schauten durch die offene Türe in den Garten hinaus.

Tag für Tag lagen mehr dürre Blätter auf dem Kiesweg; es war, als hätte jemand sie aus fernen Wäldern geholt und heimlich unter die noch grünen Bäume gestreut.

Zwei Roßkastanien in der Hosentasche, Farnkraut unter der Matratze; etwas Besseres gegen den Rheumatismus gab es nicht! Wer jahrelang im Schlachthof gearbeitet hatte, litt unter Rheumatismus, und mancher hatte seine Arbeit aufgeben müssen, war verkrüppelt für den Rest seines Lebens, hatte Gichthände, ein steifes Kniegelenk. Im Herbst, im Nebel, war es am schlimmsten.

Ach, was! Den meisten ging's gut, besser jedenfalls als früher; auch der Fortschritt hatte seinen Preis. Hatte man nicht die neue Schlachtlinie schätzen gelernt? Man wußte, wer wem zuzudienen hatte, jeder ordnete sich ein. Hier Sepsis, dort Asepsis! Hier die Erhöhung des Stundenlohns, die bessere Versicherung, die Arbeitszeitverkürzung, der Facharbeiterzuschlag; dort Fäulnis, Blutvergiftung, Infektionen. Was denn sonst? Die Berufskrankheit des Bäckers

war das Asthma, jene des Schlachtarbeiters der Rheumatismus, Herr Genosse Kocher.
Der Alte saß aufrecht am Tisch: Sollten sie sich doch über ihn lustig machen, über die Gewerkschaft, über das, was früher gewesen war. Ihm machte es nichts aus. Aber, um noch einmal von den Roßkastanien zu reden: der Lehrer hatte es ihm erklärt, und er, Kocher, sagte jetzt nur, was der ihm gesagt hatte; Farnkraut und Roßkastanien hatten eine radioaktive Strahlung und waren darum heilkräftig. Und übrigens: ihm war gerade eingefallen, daß man den Lehrer nach dem Mann mit dem Militärrad fragen mußte; möglich, daß er ihn auch gesehen hatte. Der junge Knecht, Martin, war ein Freund des Lehrers gewesen, bevor er nach Amerika ausgewandert war. Wenigstens ein Gedächtnis mußte ein Lehrer haben, wie hätte er sonst Lehrer werden können?
Sie neckten ihn: Nun war er also wieder bei seinem Militärradfahrer; Kocher, der Kamerad; Kocher, der das gute alte Gras wachsen hörte; Kocher, der im Tierpark Dählhölzli einen Adler gefüttert haben wollte, ausgerechnet einen Adler. Wie oft war er ihnen mit dem Adler gekommen! Hatte der Adler nicht vielleicht auch ein kleines Fahrrad mitgeführt, oder verwechselte ihn Kocher mit einem Kondor? mit der Legion Kondor?
Bis zum Überdruß hatte er von der Lederhaube erzählt, die der Adler trug, hatte die Metallstange beschrieben, auf der der Adler hockte, den Dreck am Boden, die geknickten Schwungfedern; es war wirklich zuviel des Guten! den ausgerissenen Flaum, das unter der Kette blutende, schorfige Bein; nicht zum Aushalten war das! und daß auch kleine Kinder ihn berühren konnten, wenn sie Lust dazu hatten, und daß man unter der Haube seine Augen nicht sehen konnte; langweilig auf die Dauer, in aller Freundschaft gesagt, war's! und daß er dort die ganze Nacht zugebracht

hatte, daß in dieser Nacht der erste Schnee gefallen war, daß alle Tiere sich in der großen Lautlosigkeit unter Büschen und Bäumen zusammengedrängt hatten. Nein, das nun nicht wieder, nicht mit diesem Radfahrer! Denn als einer von ihnen damals den Adler schließlich mit eigenen Augen hatte sehen wollen, fand er zwar die Ecke, wie Kocher gesagt hatte, gleich neben der Kasse; von Adler aber keine Spur! Eine Krähe hatte auf der Stange gesessen, eine hundsgewöhnliche, gemeine Krähe; ein Wunder, daß man sie nicht zum Sprechen hatte bringen können. Eine Krähe wie unsereins.

Eine Möwe flog über dem Wasser, ihr Schatten folgte ihr; über dem Wasser, in den Wolken; auf dem Bild war das nicht genau auszumachen: Charlie Parker, Relaxing in Ca, Co –
Am Horizont lösten sich Meer, Gischt und Himmel in einem weißen Streifen auf, das wußte Martin noch, und er wußte, daß er die Platte seinen Freunden geschickt hatte, und er wußte, daß er sich an den richtigen Plattenumschlag erinnerte.
Was um ihn herum vorging, mußte etwas mit ihm zu tun haben, auch die Frau hinter dem mit Tüchern abgedeckten Tisch: Relaxing in Camo, Coma – warum half sie ihm nicht?
Sicher, Liebling! – sie lächelte ihn an: Er würde schon wieder draufkommen, daran gab es keinen Zweifel. War es denn so wichtig? Es würde ihm wieder einfallen, wenn er nur erst einmal ein bißchen geschlafen, sich ausgeruht hatte und zu sich gekommen war.
Sie ritzte die Ampulle an, die sie in der Hand hielt, brach ihr den Hals ab, zog die Spritze auf, beugte sich über Martin: Nun, das war gleich überstanden, er würde sich jetzt so richtig erholen, schlimm war das ja alles nicht; er hatte sich ein bißchen übernommen, tat es weh? ein bißchen übernommen, er war überarbeitet, ihr kleiner, schreckhafter, wirklich sehr schreckhafter Liebling!
Und wieder ihr Lächeln, sowie sie den Kopf hob, die weiß uniformierte Frau, Pflegerin? Krankenschwester? – ein Lächeln, das sich nicht veränderte.
Sie legte den Finger an die Lippen, schaute auf die Uhr an ihrem Handgelenk.
Gitter fielen ihm ein. Hastig schaute er zum Fenster, das

unvergittert war. Ein in sprossenloses Glas gefaßtes Grau endete nicht im Fensterrahmen, Himmel, oder doch Wasser, vielleicht, strandgrau; warum strandgrau?
Was wußte er noch?
Man traf sich dort, am Strand, zu früh im Jahr, sonnenhungrig; später, im Frühherbst, wenn Wasser und Luft noch lange warm waren, oft wärmer als im Frühling, verabredete man sich lieber vor einem Kino oder in Nohos Keller oder auf der Bowling-Bahn. Ich, du, er, sie, es; man.
Er versuchte, sich an einer Erinnerung festzuhalten, sie zu fassen, sich an ihr voranzutasten.
Sein Blick blieb am Tisch hängen. Dort standen Fläschchen, eine Schale, daneben lagen die Spritze, Zigaretten, ein Taschentuch, Geld, ein Schlüsselbund, ein paar Zettel.
Die Pflegerin beugte sich über ihn: Die Sachen kamen in seinen Schrank zu den Kleidern; es waren seine Sachen. Es würde nichts fehlen, er war in guten Händen. Vielleicht vermißte er sein Feuerzeug, war es so? sein silbernes Feuerzeug? Aber auch das würde er wiederbekommen, in einigen Tagen; dafür wollte sie persönlich besorgt sein. Man hing an diesen kleinen Dingen, an einem Amulett, an einem Feuerzeug, sie wußte es aus eigener Erfahrung.
Er betastete sein Hemd: Eben noch hatte er sein Feuerzeug in den Händen gehalten. Es konnte doch unmöglich verlorengegangen sein. Das war interessant, war das nicht interessant?
»Sie brauchen jetzt kein Feuer, Liebling«, sagte die Pflegerin, »Feuer ist das letzte, was Sie brauchen«, – und er: Die Zigarette hatte er selbst angezündet, eben noch, mit seinem eigenen Feuerzeug, bestimmt, gleich nach dem Essen. Er hatte am Hafen Fisch gegessen, auf einem Papptellerchen. Er hatte die Hände mit dem Taschentuch saubergemacht und sich eine Zigarette angezündet. Sie mußte zugeben, daß

er niemanden, auch sie nicht, um Feuer gebeten hatte. Sie war doch dabeigewesen, er erinnerte sich an ihre Art, ihn anzulächeln. Was hatte sie denn gegessen?
Mit zwei Fingern ergriff die Pflegerin das Taschentuch, hob es hoch, so, daß er es vom Bett aus sehen konnte: Wie dumm von ihr, da war es ja, das Taschentuch, wozu sich streiten? Er suchte sein Taschentuch, und die ganze Zeit hatte es dagelegen, vor ihren Augen. War nun nicht alles in Ordnung?
Er drehte den Kopf zur Wand: Wer hatte ihn hierhergebracht, wo war er, wer hatte ihn hier eingesperrt, zusammen mit ihr? Sah sie nicht, daß er versuchte, sich zu erinnern? Sah sie nicht, daß sie ihn daran hinderte?
Er schloß die Augen, und wieder rollte das Band ab, ein spiegelnder Asphaltstreifen, und er ging dagegen an, sah weit vorn ein blaues Licht, dann den brennenden Wagen, der nun an ihm vorüberschoß, verschwand und gleich wieder weit vorn auftauchte, rasch größer wurde, an ihm vorüberschoß.
»Er wird gleich einschlafen«, sagte eine Stimme, und mit größter Anstrengung gelang es Martin, den Kopf zu drehen.
An seinem Bett standen zwei Männer.
Er wunderte sich, daß er sie trotz der großen Entfernung verstehen konnte, während er jetzt auf einem Kissen schwebte.
»Nun haben Sie ihn gesehen«, sagte der eine, »er ist nicht ansprechbar, genügt Ihnen das nicht? Übermorgen vielleicht; nach seinem Nervenzusammenbruch braucht er Ruhe.«
»So wie wir Ihre Klinik unterstützen«, sagte der andere, »sind wohl wir es, die die Vorschriften machen dürfen, nicht wahr.«
»Ein leichter Fall«, sagte der erste, »man weiß nicht genau,

was sie in diesem Zustand mitbekommen, seien Sie vorsichtig.«

Der andere strich sich übers Haar: Irgendwo hatte er gehört, Schizophrenie sei erblich. Er wußte zu wenig darüber, es war ja auch nicht sein Beruf. An ihnen, an den Ärzten, war es jetzt, Martins Familiengeschichte nachzuprüfen. Vielleicht hatte der Junge geflunkert, ehrgeizig, wie er war. Denn gearbeitet hatte er, das mußte man ihm lassen; tagsüber im Konstruktionsbüro, nachts oft an der Universität, das wußte er mit Sicherheit. Einen Teil der Examen hatte er bereits bestanden; gearbeitet, das war gar kein Ausdruck, gebüffelt hatte er: zuletzt an der Entwicklung von –, nun, von gewissen Systemen. Egal, was das war, – und er tippte dem Arzt mit dem Zeigefinger an die Brust: Er würde es schon noch erfahren. Es gab da ziemlich brauchbare Erfindungen, und etwas würde auch für die Zivilisten abfallen. Das eine noch, die Aufsicht, – unter seinem Blick duckte sich die Pflegerin: Konnte man sich auf die Dame verlassen? Der Patient Martin Knecht war, darauf mußte er hinweisen, Geheimnisträger. Es war erstaunlich, wie rasch sich ein tüchtiger Mann in diesem Land emporarbeiten konnte, fast ohne Ansehen der Person. Die Routine-Überprüfungen schienen zu locker gehandhabt zu werden, und auch die Testreihen waren offenbar nicht über jeden Zweifel erhaben.

Ihre Gesichter versanken vor Martins Augen im Dunkel.

Das Reden, nachts in der Anstalt, das Reden im Schlaf, bevor man in den nassen Leintüchern erwachte; die Angst, etwas auszuplaudern, sich zu verraten, sich preiszugeben; die Angst vor den Träumen; die Angst vor dem Träumen; sich den Mund mit Nadeln spicken.

Er ließ alles hinter sich, es war unbedeutend: Camo, Cama, Camarillo, Relaxing at Camarillo; das mußte er aufschreiben, später, wenn er es bis dahin nicht wieder vergessen hatte; es war unwichtig; – und wieder tauchte weit vorn im blauen Licht der brennende Wagen auf, Leute standen jetzt dort, und jemand sagte: Der Bastard holt meinen Kanister aus dem Kofferraum, ja, mit seinem eigenen Feuerzeug, und dabei hat er sich nicht einmal die Hände verbrannt. Am Straßenrand standen Mülltonnen, unübersehbar, vom Rost gezeichnet, und alle redeten jetzt durcheinander, und ihre Stimmen entfernten sich und verwehten.

Fingel, der das Wirtshaus durch die Gartentüre betreten hatte, blieb mitten in der Gaststube stehen, knöpfte seinen Mantel auf. Fürzeler, Zwei und Sugus hockten am runden Tisch, hatten auf ihn gewartet, riefen: »Zu spät, zu spät!« – der Wirt las die Zeitung, die Kellnerin schnitt Brot an der Theke, vier Spieler beugten sich, eingehüllt in das Geflüster der Kiebitze, über ihre Karten, und Fingel stand immer noch da, im offenen Mantel, zeigte auf den Gast, der allein an einem Ecktisch saß: Der war es, der und kein anderer. Von ihm hatte Kocher gesprochen, erinnerten sie sich nicht? Ihn hatte er gemeint; angegrautes Haar, die Fäuste auf dem Tisch; er war's, der Mann mit dem Militärrad, einer, der aussah, als wäre er auch ein Arbeiter, und dabei wußte man es doch besser. Der alte Kocher hatte nicht gelogen. Kocher war vorsichtig mit seinen Behauptungen. Wenn er log, log er so, daß man ihm nichts beweisen konnte, – und zu dem Mann, dem das Rad gehörte: Sie hatten untereinander eine Wette abgeschlossen, dummes Zeug, – und er lachte, hängte seinen Mantel endlich an den Rechen, rief hinüber: »Setz dich an unseren Tisch, du!« – und setzte sich zu den andern: Er hatte das Rad sofort erkannt, es stand draußen, an einen Kastanienbaum gelehnt, nicht etwa an die Hausmauer; ein Militärfahrrad, – und hatte er jetzt nicht ihr Lob verdient?
Man gehörte eben doch nicht zum alten Eisen, hatte immer noch gute Augen, war auf dem Posten.
Sie beobachteten, wie der Mann mit dem Rad die Kellnerin an den Tisch rief und seinen Kaffee bezahlte.
»Offenbar ist der Herr zu vornehm, um sich an einen Tisch mit einfachen Leuten zu setzen«, sagte Fingel.
Zwei Männer betraten das Lokal. Der eine trug den linken

Arm im Gips, der andere hatte eine Narbe an der Augenbraue, Narbengewebe unter den Augen, und auch sie machten, als sie hereinkamen, die Türe leise hinter sich zu und ließen sie, als sie nach einem Stehbier das Lokal verließen, hinter sich ins Schloß fallen.
Der Mann mit dem Rad war aufgestanden, hatte seine Jacke von der Stuhllehne genommen. Die Kellnerin räumte sein Kaffeegeschirr und den Aschenbecher weg, wischte mit dem Lappen über den Tisch. Er nickte ihr zu, trat zur Seite und blieb vor dem Tisch der pensionierten Schlachthofarbeiter stehen: Er war nicht stolz, hatte heute bloß keine Zeit, sich mit ihnen zu unterhalten. Eine Gelegenheit, das nachzuholen, würde sich bestimmt ergeben. Wer war übrigens der Mann, dessen Namen sie erwähnt hatten, dieser Kocher?
Sie erklärten es ihm. Er hörte ihnen zu, ohne sie zu unterbrechen, schaute einmal auf seine Uhr.
Kocher war heute nicht da, kam vielleicht später doch noch, wer konnte das wissen?
Von Kocher gab es nicht viel zu erzählen, er gehörte einfach dazu, war einer von ihnen. Jahrelang hatte er in der Pension Heimat gewohnt. Zweimal in der Woche gab es Rührei, Kocher zuliebe, wie die Inhaberin behauptet hatte, und erst, als er dort wegging, erfuhr man, daß er Rührei nicht ausstehen konnte. Sozialisten waren Langweiler, da mochte etwas Wahres dran sein. Irgendeiner hatte das einmal gesagt, andere sagten es nach, Kocher hatte nur gelacht, hatte die Monatsrechnung verlangt, am zwölften die ganze Monatsrechnung, hatte auf Wiedersehen gesagt und war aus der Pension Heimat ausgezogen.
»Er ist kein gemütlicher Mensch«, sagte Zwei, »darum mögen ihn die Leute nicht. Kocher, das Arschloch, sagen viele, wenn sie von ihm reden.«
»Wir kennen ihn lange genug«, sagte Fürzeler. »Er schwatzt

sich überall selbst ins Unglück hinein. Und dann sein Lachen! Die Leute tun ihm nicht gut. Das Leben tut ihm nicht gut. Er ist unser Freund.«
Fingel scharrte mit den Füßen: Da redeten sie über Kocher, gaben sich preis, einem Fremden. Wer war er eigentlich? Von ihm wußten sie nur, daß er sich nach dem Sohn des Wirts, nach Martin erkundigt hatte. So war es doch. Und daß er ein Militärrad besaß, wußten sie. Man war in der Schönegg vorsichtig geworden, mußte er wissen. Nicht jeder verdiente hier Vertrauen. Sie hatten, wie gesagt, eine Wette abgeschlossen, waren überzeugt gewesen, daß es ihn gar nicht gab, daß er eine Erfindung Kochers war, und nun stand er da, an ihrem Tisch, ein Mensch aus Fleisch und Blut, fast als hätte ihn der Alte ins Leben gewünscht.
»Ihr hättet den Wirt fragen können«, sagte der Mann mit dem Rad und schaute wieder auf die Uhr: Schon sein Vorgänger hatte in der Schönegg verkehrt, hatte hier mit dem Leiter des Verkehrsvereins am Feierabend Karten gespielt. Sein Vorgänger war Adjunkt des Verkehrsvereins gewesen. Er selber hatte vom Verkehrsverein zum Bauamt hinübergewechselt, als die Stelle dort freigeworden war, und es war seine Absicht, die Schönegg besser kennenzulernen, aus Neigung und, sozusagen, auch aus beruflichen Gründen. Sie konnten ihm dabei behilflich sein, wenn sie Lust dazu hatten, später, gelegentlich, – und er trat zurück.
Einen Augenblick lang sah es so aus, als fürchte er, sie könnten aufspringen und ihn an ihren Tisch zerren. Er wich den Kartenspielern aus und zuckte zusammen, als ihn die Kellnerin am Ärmel faßte, weil er das Herausgeld liegengelassen hatte.
Als er hinausgegangen war, riefen sie den Wirt an den Tisch. Auch sie redeten von Dreinschlagen: Wenigstens in der

Schönegg wollten sie in Ruhe gelassen werden, wollten in Ruhe ihr Bier trinken können.
Und der Wirt: Wovon sprachen sie eigentlich? Er verstand überhaupt nichts. Worüber regten sie sich auf?
Sie regten sich auf, weil sie stark den Eindruck gehabt hatten, daß dieser Gast, der Radfahrer, einen Streit vom Zaun hatte brechen wollen. Er hatte ihnen, konnte man fast behaupten, sogar gedroht.
»Ach was«, sagte der Wirt, »ihr seht auch schon überall Gespenster. Hat er den Namen Satori erwähnt?«
Gespenster, das war wirklich die Höhe. Das mußten sie sich von Knecht nicht bieten lassen.
»Vielleicht war der Mann betrunken oder einfach müde, ich weiß es wirklich nicht«, sagte der Wirt, »oder er hat seine Stelle verloren oder seine Frau, was weiß ich.«
Geschieden, daß sie nicht lachten!
»Ich kenne den Mann kaum«, sagte der Wirt. »Er ist zwei- oder dreimal hier gewesen, ein friedlicher Mensch.«
Das war ja noch schöner. Er kannte ihn nicht. Dem Wirt war es wohl gleichgültig, was der Fremde hier suchte. Er hatte versucht, sie auszufragen, hatte sich nach Martin erkundigt, hatte nach dem alten Kocher gefragt.
Der Wirt tippte sich an die Stirn: Eben noch hatten sie sich mit dem Fremden unterhalten. Waren nicht sie selbst es, die ihn an ihren Tisch gerufen hatten? Und jetzt versuchten sie, ihm etwas anzuhängen. Sie waren es, sie selbst, die Streit suchten! Manchmal fing es mit einem Glas an, das einer umstieß, mit den Scherben, die ein anderer aufwischte. Sie fanden immer Gelegenheit, sich zu streiten, und immer war Geltungssucht dabei.
Sie duckten sich: Nein, so war es nicht. Sie wußten selbst nicht, was los war, hatten ja auch nur einen Verdacht geäußert. Deswegen brauchte Knecht nicht gleich wütend zu werden. Wollte er vielleicht mit ihnen ein Glas trinken?

Der Wirt schüttelte den Kopf, setzte sich an ihren Tisch: Er hatte nicht viel Zeit. Draußen standen noch die Gartenstühle, die Tische, zwar vor dem Wetter geschützt, aber nicht zum Überwintern weggeräumt. Zuerst mußte er im Keller Platz schaffen, Harasse und Leerglas zum Abholen bereitstellen; die übliche Arbeit.
Und sie: Hatten sie ihm vielleicht nicht immer dabei geholfen? beim Aufstellen im Frühling, zum Sommerfest; beim Abräumen im Spätherbst?
Knecht stand auf: Dann also los! Er wollte heute schon anfangen. Er würde sie rufen, wenn es soweit war, – und er ging zur Theke, hängte eine Zeitung an den Haken, öffnete die Tür zum Garten. Draußen lehnte er sich an die Hauswand.
Als sich seine Augen an das Dunkel gewöhnt hatten, sah er drei Gestalten auf dem Gartenweg stehen. Sie trugen helle Mäntel, und er verstand, daß sie über seinen Garten sprachen. Sie sprachen darüber, daß es notwendig sei, ihm den Garten wegzunehmen, und daß alles, was er dagegen vorzubringen hatte, keinen Einfluß auf ihren Entschluß haben konnte. Sie schienen nicht wahrzunehmen, daß er ihnen zuhörte, und während er noch versuchte, sein Vorhandensein unübersehbar zu machen, – denn ihn gab es doch, er war etwas Wirkliches, – sagte jemand: »Den Garten sollt ihr ihm lassen«, – und damit schien alles entschieden zu sein.
Er hörte seinen Namen, sie riefen ihn, sie kamen um die Hausecke, Fingel und die andern, sie hatten ihn in der Küche gesucht, im Keller, und er stand da, an die Mauer gelehnt, als sei er krank. Was war mit ihm los? War ihm schlecht geworden? Das Leerglas hatten sie schon an die Straße gestellt.
»Danke«, sagte Knecht.
Er brauchte ihnen nicht zu danken. Sie hatten es gern getan,

waren ihm gerne behilflich, hatten nichts anderes zu tun, fühlten sich gerne ein wenig unentbehrlich. Man konnte mit dem Einräumen anfangen; am besten fing man mit den Tischen an.

Christoph kam mit Martins Geschichte nach Hause: Der Schöneggwirt hatte ihn gebeten, den Brief der Baltimoreklinik und auch den beigelegten Bericht zu übersetzen. Martin hatte ein paar Zeilen dazugelegt, auf die Rückseite eines Bestellzettels geschrieben, den ihm der Wirt aber nicht hatte zeigen wollen: »Nichts Wichtiges«, hatte er gesagt, »bloß Grüße«.
Martin war schon fast wieder gesund, – und Christoph setzte sich, die Zigarette in der Hand, neben Anna an den Tisch, schob die Plattenhüllen zur Seite: Nicht zu fassen, wie rasch die Platten zu finden waren, jetzt, nachdem sie sie in dem neuen Gestell für ihn eingeordnet hatte. Wie ging es ihr heute? Hatte sie Lust, Musik zu hören?
»Was ist los mit Martin?« fragte sie, legte eine Stricknadel auf den Tisch und fing an, die Maschen zu zählen.
Christoph starrte auf ihr winziges Strickzeug, auf ihre sich lautlos bewegenden Lippen: Martin hatte Mülltonnen angezündet, im Hafen von Baltimore. Er hatte die Mülltonnen umgestoßen, ausgeleert, hatte den Abfall mit Benzin übergossen und angezündet. Dabei war auch der Wagen, aus dem Martin den Kanister geklaut hatte, verbrannt. Verrückt, nicht wahr?
Er sah sie an, und sie sah, ohne wirklich aufzusehen, sein ruhiges, argloses Gesicht, war nicht überrascht, daß ihn Martins Geschichte nicht an ihre eigene erinnerte, sagte nur: »So ist das eben mit sogenannten Nervenzusammenbrüchen«, und wußte, daß er erschrak, daß es ihm jetzt einfiel, daß er schon bedauerte, davon angefangen zu haben.
Er war um Martin Knechts Geschichte, die er wie einen Schild vor sich hertragen konnte, um gegen das häusliche

Schweigen anzugehen, so froh gewesen, daß er ihre eigene Geschichte vergessen hatte.
»Man erholt sich rasch«, sagte sie, »und es bleibt fast nichts zurück, wie wir erfahren haben.«
Christoph zog eine Platte aus der Hülle, blies den Tonkopf aus, fuhr mit einem Lappen über die Platte.
Er war verlegen: Hatte sie seine Briefe von damals noch? So, wie sie die Dinge ordnete, – hatte sie sie aufbewahrt?
Anna richtete sich auf. Der Rücken tat ihr weh. Sie würde sich, wie jeden Abend, auf ihrem Bett ausstrecken und versuchen, sich zu entspannen. Ihr Mädchenbett war weniger weich gewesen. Dort hatte sie gelegen, rekonvaleszent, das Dienstmädchen hatte die Katze zum Tierarzt gebracht, war geblieben, so lange, bis die Katze sich hingelegt hatte und eingeschlafen war, bestimmt ohne Schmerzen zu leiden. Anna hatte die Spritze bezahlt und auch die Kosten für das Wegschaffen des Kadavers, das war richtig so, den Korb wollte sie ins Brockenhaus bringen, gelegentlich, es würde keine neue Katze ins Haus kommen. Dort hatte sie gelegen, die wispernden Stimmen der Großeltern vor der Tür, das Halblicht im Zimmer, von Dämmerung zu Dämmerung.
Die Zeit; was die Zeit in Ordnung brachte, blieb ungeordnet, war bloß für eine Weile stillgelegt, kapselte sich ein, bis es wieder aufbrach, wenn Widerstand und Abwehrkräfte nachließen. Nein, sie wußte nicht, ob sie Martin liebte, hatte es auch damals nicht gewußt. Haß war das, was den Schwachen von der Liebe übrigblieb, nach vielen täglichen Kränkungen; so schwach war sie nicht.
Sie dachte an den Stammbaum, den ihr Großvater, weil er in einer deutschen Illustrierten den Stammbaum des englischen Königshauses gesehen hatte, von der eigenen Familie hatte anfertigen lassen. Dazu taugte Chronik, zur Selbstbestätigung.

Sie und Christoph hatten dort Namen gesucht für das Kind.
Sie hatten entdeckt, daß ihnen vor allem weibliche Namen gefielen.
Er wünschte sich ein Mädchen.
Sie, wenn sie sich doch wieder einmal eine Katze anschaffte, wollte auf die Eleganz der Siamesen verzichten, wollte keine Katze mehr mit durchdringender Stimme. Eine schwere Katze mit breiten Pfoten und mit einem großen, runden Kopf wollte sie haben.
Mädchennamen waren hübscher.
Sie ging oft spazieren, ging durch den Wald, jurawärts, bis der Nebel, der über der Stadt lag, sie einhüllte.
Nie benutzte sie die Drahtseilbahn, die sie zu rasch durch den Nebel ins blendende Sonnenlicht hinaufgetragen hätte. Unter den im Rauhreif funkelnden Bäumen, unter den Menschen dort wäre sie sich wie ausgesetzt vorgekommen, den Gerüchen, der Körperhaftigkeit der Dinge preisgegeben.
Zerstreut übte sie auf ihren Wanderungen Atemtechnik: Bauchatmen, Hecheln. Wenn sie nach Hause kam, saß Christoph hinter den Büchern, die sie aus der Bibliothek nach Hause gebracht hatte: Was sollte sie bloß kochen? War er sehr hungrig?
Sie ließ sich aufs Bett fallen, er half ihr beim Ausziehen der Stiefel: Ihre Spaziergänge wurden von Tag zu Tag weitläufiger. Sie paßte zu wenig auf sich auf, konnte sich eines Tages im Nebel verirren. Um das Essen sollte sie sich nicht kümmern, er hatte Eier und Milch mitgebracht; Cornflakes waren noch da.
»Verirren, was denkst du denn«, sagte sie.
Die Holzfäller waren im Wald, die Motorsägen jaulten, und jetzt bewegte sich der Stamm einer Tanne; da blieb sie stehen, mitten in der Schneise, erlebte das unaufhaltsame

Fallen, erlebte am eigenen Leib das Niederbrechen des Wipfels, das Prasseln der Äste, wurde zurückgerissen, während das Aufschlagen des Baumes sie erschütterte. Die Männer, die sich aus dem Nebel und aus dem Rauch der Rindenfeuer lösten, kamen herbeigerannt, fluchend und lachend zugleich. Sie trank mit ihnen Tee, goß, als die Flasche kreiste, auch Kirsch in ihren Becher, wartete, als wäre sie getroffen worden, auf den Schmerz. Ein Forstgehilfe bot ihr an, sie mit dem Jeep nach Hause zu fahren: Gott sei Dank war ihr nichts geschehen. Sie schaute ihn an: Es war an ihr, Gott zu danken; ihm stand es nicht zu, – und sie ließ sich von ihm in den Wagen helfen.

»Eine so junge und hübsche Mutter, das würde mir auch passen«, sagte einer; er sagte es so, daß sie nicht nur den Satz, sondern auch, daß er halblaut gesprochen worden war, hatte verstehen müssen.

Nein, verirren konnte man sich in diesen Wäldern nicht.

Sie war im achten Monat schwanger.

Wenn Christoph nach Hause kam, zündete er, bevor er sich zu ihr an den Tisch setzte, eine Zigarette an.

Er ging oft aus, traf sich, sagte er, mit Peter und Beatrice nicht mehr nur in der Schönegg, sondern auch mit andern Leuten, die Beatrice kannte, in anderen Cafés.

Heimlich schaute er auf die Uhr, während er Anna beim Abtrocknen behilflich war, blieb, während sie das Geschirr in den Schrank räumte, am Fenster stehen, versuchte, seine Ungeduld vor ihr zu verbergen. Er gab sich Mühe mit seinen Abgängen; es ermüdete sie, wie er sich Mühe gab.

Manchmal kehrte er, unter dem Vorwand, sein Geld vergessen zu haben, noch einmal zurück, lehnte sich an sie, vergrub seinen Kopf in ihrem Haar: Warum ließ er auch immer sein Geld liegen? Was bedeutete das? – und sie versuchte, es ihm leicht zu machen, möglichst wenig peinlich für beide, versuchte, diesem neuen Spiel Regeln zu geben wie den Kinderspielen im Garten ihrer Jugendzeit. In diesem Garten hatte sie erfahren, daß die Regeln eines Tages nicht mehr gelten, daß Erwachsenwerden gleichbedeutend ist mit Regeln-brechen.

Er war ihr dankbar für ihre Hilfestellung, umarmte sie.

Sie bat ihn, die Wohnungstüre beim Weggehen nicht abzuschließen, lauschte auf seine Schritte im Korridor, hörte, wie die Haustür ins Schloß fiel. Sie stand vom Tisch auf, öffnete ein Fenster, drückte Christophs Zigarette aus, leerte Asche und Stummeln nicht in den Kehrichteimer, sondern in die Toilettenschüssel, ließ die Wasserspülung laufen, schaute, beide Hände in die Hüften gestützt, zu, wie sich die Tabakreste im Wasserstrudel auflösten. Dann stellte sie sich hinters Fenster, sah Christoph weggehen, in seinen engen Hosen, in seinem kurzen Regenmantel; er ging, als fühle er sich beobachtet, beschattet, verfolgt.

Anna verurteilte ihn als Heimlichtuer, als Schwächling, gab ihm keine Chance, das Urteil, das sie heimlich gefällt hatte, anzufechten.

Ihre Ungerechtigkeit beunruhigte sie nicht; nichts kam mehr ganz an sie heran.

Ende Januar hörte sie, daß auch Hemingway einer der Schriftsteller war, die den Geburtsvorgang auf abscheuliche Art und Weise beschrieben.

Sie besuchte den Kurs Gesundes Schwangerschaftsturnen. Ihre Lehrerin hatte sich die Mühe genommen, einen Index anzufertigen mit den Titeln der Bücher, die eine schwangere Frau besser nicht lesen sollte.

Hatte sie Christoph eigentlich von den südamerikanischen Gummipflückerinnen erzählt, die am Morgen mit dem leeren Eimer in die Wälder gingen und am Abend mit einem Kind auf dem Rücken und mit zwölf Litern Gummimilch in die Station zurückkehrten?

Außerdem brachte sie eine Einladung mit.

Es war Brauch, auch interessierte Ehemänner in die Kunst des schmerzlosen Gebärens einzuführen, ihnen sozusagen eine Kostprobe zu geben. Wie bestürzt Christoph sie jetzt wieder ansah! Sie hatte ihn nicht erschrecken wollen.

Die Kursleiterin hatte sich im ersten Stock eines Delikatessengeschäfts eingemietet. Christoph wußte, daß es schwierig war, in dieser Gegend einen Parkplatz zu finden.

Manche Frauen ertrugen den Fischgeruch nicht: Spada, Merluza, Gambas; der Fischgeruch, das war auch die Spanierin, die am Trog hinterm Ladentisch den Forellen das Genick brach, das waren die Kundinnen, Italienerinnen, Spanierinnen, das waren ihre Stimmen, das war ihre Unbefangenheit, ihre Lebensfreude.

»Findest du nicht, daß eure Lehrerin sich besser in einer Konditorei eingemietet hätte?« fragte Christoph, als sie durch den Hausflur gingen.

»Grosclaude«, sagte Anna, ohne sich nach ihm umzusehen oder stehenzubleiben; »daß du dir ja ihren Namen merkst. Sie hält sehr viel von den Männern.«

Oben herrschte die falsche Munterkeit, die Christoph erwartet hatte.

Die Turnlehrerin, im Trainingsanzug, ging herum und klatschte in die Hände: Sie wußten ja, es ging heute darum, den anwesenden Herren Gatten zu zeigen, wie und wo sie behilflich sein konnten, wenn es soweit war.

Die Frauen rührten sich nicht. Sie hatten die Turnkleider zu Hause gelassen, saßen mit unglücklichen Gesichtern in ihren Umstandskleidern da.

Christoph kniete neben der Kursleiterin auf den Boden: Er war bereit, die Rolle der Gebärenden zu spielen. Sie sollte ihm sagen, was er dabei zu tun hatte.

Anna biß sich in die Hand, wurde rot, konnte sich nicht mehr zurückhalten; sie lachte, Tränen liefen ihr übers

Gesicht, und jetzt lachten alle, während Christoph sich auf den Rücken legte, tief einatmete, preßte, sich entspannte und wieder einatmete.
Zu Hause warf Anna ihn aufs Bett, warf sich neben ihn: Was war er doch für ein Kindskopf! – und sie küßte ihn. Ihre Zunge tastete seinen Mund ab. Er versuchte, sich zu lösen, sie hielt ihn fest: So mochte sie ihn gut leiden, hatte ihn gern, hatte ihn lieb! – und es war in ihrer Stimme jetzt, in ihrer Kehle, ein dunkler, kleiner Laut.

Beatrice lag, den Kopf ans Fenster gestützt, mit geschlossenen Augen neben Peter, so als sei ihr in den Kurven oder schon bei der Paßkontrolle an der Grenze schlecht geworden: ein Grenzübergang ohne Schwierigkeiten.
Der Zöllner hatte sie nicht ins Zollhaus gebeten, hatte nicht, ohne das vor ihm liegende Reisedokument überhaupt anzusehen, die Zentrale in Paris angerufen, hatte weder den Ausfertigungsstempel beanstandet noch ihr Gesicht mit der Fotografie ihres Gesichts verglichen, geschweige denn die Fahndungslisten durchgeblättert. Nicht einmal ihr Gepäck war durchsucht worden. Keine gerunzelte Stirn, kein Versuch, beim Buchstabieren ihres Namens Zeit zu gewinnen.
Diese Reise war nicht mehr rückgängig zu machen. Sie war das zu spät eingelöste Versprechen, das sie unter einer Weide in der Morgendämmerung vor drei Jahren abgegeben hatte.
Erst jetzt hatte Peter sich freimachen können, endlich, wie er sagte, »endlich mit ihr wegfahren«, sagte er, »ohne den Patron oder Madame einweihen zu müssen«, – was ging die sein Privatleben an? Wozu sollte er's an die große Glocke hängen, daß er nicht allein fuhr, sondern mit ihr, und nicht zum Skilaufen in die Berge, sondern nach Frankreich? Endlich gemeinsame Ferien, zwar nicht in Algerien, aber doch auf dem Wege dahin, sozusagen, am Mittelmeer, freute sie sich denn nicht?
REISE NACH SÜDFRANKREICH hatte sie mit Kreide an die Seemauer geschrieben, neben einen andern Spruch, der da schon stand: EINE STERBENDE LIEBE IST SCHÖNER ALS EINE WERDENDE.
Wer hatte ihn hingeschrieben, ein Mann, eine Frau? War es eine eigene Erfindung oder ein Zitat? Und was ließ sie daran nicht los, was empörte sie noch immer? Vielleicht war es

die Verkürzung im Vergleich. So konnte nur einer schreiben, der mehr geliebt wurde, als er wiederliebte; das war ihr erster Gedanke gewesen, und dafür hätte es sich nicht gelohnt, sich zu empören.
Sie lehnte sich aber auf: gegen die Traurigkeit des Satzes. Da war ein Mensch, der seine Liebesfähigkeit an seiner Leidensfähigkeit maß, in Not, ein Liebender?
Sie hatte den Aufruf auf ihre Weise, unbeholfen, beantwortet.
Sie fuhren durch Chambéry.
Beatrice, die Karte auf den Knien, leitete Peter durch den Verkehr, über Plätze und Kreuzungen. Durchgangsverkehr, alle Richtungen, stand an den Anzeigetafeln.
Das las sich auch wie ein Versprechen.
Vor einem Rotlicht schaute Peter doch zu ihr hinüber: War es nicht die fünfundsiebzig oder die fünfundachtzig, die sie nehmen mußten?
Und sie: Es wurde früh dunkel im Januar, die Straßen waren jetzt nur naß, würden aber gegen Abend vereisen, vielleicht lag auf den wenig befahrenen Strecken Schnee. Der Paß Croix-haute lag auf 1170 Meter Höhe, so stand es in ihrer Karte. Schneeverwehungen, Schneeglätte, Reifglätte, Eisregen. Ihr Wagen war nicht mit Winterreifen ausgerüstet, sie hatte sich bei Christoph erkundigt. Am wenigsten gefährlich, wenn Peter auf Gefahrlosigkeit Wert legte, war die Nationalstraße Nummer sechs.
Er lachte sie aus: Ein Citroën 2 PS mit Michelin-Reifen kam überall durch, ob im Schnee oder im Sand, überall, immer; aber sie sah, wenn sie mit ihm zusammen war, nur noch Gefahren. Mit andern war das anders, offenbar; da galt sie als mutig; politisch, zum Beispiel. Oder ließ sie auch dort andere die Verantwortung tragen?
»Dort sind es andere Gefahren«, sagte sie und biß sich auf die Lippen.

Das war es nicht, was sie hatte sagen wollen: »notwendige Gefahren«, fügte sie hinzu. Das Wort unvermeidlich brachte sie nicht heraus.
Er schüttelte den Kopf, blieb aber auf der Straße, die sie angegeben hatte, und, eingezwängt in einer Kolonne von Lastwagen, fuhren sie über Les Echelles hinunter nach Voiron.
In der Stadtmitte von Valence hielten sie an.
Peter hatte sich auf das erste französische Bistro gefreut, und sie ging mit ihm zur Stehbar, schaute, während er Weißwein bestellte, durchs Fenster hinaus auf den Platz, auf die entlaubten Kastanienbäume, auf das Marmorkreuz, spürte, daß Peter sie anschaute, wandte sich um, legte ihm die Hand auf den Arm: Gefiel es ihm hier?
Ja, endlich gefiel es ihm. Erst jetzt hatte er das Gefühl, in den Ferien zu sein. Er mochte das Gedränge, die laute Unbekümmertheit, das Weißblech der Stehbar, die Erdnuß-Schalen am Boden, das Sägemehl und sogar das Gefallenendenkmal auf dem Platz draußen, das sie eben betrachtet hatte; die Namen der Toten des Ersten und des Zweiten Weltkrieges. In ganz Frankreich, in jedem Dorf, in jeder Stadt war es dasselbe. Das Unabänderliche daran gefiel ihm. Vorn standen die Namen der im Ersten Weltkrieg Gefallenen; sehr viel mehr Namen als auf der Rückseite. Beim Weggehen konnte sie es nachprüfen; zehnmal mehr Namen, wollte sie wetten?
»Und man hat nur an die als ehrenhaft geltenden Kriege gedacht?« fragte Beatrice.
Peter blieb friedlich, sagte: »Eins zu eins«, trank seinen Wein aus: Die Kriege danach waren Unterdrückungskriege gewesen; das war es doch, was sie von ihm hatte hören wollen. Da hatte sie es, bitte. Hatte sie Lust, noch etwas zu trinken?
Sie entschuldigte sich. Gemeinsam suchten sie nachher die

Toilette. Peter bat Beatrice um Papiertaschentücher, warnte sie vor dem Schmutz, ließ ihr den Vortritt.
Die Toilette war sehr sauber.
Beim Weiterfahren waren beide gesprächiger, machten sich gegenseitig auf die Schafherden aufmerksam, auf die ersten Zypressen.
»Ob in der Provence oder im Departement Var wohl schon die Mandelbäume blühen«, fragte sie, und er gab mit einem Achselzucken, aber ohne Bitterkeit, zu, es nicht zu wissen: Im Januar war er noch nie im Süden gewesen. Was glaubte sie?
Sie konnte es sich einfach nicht vorstellen.
»Wie weit hinunter möchtest du heute noch fahren?« fragte er.
Sie breitete die Karte auf ihren Knien aus, fing an, Kilometerzahlen zusammenzuzählen, gab es auf: »So weit wie möglich«, sagte sie.
Und wie stand es mit ihrem Vorsatz, zu bummeln, so daß er ihr Arles zeigen konnte, St. Rémy, die Wohnungen in und auf der alten Stadtmauer von Avignon; Les Baux? In der Drogerie verkaufte er Heilkräuter aus dieser Gegend, Naturprodukte, Ginster, Fingerhutextrakt.
Auch Rosmarin, wollte er beifügen.
»Und Rosmarin«, sagte sie.
Wie sollte sie sich nicht an ihre Gespräche erinnern, an die Gespräche aus einer andern Zeit, als alles noch zu entdecken war?
In Montélimard bat sie Peter anzuhalten: Auch ihr hatte der Wein geschmeckt, wirklich, sie war bloß noch nicht durstig gewesen in Valence.
Peter kaufte Nougat in einem Lokal, das eher einer Bar glich als einem Wirtshaus: Hier konnte es nicht passieren, daß die Bedienung einem Gast, der Kaffee bestellt hatte, ein Glas Pastis brachte.

Er hatte ihr davon erzählt, hatte elfmal Kaffee bestellt, hatte elfmal den Pastis, den man ihm brachte, getrunken, wo war das gewesen? er war am andern Morgen auf einer öffentlichen Bank erwacht, nicht wahr?
Er nannte ihr den Namen des Städtchens: Hatte sie es wirklich vergessen, oder tat sie nur so? Und wie kam es, daß sie noch nicht hungrig war?
»In Orange könnten wir abendessen«, sagte sie mit einem Blick auf die Karte.
Sie fuhren durch bis Aix-en-Provence.
Dort hielt Peter an einer Tankstelle an, und noch bevor er geläutet hatte, erschien der Tankwart unter der Tür.
Er gähnte und erkundigte sich sofort nach der Schweiz. Ohne daß Peter ihn darum gebeten hatte, prüfte er den Luftdruck in den Reifen: Ihm war aufgefallen, daß die Schweizer mit vollem Abblendlicht fuhren, auch wenn es noch nicht ganz dunkel war. Wie stand's mit dem Öl?
Peter wußte es nicht, er verstand nicht viel von Autos, der Wagen da gehörte einem Freund.
Der Tankwart machte die Motorhaube zu, ging um den Wagen herum.
Beatrice hatte das Fenster aufgeklappt.
»Vorhin hast du noch gefroren«, sagte Peter.
Vielleicht konnte der Tankwart ihnen sagen, wo man hier in der Nähe gut aß?
»Ich habe keinen Hunger«, sagte Peter.
Der Tankwart lachte: In der Schweiz hatte es ihm gut gefallen; besonders das Essen. Ein wenig Deutsch verstand er auch. Am besten, sie fuhren nach Aix hinein bis zum Markt, stellten dort den Wagen ab, fragten sich zum Roc d'Amour durch; dort war's romantisch, mit Kerzen auf dem Tisch.
Und Peter: In manchen Gaststätten konnte man ein Glas nur noch dann bekommen, wenn man auch zum Essen

blieb. Roc d'Amour! Sie zogen Lokale, in denen Einheimische verkehrten, vor.
Der Tankwart nickte: Wenn sie gut bedient werden wollten, sollten sie seinen Namen erwähnen, Raôul war sein Name.
Sie fuhren weg, Beatrice gab Anweisungen, obschon eine andere Richtung als die zur Stadtmitte nirgends angegeben war.
Sie stritten sich nicht.
An gewissen Tagen parkte man hier rechts, an andern links, Aix-en-Provence, son Charme, sa Piscine.
Peter steuerte den Wagen in eine Parklücke.
Der Markt war auch zu dieser Stunde noch belebt. Sie ließen sich treiben, wurden gestoßen und geschoben, traten im Roc d'Amour ein, fast ohne zu zögern.
Peter bestellte Pastis. Als der Kellner die Getränke brachte und Peter ihn nach der Karte fragte, sagte Beatrice: »Raôul schickt uns.«
»Raôul schickt sie«, rief der Kellner zur Stehbar hinüber.
Der Mann, der hinter der Kasse gesessen hatte, stand auf und kam an ihren Tisch.
Als Peter ihn Chef nannte, wehrte er ab: Der einzige Chef hier war der Küchenchef.
»Ein kleines Nebengeschäft für den Tankwart, nicht wahr?« sagte Peter: Die meisten Touristen waren für eine Empfehlung dankbar, man mußte dem Fortschritt folgen, auch in Frankreich.
»Hat er es Ihnen nicht gesagt?« fragte der andere; »Raôul ist mein Bruder.«
Dann wurde das Essen besprochen, nicht in den Einzelheiten, nur so, daß Beatrice ihr Bedauern mit den Singvögeln kundtun und der Patron daraus seine Schlüsse ziehen konnte.
Und ja, hier war man auf Sommergäste angewiesen. Man

hatte vier Fremdenzimmer eingerichtet; die Saison war kurz. Touristen, das schon; Franzosen aus dem Norden, Repatriierte aus Nordafrika, Ausländer auch, hin und wieder.
Peter entschied sich für Schaffleisch. Wein hatten sie nicht bestellt; der Kellner brachte eine Flasche Roten.
Nach zwei Gläsern fühlte Beatrice sich ein wenig betrunken; »ich fühle mich ein wenig betrunken«, sagte sie.
Wie war das möglich, nach bloß einem Glas?
Sie wußte es auch nicht, – und Beatrice lachte ihn an: Hatte er etwas dagegen, daß sie sich gut fühlte?
Peter füllte die Gläser nach, verlangte, daß die zweite Flasche schon geöffnet wurde: Ein guter Wein mußte atmen können, bevor er ausgeschenkt wurde, – und er stand auf, ließ sich den Weg zur Toilette zeigen.
Draußen lehnte er den Kopf an die Wand. Er wollte an nichts denken, nur die Kühle der Kacheln an seiner Stirn spüren.
Als er zurückkam, saß Raôul an ihrem Tisch.
Peter wunderte sich nicht: das war es, was er die ganze Zeit erwartet hatte, Raôul in Gummistiefeln, im Rollkragenpullover und Beatrice, die spürte, daß er, Peter, wieder eingetreten war: ihre plötzlich andere Haltung, ganz ohne sichtbare Bewegung; Stolz, Vorsicht, Distanz, – und dazu ihr Gesicht, rosig, blühend.
Peter vermied die Frage, die sich ihm ohne jede beabsichtigte Bosheit aufgedrängt habe: ob er störe.
»Wir sprechen gerade vom Markt«, sagte Beatrice; »die Vögel, die wir vorhin gesehen haben, waren nicht Amseln, sondern Amselinnen; merlasses, sagt Raôul; Amselinnen, natürlich, die Männchen haben gelbe Schnäbel«: Und Raôul hatte gesagt, bei Kaninchen sei es schwieriger, den kleinen Unterschied festzustellen; das hatte sie lustig gefunden.
Peter rief den Wirt an den Tisch: Er sollte ein Glas bringen

für Raôul. Und hatte er nicht vor dem Essen seine Fremdenzimmer erwähnt? Es war spät, mühsam, jetzt noch eine Unterkunft zu suchen, Auto zu fahren, angetrunken, ein wenig; sein Französisch wurde noch schlechter, wenn er ein Glas getrunken hatte; er war müde, – und zu Beatrice: Sie sollte doch bitte noch bleiben, keine falsche Rücksicht nehmen; er wollte sich nur ein wenig hinlegen, nicht richtig schlafen, einfach ausruhen.

Er freute sich nicht weniger auf das Kind als sie; zwei Tage Dienst-Urlaub würde man ihm zugestehen; vom Ernstfall wäre die Rede. Er würde sie in der Klinik besuchen, es war keine Weltreise von Payerne nach Hause.
»Daß die Frau ein Kind zur Welt bringt, gilt in der Schweizer Armee nicht als mildernder Umstand«, – und er hatte noch einmal nach der Taschenlampe gefragt: Sie hatte sie doch als letzte gebraucht, da war er ganz sicher.
Christoph stützte sich gegen die Wand des Abteils, holte den Rucksack vom Gepäckrechen herunter, entschuldigte sich bei seinem Banknachbarn für die Störung, stellte fest, daß Anna nicht vergessen hatte, das Schildchen auf dem Wäschesack auszufüllen: San. Sdt. Christoph Hauser, IM FELD.
Ihre Verlegenheit auf dem Bahnhof. Die Gleise, die sich beim Stellhaus verzweigten.
»Warum ist es eine Anstrengung, sich Zuneigung zu beweisen?«
Er legte den Kopf an die Fensterscheibe, wischte den Hauch weg.
Dem Jura entlang bildete die Schneedecke, von Waldstücken begrenzt, geometrische Figuren.
Anna hatte es ausgesprochen, noch bevor es ihm bewußt geworden war: »Diesmal hast du keine Angst vor dem Militärbetrieb.«
Er kam sich verraten vor. Sie griff ihn mit seinen eigenen Waffen an. Er war froh gewesen über den plötzlichen Ärger, über ein Gefühl ohne Beweisnotstand. Er hatte die halb gerauchte Zigarette weggeworfen und sich sofort eine neue angezündet, hatte Anna beobachtet. Keine Bemer-

kung, kein Vorwurf. Wenn ihm das Schweigen lästig wurde, mußte er es selber brechen.
»Ich rauche zuviel«, – und sie: »Ich möchte auch eine.«
Seine Armbanduhr ging ein paar Minuten nach. Er hatte sie neu gerichtet, so daß seine Uhr jetzt ein paar Minuten vorging.
»Die Zeit wird lang, wenn man anfängt zu warten.«
Wie lange es oft dauerte, bis im Kino das Licht im Saal ausging.
Ein Film, manchmal, berührte sie. Nach der Vorstellung setzten sie sich in ein Café, und auch wenn sie nicht über den Film sprachen, hatten sie keine Mühe, miteinander zu reden. Ihr Atem ging rascher, ihre Stimmen waren kräftiger. Sein Nacken war warm, als würde das Blut endlich auch bis dahin vordringen. Sie nahmen sich vor, etwas zu unternehmen, zu versuchen, anzupacken. Er konnte auf einmal von Plänen reden: War das vielleicht ein Leben, einfach die nächsten Ferien herbeizusehnen und sich an den gewöhnlichen Tagen wie eine dressierte Ratte zu bewegen? Die Lehrer fragten einander immer wieder: »Hat es schon geläutet?« Wer, der nicht Lehrer war, konnte eine solche Frage überhaupt verstehen? Sie sollte es einmal versuchen, sollte den Kellner an den Tisch rufen und ihn fragen, ob es schon geläutet habe, – und er freute sich, als Anna lachte, fing selber an zu lachen, rief den Kellner an den Tisch, bestellte Rotwein.
»Am Montag werde ich das Läutwerk in meinem Schulzimmer abstellen, die Stoffblende wegnehmen, die Lautsprecherbox dahinter mit zerknülltem Zeitungspapier ausstopfen; Ende des Läutens im Kopf des Christoph Hauser.«
Die Hochstimmung hielt manchmal auch am nächsten Tag noch an; sie brach nicht über Nacht zusammen, sie zersetzte sich langsam.

Jetzt, im Zug, genoß er die Erleichterung, allein zu sein.
Er stellte sich den Genuß der eigenen Trägheit vor. Ein Frühherbst wäre diesem ersten angstfreien Militärdienst angemessen gewesen: den Tag unter Apfelbäumen verbringen, die Nächte eingewickelt in eine Roßdecke. In die Sonne blinzeln, sich an der Leere im Kopf berauschen, schläfrig sein, aber nicht müde. Die Zeit vergehen, zerrinnen, fliehen, hinter Glasscheiben dunkel werden lassen. Nie mehr dieses An-die-Wand-Werfen von Zweifelsbildern; endlich Sicherheit; Stärke; Charakter.
Es war Winter.
Payerne, berühmt für seine Rauchwürste, war nicht der schlechteste Ort im Winter.
Was gab es Schöneres, als vor der Auslage einer Metzgerei ein Mädchen anzusprechen. In der Auslage des Geschäftes lag ein Kalbskopf. Wie hübsch war allein schon der Petersilienstrauß, den er im Maul trug.
Wer gut kochte, aß gerne gut. Diese Feststellung ließ sich kaum widerlegen; das Fräulein hatte gar keine andere Wahl, als ihm zuzustimmen. Es sprach deutsch, war als Au-pair-Mädchen nach Payerne gekommen, um hier französisch zu lernen. Wie kam man dazu, den schlechten Ruf der deutschen Küche zu verbreiten, ohne sie überhaupt zu kennen? Er stand zwar hier in Uniform vor ihr; dennoch hatte er ihren Kennerblick sofort wahrgenommen. Ganz gewiß konnte nicht jeder ein Meisterkoch sein; darin mußte ihm das vielleicht doch eher französisch sprechende Fräulein recht geben. Durfte er annehmen, daß auch es ihn nicht ungern näher kennenlernen möchte? Schon war der Anfang gemacht, war das Eis gebrochen, war eine erste Annäherung herbeigeführt.
Leicht mußte ihm das alles von den Lippen fließen, ohne Bremsmanöver, ohne Selbstzensur.
Weil fast jeder ein Genie in seinem Fach sein sollte, verarmte

die Welt rasch und auf grausame Weise. Alle diese blutarmen Klaviervirtuosinnen, diese bis zum Hals in Intrigen gegen möglicherweise noch begabtere Konkurrenten verstrickten Dirigenten, diese Geigenwunderknaben, Künstlerkraftmeier, Dichterklausenschatten, während andererseits die Nachfahren der Genies auf gute Köche und Köchinnen in ihrer Familie weniger stolz waren.
Die Witwe eines Kochs genoß in der Welt weniger Ansehen als die Witwe eines Kunstmalers. Wer nicht ein Genie in der Familie nachweisen konnte, mußte zusehen, wie er sein Schmerzensdefizit aufzufüllen in der Lage war. Mit Zahnweh, mit einem syphilisverdächtigen Knieknacken, mit einer frühvollendeten Gicht war es nicht getan. Er selber, sein Name war übrigens Christoph Hauser, hatte ein gutes Verhältnis zum Schmerz.
Wehweh, sagten kleine Kinder; Bobo.
Eine bestimmte Druckempfindlichkeit war Medizinern, Krankenschwestern und anderem Sanitätspersonal als sogenannter Fernschmerz bestens bekannt; aber er langweilte das Fräulein wohl mit derartigen Schilderungen? Er hatte die Erfahrung gemacht, daß Dinge, die ihn interessierten, andere vollkommen kaltließen. Er war nicht der Typ, der etwas erzwingen konnte, ihm gelang fast nichts aus eigener Kraft; nicht einmal Zärtlichkeit.
Jetzt war sie dran, Zärtlichkeit, das war ihr Stichwort. Aber ihm fiel nichts ein; es gab keine Antwort, die zu ihr gepaßt hätte.
War sie groß und blond, groß, mollig, mit einem Pferdeschwanz, hochbeinig und dunkelhaarig, hatte sie ein ovales Gesicht, wie waren ihre Lippen, ihre Augen, ihre Brüste? Er hatte vergessen, sie sich vorzustellen.
Er fuhr sich mit der Hand ins Gesicht, wischte sich die Augen, kratzte ein Guckloch in die vereiste Fensterscheibe.

Als der Schaffner kam, konnte Christoph den Fahrschein, den er neben die Zigaretten gelegt hatte, sogleich vorweisen.
Der Schaffner betrachtete den Schein lange, drehte ihn um, reichte ihn zurück, sagte dann aber doch nur: »Nächste Station umsteigen.«
Während Christoph auf den Anschlußzug wartete, ging sein Banknachbar über den Bahnsteig, dem Ausgang zu. Militär war nirgends zu entdecken.
Christoph fing an zu frieren und auf dem Quai hin- und herzugehen.
Er war froh, den Wagen zu Hause gelassen zu haben. Anna konnte ihn benutzen, Anna fuhr besser als er, weniger ängstlich, weniger defensiv; außerdem hätte er in seinem Wagen auch gefroren.
Bis Payerne saß Christoph allein in einem Abteil.
Es schneite, als er den Bahnhof verließ; ein leichter, trockener, von der Bise verwehter Schnee. Über den Bahnhofplatz und durch die Unterführung hasteten vermummte Gestalten.
Diesmal hatte er keine Angst.
Er wehrte sich nur gegen seine Betroffenheit. Nicht er hatte diese Landschaft erfunden. Sie war verschlossen, verpackt, mit einem unter Hüllen verborgenen Fluch geladen.
»Ich werde lernen, wie man das Kind wickelt.«
Etwas entwickeln, etwas auswickeln: das bedeutete am Ende nichts anderes, als eine Verwünschung aufzudekken.
Er sah beim Gehen an den dunklen Fenstern empor, sah sich, während unter seinen Schuhen der Schnee knirschte, plötzlich in den vergangenen Sommer versetzt, wo sich das Leben draußen abgespielt hatte. Hier zog es sich nach innen zurück, verpuppte sich im Schweigen.
Wo war jetzt seine Geschwätzigkeit, seine Zerstreutheit?

Es schneite heftiger, als er das Stadtzentrum hinter sich gelassen hatte.
Christoph holte einen vor ihm gehenden Mann ein, sprach ihn an: War er hier richtig auf dem Weg zur Kaserne, war dies die Hauptstraße, die die Kaserne mit dem Bahnhof verband? Auch den Flugplatz wollte er gerne einmal –
»Richtig«, sagte der Mann, ohne stehenzubleiben.
Christoph folgte ihm.
»Bei Formel-2-Rennen ist das Windschattenfahren eine Kunst; ein Pilot, der diese Kunst nicht beherrscht, kann unmöglich Sieger werden.«
Wie der Mann vor ihm den Kopf einzog, das kannte Christoph auch.
Als der andere in eine Seitenstraße einbog, mußte Christoph die Lage seines Körpers ändern, sich nach vorn beugen, gegen den Wind angehen.
Er ging, fühlte, wie sein Gesicht gefühllos wurde. Mit dem Wind schienen die Schneewehen zu wandern.
»Das ist«, sagte er laut, »unumgänglich. Die Sichtweite«, sagte er laut, »beträgt höchstens zwanzig Meter. Stalingrad«, sagte er laut, als im stiebenden Weiß die Militärbaracken auftauchten.
Auf dem im Schneenebel vergehenden Gelände entdeckte er jetzt auch die Silhouetten der Flakgeschütze, die Mauern, die Umzäunung aus Stacheldraht, das Tor, hinter dem, als er näher trat, ein riesiger Schäferhund erschien.
Der Hund bellte nicht. Christoph rüttelte am Tor, schützte mit der linken Hand seine Augen. Kein Zweifel, die Fenster der Kaserne waren ebenso blind wie vorhin die Fenster in der Stadt.
Er warf seinen Rucksack in den Schnee, setzte sich darauf.
Und dann, ganz plötzlich, wußte er, was geschehen war. Er hatte das Datum verwechselt. Er mußte nicht einmal nach-

sehen und sich Gewißheit verschaffen. Auf dem Aufgebotsschein stand das Datum: achtzehnter Februar. Heute war der elfte.
Er stand auf, zwängte sich in den Rucksack. Der Wind stieß ihn vorwärts.

Da gab es Leute, die ans Barometer klopften, den Schwalbenflug beobachteten, das Morgenrot deuteten, den Hundertjährigen Kalender befragten, und das alles war völlig witzlos, denn ein Wetter, das sein Sommerfest hätte verhindern können, schien es für Knecht nicht zu geben. Und sie halfen ihm noch dabei, warteten schon am frühen Morgen, legten, wenn es regnete, Bretter, streuten Sägemehl, fuhrwerkten mit Jutesäcken herum. Jetzt, bei Sonnenschein, würden sie Tische und Stühle hinaustragen, abschrubben, auf gußeiserne Gestelle schrauben und im Garten aufstellen; alles wie gehabt. Wie viele Tische waren es eigentlich? Da trug man Tische hin und her, und keiner wußte, wie viele Tische es waren? Wenn man sie auf einen Wagen laden müßte, wüßte man denn, ob ein Wagen genügte oder ob man mit dem zu kleinen Wagen zweimal fahren müßte?

»Handlanger sind rar in teuren Zeiten«, sagte Zwei: – und was die Tische betraf: Fürzeler konnte sie ja zählen, wenn er Lust dazu hatte; bis hundertsiebenundfünfzig hatte er doch zählen gelernt beim Jassen.

Und Fürzeler: Darum ging es nicht. Er wollte ihnen nur vor Augen führen, wie abgestumpft sie schon waren. Früher hatten ihnen andere bei der Arbeit geholfen.

Kocher schneuzte sich, warf, während er das Taschentuch zusammenfaltete, einen Blick auf die Uhr: Sie selbst hatten dem Wirt ihre Hilfe angetragen, und, was den Lehrer und Peter Tripet anging, so war es, wenn er, Kocher, sich recht erinnerte, Fürzeler gewesen, der die beiden weggeschickt hatte, mehr als einmal. Wenn ihm jetzt die Arbeit zu schwer wurde, sollte er sich vor der Veranda in den Schatten setzen und dort die Tische zählen, die sie hinaustrugen.

Als der Wirt erschien und das Gartentor aufschloß, griff Fürzeler aber zu wie die andern auch, und von Zählen war keine Rede mehr, bis sie am Nachmittag unter dem großen Kastanienbaum hinter ihren Gläsern saßen, schläfrig und eingewiegt von der Stimme des Nachrichtensprechers, die versprach, daß das Wetter halten würde.

Da erst fing Fürzeler wieder an: Wurden die Tische, die sie bereitstellten, überhaupt gebraucht? Konnte es nicht sein, daß man sie eine ganz zwecklose Arbeit machen ließ, einfach so, damit sie beschäftigt waren und müde wurden; zu müde, um am Abend noch zum Fest zu kommen?

War es nicht so, daß das Fest ohne sie stattfand? War es nicht so, daß sie zwar geduldet, aber nicht willkommen waren? Darüber sprachen sie nicht, und sie sprachen nicht darüber, weil sie sich schämten. Warum, wenn es Scham war, schämten sie sich? Ertrugen sie es nicht, die Schmuserei der Jungen mitanzusehen, weil sie jede Zärtlichkeit an die Zärtlichkeit erinnerte, die ihnen fehlte?

»Du hattest Zeit, Bücher zu lesen, das merkt man«, sagte Fingel.

Die andern mischten sich ein, Zwei, Sugus und Kocher: Wie Fürzeler wieder einmal dastand! Er stand da, wie einer, der einsam war. Wohin kam man, wenn jeder sich als Opfer betrachtete und dabei die andern vergaß? Wozu saß man dann noch zusammen?

»Heute abend sind wir am Fest, darauf könnt ihr euch verlassen«, sagte Zwei.

Sie nickten, wurden ruhiger.

Kocher, der in der Nähe wohnte, dachte daran, wie er vor einem Jahr, im Fenster liegend, das Kopfkissen unterm Bauch, die Nacht verbracht hatte; wie der Wind Lachen, Stimmen und Musik zu ihm hinübergetragen hatte, und leise sagte er: »Ich könnte es immer noch, das Schönste.«

Mit dem Zeigefinger der linken Hand berührte er sein Gesicht. Die Haut spannte über den Backenknochen, war gegen die Augenbrauen hin schuppig, der Nase entlang gefurcht. Es war eine Haut aus sich überlagernden Häuten. Sein Zeigefinger blieb am Mund liegen. Der Mund öffnete und schloß sich, war unter der Berührung des Fingers unempfindlicher als das übrige Gesicht. Die Lippen schienen zum Küssen das Allerungeeignetste zu sein, ungeeigneter als etwa das Ohr. Der Mund bewegte sich; der Mund sprach; der Mund sagte: »Mund«.

Mund war ein schöner Name, schöner als Brustwarze oder Oberschenkel oder Dünndarm. Die Lippen zogen sich über den Zähnen zusammen, schwollen an, wurden blutleer und schmal, trockneten aus, waren jetzt auch bereit ›Vögeln‹ zu sagen, ›Im Griff haben‹, ›Unter den Nagel reißen‹.

»Ich habe dich etwas gefragt«, sagte Sugus: Hörte Kocher nicht, daß man ihn etwas fragte? Wie wollte er Antwort geben, so, mit der Hand im Gesicht?

Sugus hatte gefragt, was das sei, das Schönste.

Keiner lachte, auch Fingel nicht.

Vom Rummelplatz herüber tönte die Karussellmusik.

War etwa Karussell das Schönste, oder die Raupenbahn, das Riesenrad, die Schiffschaukel?

»Magenbrot«, sagte Sugus; »und die farbigen Lampen sind schön, in der Kälte, wenn es früh eindunkelt«, – und er schaute Fingel an, legte den Kopf schräg, als fürchte er, etwas Dummes gesagt zu haben.

Fingel nickte: Es war jetzt aber Sommer, Sommermesse, die Budenstadt blieb zwei Wochen lang stehen, und die Nächte waren kurz. Für jeden war etwas anderes das Schönste.

»Das Schönste können, hat er gesagt«, sagte Sugus, zeigte mit der einen Hand auf Kocher, mit der andern auf sich selbst: Ihm, Sugus, sagte man nie, was wirklich gemeint war. Ihm sagte man nur, was zu tun war. Er machte es ja gerne. Es freute ihn. Er war gern im Dienst. Bevor ein Befehl ausgesprochen wurde, war er schon auf den Füßen. Er holte das Gewünschte, er suchte das Gesuchte. Er schaffte den Abfall weg. War es das, was Kocher gemeint hatte: den Leuten die Wünsche von den Augen ablesen? War es das, was Fürzeler ärgerte, das Schönste?

Fingel sagte: »Sowieso, Mann«, trank sein Glas aus, hob es gegen das Licht: Ob Sugus die Kellnerin rufen würde? Ein bißchen Alkohol konnten sie schon noch vertragen, bevor der Wirt die Gäste nach Hause schickte, bevor hinter geschlossenen Türen die Festvorbereitungen begannen, die Girlanden ausgepackt und aufgehängt wurden.

Eine Fliege setzte sich auf den Tisch, flog auf, setzte sich wieder, putzte ihre Flügel.

»Für manche ist es das Schönste, wenn sie jemanden quälen können«, sagte Sugus, stand auf und ging durch den Garten zur Gaststube hinüber.

Sie sahen ihm nicht nach.

»Die Gläser müssen aus den Kartons genommen und vorgewaschen werden«, sagte Zwei. »Dort kann er sich nützlich machen.«

»Ausgerechnet Sugus«, sagte Fürzeler.

Wie meinte er das?

»Scheißt euch in den Hals«, sagte Fürzeler.

Fingel beugte sich vor, schaute auf Zweis Hand, die sich, halb geöffnet, wieder der Fliege entgegenbewegte, sich plötzlich vom Tischblatt wegschnellte und zur Faust schloß: Hatte Zwei die Fliege diesmal erwischt?

Zwei hielt die Faust ans Ohr, drehte mit der andern Hand Kochers Glas um, zog es zum Tischrand, ließ die Fliege frei, so, daß sie im Glas gefangen war. Er schob das Glas bis über die Mitte des Tisches.

»Zur Sicherheit«, sagte er.
Sie schoben das Glas noch hin und her, als Sugus mit Knecht zurückkam.
Der Wirt nahm das Glas weg. Die Fliege flog, nachdem er sie angestoßen hatte, fort.
»Schluß jetzt«, sagte Knecht: Nein, er hatte keine Lust, sich zu ihnen zu setzen. Sie wollten, hatte er gehört, zum Fest kommen. Verbieten konnte er ihnen das nicht, wollte es auch nicht. Aber es gab Gäste, die, wenn sie selbst angetrunken waren, ein Glas ums andere auffahren ließen; Runde um Runde. Für manche war ein alter, betrunkener Mann ein heilloser Spaß; und daß sie nicht mehr allzuviel vertragen konnten, wußten sie wohl selbst.
Fürzeler sprang auf: Was erlaubte sich der Wirt? Junge Betrunkene waren wohl liebenswerter? Junge Betrunkene waren jung; das war der Unterschied. An Knechts Festen gab es Schlägereien, Klagen wegen Nachtruhestörung gab es! Die Polizei wurde gerufen oder kam ungerufen, schickte einen Mann in Zivil vor, ließ sich in der Zentrale über Funk verständigen! Zum Teufel mit seiner Bemutterung! Wie oft hatte Knecht den Tag nach dem Fest in der Ausnüchterungszelle auf dem Revier verbracht? Sie wußten Bescheid, und wie! Wie fühlte er sich, wenn er wieder nach Hause gebracht wurde, wenn die jeweilige Rosa das Haus verlassen hatte? Wie fühlte er sich mit seinen fünfundfünfzig Jahren? Merkte er nicht, daß er selbst krank war, ein kranker Mann, ein schwerer Trinker, ein Quartalssäufer, ein Alkoholiker aus Verzweiflung?
Kocher zog Fürzeler auf die Bank hinunter.
»Laßt ihn nur«, sagte Knecht, »er hat ja recht.«
Und in ein langes Schweigen hinein sagte er: »Ich besorge meinen Haushalt auch selbst.«
Sie schwiegen.
Fürzeler schob das Hemd in die Hose, schlug die Hände

vors Gesicht: »Wenigstens die Fliege hätte er uns lassen dürfen«, sagte er.
Es war still. Kein Wind bewegte die Blätter des Kastanienbaumes, unter dem die Männer saßen.
Zwei setzte sich neben Fürzeler: Er würde ihm eine Fliegenfalle bauen. Als Kinder hatten sie solche Fallen gebaut; konnte Fürzeler sich nicht erinnern? Eine Falle aus Korkzapfen und Nähnadeln.
»Mein Sohn hat Maikäfer gefangen«, sagte Fingel; »damals gab es noch Maikäfer. Maikäfer flieg, der Vater ist im Krieg«, – und er kratzte sich im Haar: Der Junge aß fürs Leben gern Salami, auch heute noch, Citterio oder Salami Negroni, grob geschnitten, ohne Brot, auch heute noch, mit seinen vierunddreißig Jahren; »er hat Zeit gebraucht, um sich zu entwickeln«, sagte Fingel.
Ein Elektriker betrat den Garten. Knecht zeigte ihm die Anschlüsse, holte die in Schachteln verpackten Kabel, die farbigen Glühlämpchen. Einmal mehr mischte Kocher sich ein, half mit, die Kabel auf dem Kiesweg auszulegen, winkte Fingel und Sugus herbei, holte die Leiter im Gartenhaus. Alle halfen jetzt mit, befestigten die Kabel in den Bäumen, sicherten sie, schraubten die Lampen ein, redend und kopfschüttelnd und fluchend und einträchtig.

Peter stellte Dreideziliterflaschen zum Abtropfen ins Gestell, griff nach der Korbflasche mit dem destillierten Wasser.
Oben, in der Wohnung, bellte Madames Bulldogge. Eine Tür wurde geöffnet, Peter hörte die Stimme des Patrons, den Widerhall im Korridor und das Jaulen des Hundes, dem jemand die Schnauze zuhielt.
Seit Tagen schlich der Hund durchs Haus, legte sich im Magazin auf seine Decke, kam sofort wieder auf die Füße und lauschte mit gesträubtem Nackenhaar auf die Geräusche draußen. Einsperren ließ er sich nicht. Er ging mit in den Keller, knurrte die Fässer an, ging mit in den Estrich, schnupperte an den Säcken mit Soda, Meersalz, Pulverfarbe, drängte sich an den Verkäuferinnen vorbei ins Labor.
Madames Besucher betraten das Haus durch den Hintereingang. Der Hund belästigte sie nicht.
Peter führte ihn, wie damals, als er seine Lehrzeit angefangen hatte, an der Leine spazieren: zum Seeufer, auf die Wildermethmatte, in die Altstadt. Das Schlachthofquartier mied er.
Fleisch wollten alle essen; hundertzwanzig Schweine in der Stunde geschlachtet, gewaschen, zerteilt, achtzigtausend Kilo Fleisch in der Woche verarbeitet. Erst in der Metzgerei war das Filet ein Filet.
Es ist das Blut, hatte Beatrice einmal gesagt; der Todesgeruch. Sie hatte ihm die Hunde gezeigt, die von der Polizei eingefangen und in den Schlachthof gebracht worden waren. Er hatte nicht gewußt, daß es im Schlachthof einen von der Stadt eingerichteten Hundezwinger gab.
Es war ihre Art, einem solche Dinge zu zeigen; Dinge, die

man nicht loswurde und die man nicht weitererzählen konnte, ohne auf Befremden zu stoßen.
Die Schlachthofarbeiter hatten es zugelassen, daß er sich in der Schönegg zu ihnen setzte. Er hatte sich bald in eine Wut hineingeredet, und schließlich, nicht weil ihnen seine Empörung Eindruck machte, sondern weil seine Übertreibungen ihnen peinlich waren, hatten sie ihm recht gegeben: Ja, auch Katzen wurden in den Schlachthof gebracht; das kam vor. Er hatte jedem die Hand hingestreckt, ganz feierlich: Jetzt schämte er sich. Und sie: Er brauchte sich nicht zu schämen, das konnte jedem einmal passieren. Wenn nur das Wetter noch hielt bis zum Wochenende. Oft hatte man am Freitag das schönste Wetter, und am Samstag regnete es.
Zu Hause war ihm dann eingefallen, daß er in der Schönegg weggegangen war, ohne sein Bier zu bezahlen. Bei Beatrice hatte er später nur über seine Vergeßlichkeit geflucht.
Es war so, daß sie von nun an mit seiner Vergeßlichkeit rechnen durfte.
Er tat nichts, um Beatrice zu rechtfertigen.
Es kam vor, daß ihn fremde Herren im Geschäft nach Beatrice fragten: Ob er wisse, wo sie sich jetzt aufhalte, was sie treibe, in welchen Kreisen sie verkehre.
Im Laden klingelte das Telefon. Peter zählte mit, es klingelte viermal. Er wusch sich die Hände, als der Lehrling das Labor betrat.
Und Peter: Er wußte Bescheid, sie warteten oben auf ihn.
»Seit einer Viertelstunde«, sagte der Lehrling.
Drogerie in bester Lage, dachte er auf der Treppe; Geschäftsführer Peter Tripet. Er trocknete sich die Hände an der Schürze, betrat die Wohnung, blieb auf der Schwelle stehen, sah, als sich seine Augen an das Halbdunkel gewöhnt hatten, daß neben dem Patron auch die beiden Verkäuferinnen am Bettrand saßen. Der Mann, der im

Mantel hinter dem Bett stand, sang mit lauter Stimme, beugte sich von Zeit zu Zeit über Madame und küßte sie auf die Stirn; der Betbruder, so hatte ihn der Patron genannt. Plötzlich öffnete Madame die Augen: Da war er ja endlich, Peter, hatte sich doch noch losreißen können, hatte es doch noch geschafft, sie, die im Sterben lag, zu besuchen.

Sie genossen es, ihm zuzusehen.

Jetzt war er dran.

Der kleine Emporkömmling.

Von ihm durfte man in Sachen Hingabe schon etwas Ausgefallenes erwarten.

»Ja, Madame?« sagte er.

Der Patron hatte ihr Kissen zurechtgerückt, und sie: Da hatten sie in Peter ihr Vorbild! Er trug seine Laborschürze. Er hatte nicht einmal Zeit gehabt, sich zurechtzumachen. Das Geschäft ging vor, die Kundschaft ging vor, was immer auch geschehen mochte. Es erleichterte ihr das Sterben zu wissen, daß sie und der Patron ein Geschäft in die Höhe gebracht hatten, das blühte und gedieh und sie überleben würde.

»Liebes, du solltest dich ausruhen«, sagte der Patron, und auch er schaute zu Peter hinüber, als hätte er etwas von ihm erwartet, eine Antwort, eine Hilfe.

Peter duckte sich unter dem Blick des Patrons.

Aber Madame war noch nicht fertig, hatte ihnen noch nicht alles gesagt. Zum Reden konnte es morgen zu spät sein. Wie viele Jahre war man schon zusammen? Bestimmt hatte sie dem einen oder andern Unrecht getan. Sie wußte es, sie war eine launische Person. Sie kannte ihre Fehler. Sie konnte verletzend sein, böse sogar, wenn auch nicht bösartig. Sie bat um Verzeihung, alle, bat demütig und von Herzen, ihr nichts nachzutragen und nur das Gute, das es doch auch gab, nicht wahr, in Erinnerung zu behalten, – und sie schüttelte die Hände auf ihrer Stirn und an ihrem Arm ab,

die dunkel behaarte Hand des Betbruders, die schlaffe Hand ihres Mannes.
»Hat niemand von euch ein Taschentuch?« fragte der Patron.
Die Verkäuferinnen weinten. Der Mann im Mantel beugte sich über Madame, richtete sich auf, wies die Angestellten mit einem Kopfheben hinaus.
Peter ging als erster, ließ die Tür hinter sich offen, rannte die Treppe hinunter. Er schloß sich im Labor ein.
Während er dasaß und eine Zigarette rauchte, packte es ihn: Ohnmacht und Wut. Tripet, der Speichellecker.
Zu lange hatte er das Spiel mitgemacht. Das einzig Echte an der Vorstellung eben war der Wunsch der Herrschaften gewesen, in guter Erinnerung behalten zu werden. Daß man sie als das, was sie waren, in Erinnerung behielt, genügte ihnen nicht.
Die Verzweiflung des Patrons, der Augenaufschlag Madames: und er hatte mitgespielt, er, Peter Tripet, der Feigling.
Er warf die Zigarette ins Lavabo, ging nach vorn in den Laden.
Die Verkäuferinnen hatten sich das Gesicht gepudert. Der Lehrling bediente: Zwei Damen hatten nicht warten wollen, nicht einmal fünf Minuten, er hatte nicht gewagt, ihnen die Lage zu erklären, sie waren schimpfend weggegangen. Und oben, wie sah es da aus?
»Prima«, sagte Peter.
Der Lehrling starrte ihn an.
»Ist sonst noch etwas?« sagte Peter.
Nein, sonst war nichts. Bloß der Arzt war vorbeigekommen und hatte ein Rezept für Madame abgegeben. Er sei in Eile, hatte er gesagt. Das Rezept sei nicht dringlich. In einer Woche, zehn Tagen würde sie wieder im Geschäft stehen, gesund und munter wie eh und je.

Hundertneunundneunzigtausend Flüchtlinge hatten die Deutsche Demokratische Republik verlassen; Adolf Eichmann war von israelischen Geheimagenten gefangen und verschleppt worden; in Spanien wurden Lohnstreiks zur militärischen Rebellion erklärt; eine statistische Untersuchung hatte ergeben, daß in der Schweiz pro Kopf und Jahr hundertzwanzig Stück schmerzstillende Tabletten geschluckt wurden, daß auf einen Angestellten nur noch zweikommaneun Arbeiter entfielen, daß die Zahl der als solche erkannten Selbstmorde geheimgehalten wurde, weil sie erschreckend hoch war.

Was meinte Robert Knecht zu diesen Tatsachen? Zog er es vor, wieder einmal den Platz zu verlassen, oder wollte er sitzenbleiben und sich in Schweigen hüllen? Hatte er überhaupt so etwas wie eine eigene Meinung?

Knechts Meinung war, daß er sich nicht schämte, nur den Sportteil einer Zeitung zu lesen.

Typisch Knecht. Er hielt sich wohl für besonders humorvoll. Was aber gerade gefragt war, war Ehrlichkeit, nicht Humor. Humor war dann vielleicht etwas für die neunziger Jahre, als Ausweg oder Rückzug, je nachdem.

»Ihr mit eurer Wirtschaftspolitik«, sagte Knecht und ging zum Schanktisch.

»Redet nur weiter«, sagte er.

Das war wieder so ein Satz! Er war ein Eigenbrötler und ein Rechthaber dazu. Beim Jassen wußte er oft nicht mehr, wie viele Trumpfkarten noch im Spiel waren; aber wenn seine Partei verlor, gab er doch dem Partner die Schuld.

Knecht ging in die Küche. Ein Wirt mußte sich Anfeindungen, Verdächtigungen, sogar Verleumdungen gefallen lassen; daran hatte er sich gewöhnt. Halb war er Verbündeter, halb Gegner seiner Gäste. Manche warfen ihm Gleichgültigkeit vor; und doch suchte er jeden Stammgast, der von einem Tag auf den andern wegblieb, nach einer gewissen Zeit auf.

Vor solchen Ausgängen zog er sich um: schwarze Hose, schwarze Jacke; es war der Anzug, den er schon an einer Beerdigung vor zehn Jahren getragen hatte.

Von seinem ehemaligen Gast wollte Knecht dann erfahren, was vorgefallen war: Hatte er, Knecht, ihn unabsichtlich beleidigt? Hatte Rosa ihn gekränkt? War es eine politische Sache?

Knecht versuchte nicht, sich bei solchen Gesprächen durchzusetzen; er war nicht ein Rechthaber, auch wenn er sich allerdings Rechte herausnahm: er fragte sich selbst, was ihn dazu dränge, eine Aussprache zu erzwingen. Reizte ihn wirklich nur der Versuch, Mißtrauen und Ablehnung zu durchbrechen?

Er wollte wissen, wie es zu der Verhärtung hatte kommen können.

Er wollte Mauern einreißen.

Er wußte nicht, wie er sich ausdrücken sollte.

Er glaubte einem Gast nicht, der sagte, er habe bloß seine Lebensumstände geändert.

Einem andern, der behauptete, er habe die Nachgiebigkeit eines Blinden, widersprach Knecht heftig.

Warum sollte ein Blinder nachgiebiger sein als ein Sehender?

Am nächsten Morgen ging Knecht mit geschlossenen Augen durch die Gaststube, stieß sich aber fast sofort an einem der Tische, riß die Augen auf, prägte sich die Distanz zum Schanktisch ein. Er tastete nach dem Zapfhahn, und schon lief das Glas über.

Was müßte ein Blinder hinzugewinnen, um nachgiebig zu werden?

»Ein Blinder sieht nach innen«, hatte der ehemalige Gast gesagt. »Er ist etwas, das er als Sehender nicht hätte sein können.«
Knecht riß sich los, als die Kellnerin ihn am Arm faßte und ihn fragte, ob er sich nicht wohl fühle.
Er verfluchte sich selbst, verfluchte seinen Rechtfertigungszwang.
Es war wahr, daß er den wegbleibenden Gästen nachlief, sich aber um die anwesenden immer weniger kümmerte.
Er stand vom Tisch nur noch auf, wenn die Kellnerin allein nicht mehr zurechtkam, wenn ein Vertreter ihn sprechen wollte, wenn in Haus oder Keller aufgeräumt werden mußte. Am sichersten fühlte er sich am Bierausschank hinter der Theke.
Er dachte nicht mehr darüber nach, wie er noch leben sollte.
Was er dachte, war: das ist kein Leben mehr.
Doch dann kam jener Abend, an dem Sugus ihn fragte, was er am Abend zuvor gegessen habe, und Knecht sagte die Wahrheit, nämlich, daß er es vergessen habe, und Sugus fing an, um ihn herumzuhüpfen: Ihm ging es genauso, er hatte es auch vergessen!
Sugus lachte, Knecht fing an zu lachen; auf das Gelächter an den andern Tischen achteten beide nicht.
»Wie alt bist du eigentlich?« fragte der Wirt.
Sugus war siebenundsechzig Jahre alt.
»Ich bin zwölf Jahre jünger als du«, sagte der Wirt.
An diesem Abend ließ sich Sugus nicht vom alten Kocher nach Hause begleiten. Er nahm Besen und Handfeger aus dem Schrank, half der Kellnerin beim Schrubben der Tische, während Knecht, nachdem er die Tür abgeschlossen hatte, Wasser aufsetzte und eine Dose Nescafé hervorholte: Ob das Pulver noch trocken war, so lange, wie die Dose da

schon gestanden hatte? Wünschte Sugus Milch und Zucker zum Kaffee?
Sugus wünschte von beidem viel. Er trank die halbe Tasse aus, goß noch einmal Milch nach, bat um mehr Zucker. Knecht sah ihm zu. Er hatte keinen Namen für das Gefühl, auf einmal wieder bei sich selbst zu Hause zu sein.
In diesen Winterwochen wurde Sugus zum Vertrauten des Wirts. Er besorgte das Schwefeln der Fässer, das Anzapfen, konnte sich wahrhaftig vorstellen, wie das vorzeiten gewesen war, als der Bierkeller noch mit Stangeneis hatte gekühlt werden müssen, bestand darauf, den Platz zu sehen, an den sich die Fuhrmänner nach dem Ausladen gesetzt hatten, um ihr Bier zu trinken, setzte sich selber dahin, die Fäuste auf den Tisch gestemmt, war selber ein von schwerer Arbeit ermüdeter Fuhrmann, der von Zeit zu Zeit durchs Fenster nach den Gäulen draußen schaute.
Vor Weihnachten, als die Kellnerin einen freien Tag hatte, nahm Knecht ihn mit hinauf in seine Wohnung, holte, bevor er in die Gaststube zurückging, ein Fotoalbum und eine Tube Leim aus dem Schrank: Das war das Album, das seine Frau vor Urzeiten von einem Buchbinder hatte herstellen lassen, starke, graue Pappe, in grünes Leder gebunden. Einige der selbstklebenden Ecken hatten sich abgelöst. Vielleicht hatte Sugus Lust, sie einzuleimen und die Fotos wieder hineinzustecken? Verwechslungen waren nur auf den ersten drei Seiten möglich, da hatte Rosa noch mit weißer Tinte Notizen zu den Bildern gemacht. Am besten, Sugus ließ die ersten drei Seiten aus.
Knecht versprach, in der stillen Zeit zwischen vier und fünf Uhr wiederzukommen und nachzusehen, wie Sugus zurechtkam. Aber an diesem Tag gab es keine stillen Stunden, und erst kurz vor sieben, als die Kellnerin zurückgekommen war und sich umgezogen hatte, konnte der Wirt sich freimachen.

Im Treppenhaus brannte Licht, aber oben mußte sich Knecht durch die dunkle Wohnung tasten.
Er machte Licht, sah, daß Sugus nicht geschlafen hatte; daß er dasaß, mit einem Ausdruck im Gesicht, zu dem Knecht nur das Wort Entzücken einfiel.
Das Album war immer noch auf der ersten Seite aufgeschlagen, daneben lag eine mit Kugelschreiberzeichen bedeckte Zeitung.
Knecht trat einen Schritt auf Sugus zu, griff nach der Zeitung: Was machte Sugus da?
»Buchstaben«, sagte Sugus. »Ich habe noch nie so schöne Buchstaben gesehen. Ich will das auch lernen; das kann man doch lernen?« – und er legte den Kugelschreiber auf den Tisch: Frau Knecht hatte diese Schrift vielleicht in der Schule gelernt?
»Ja«, sagte Knecht.
Rosa hatte ihr Album nicht mit Bildern angefangen, sondern mit Eintragungen über ihre Familie; auch mit Namen und Daten.
»Und die Bilder?« fragte Knecht.
Bilder, die konnten warten. Bilder gab es überall. Jeder hatte Bilder, trug sie im Kopf, in der Brieftasche oder einfach so mit sich herum. Die Bilder würde Sugus das nächste Mal einkleben, wenn es Herrn Knecht so recht war; er wollte es ihm recht machen, – »bitte nicht böse werden«, sagte Sugus.
Nein, von böse sein war keine Rede, – und Knecht schaute sich die Zeitung an: Sugus hatte recht, die unterste Reihe der Buchstaben war ihm gut gelungen. Wenn es ihm Spaß machte, konnte er Schreibübungen machen, hier oben, in der Wohnung. Er, Knecht, würde Papier bereitlegen, blaue Briefbogen waren im Haus; oder vielleicht doch nicht Briefbogen, weißes Papier vielleicht; oder ein liniiertes Heft. Ein solches Heft würde er ihm kaufen, morgen schon,

und dazu einen Füllfederhalter; mit einem Kugelschreiber waren diese Abstriche nicht zu schaffen.

Von nun an war Knecht unruhig, wenn sich Sugus einen Nachmittag lang nicht in der Schönegg blicken ließ. Was trieb er dann? Saß er in einem andern Wirtshaus, bei Leuten, die ihn plagten, ihn ausnützten, sich über ihn lustig machten?

Knecht erwog, Sugus einmal in der Stadt zu suchen, tat es dann aber doch nicht. Er wartete auf eine günstige Gelegenheit, Kocher oder Fingel nach Sugus' Gewohnheiten zu fragen. Die Frage mußte beiläufig klingen, so als sei sie ihm eben gerade eingefallen. Er fing an, sich wieder mehr um die alten Schlachthofarbeiter zu kümmern; er wartete auf ein Stichwort.

Die Gelegenheit, über Sugus zu reden, ergab sich aber erst, als es zu spät war, als Fürzeler außer Atem in die Schönegg gerannt kam und rief: »Jetzt hat die Polizei Sugus festgenommen«, und dabei auf Knecht zeigte: Er war schuld daran, er allein, der Wirt, mit seinen blödsinnigen Schönschreibheften.

»Bring ihm eine Stange dunkel«, sagte Fingel, – und zu Fürzeler: Er hatte kein Recht, den Wirt zu beschuldigen. Vielleicht durfte man erfahren, was passiert war. Ein kleiner Bericht konnte nichts schaden.

Bericht; das Wort hatte Knecht oft gehört, und oft in seinen Träumen: Es muß alles geklärt werden, Herr Knecht. Versuchen Sie, es aus Ihrer Sicht darzustellen.

»Wo ist Sugus jetzt?« fragte der Wirt.

Fürzeler lehnte sich zurück, lachte sein lautloses Lachen: Das war einmal eine gute Frage. Immer aufs Wesentliche los, der Wirt, und gleich auf dem direktesten Weg! Offenbar gab es an ihrem Tisch einen Herrn, dem noch nie das Wort im Hals steckengeblieben war. Andere verrieten sich nur oder spießten sich selbst auf. Alle Achtung! Knecht

wußte, was er haben wollte. Es sah ganz aus, als poche er auf sein Recht. Da gab es also einen, der noch glaubte, auf sein Recht pochen zu dürfen, einen Herrn, mit einem Wort gesagt.
Kocher starrte in sein Glas, Zwei kratzte sich im Haar, Fingel ließ Fürzeler nicht aus den Augen. Sie kannten ihn lange genug, um zu wissen, daß er nicht aufzuhalten war.
Fürzeler beschimpfte den Wirt, die andern schwiegen. Sie warteten, bis Fürzeler still wurde, nach seinem Glas griff, den Kopf senkte, es zuließ, daß die Kellnerin das verschüttete Bier aufwischte und ein neues Glas auf den Tisch stellte.
»Sie haben Sugus festgenommen und auf den Posten gebracht«, sagte er. Und zu Knecht: Da war er eben ein bißchen nervös geworden, er hatte es nicht so persönlich gemeint. Manchmal ging es noch mit ihm durch, der alte Jähzorn vielleicht.
Der Wirt nickte: Er mußte sich mit dem zufriedengeben, was sie ihn erraten ließen.
»Auf dem Friedhof festgenommen?« fragte Fingel.
»Du, mit deinem Friedhof«, sagte Fürzeler.
Kocher hob die Hand: Man hatte Zeit, man konnte die Sache in Ruhe besprechen. Wußten sie, wie der Mann mit dem Fahrrad Sugus einmal genannt hatte?
Sie wußten es nicht.
Freund der Schmetterlinge hatte er ihn genannt. Das war eine Übersetzung aus dem Spanischen. »So nennt man in Südamerika Leute, die Gespenster sehen und dennoch freundlich bleiben; solche wie Sugus.«
»Wir nehmen das zur Kenntnis«, sagte Fingel; »es hilft uns nicht weiter.«
Und Knecht: Wenn er doch eine Frage stellen durfte; was hatte Sugus mit Friedhöfen zu tun?
Nicht mit Friedhöfen, nur mit dem Friedhof. Fingel konnte

sich vorstellen, daß es Schwierigkeiten gegeben hatte. Es war vorhersehbar gewesen; aber sie hatten es nicht wahrhaben wollen, hatten sich eingeredet, Sugus sei dort bekannt wie ein bunter Hund. Hatte der Wirt nie davon gehört, daß Sugus den Leichenzügen mit seiner Kindertrompete folgte, manchmal bis zum offenen Grab? Nicht jeder der Trauergäste empfand den Tod als Ferien vom Ich. Sie hätten daran denken müssen, daß sich einmal einer empören würde, ein ganz Vornehmer, eine Persönlichkeit. Sie hätten es wissen müssen, daß einem solchen Übermenschen diese schauerlichen Trompetentöne eines Tages in den Ohren gellten wie die Trompete des Jüngsten Gerichts.
»Und was hätte das geändert?« fragte Zwei. »Wir hätten Sugus nicht zurückhalten können; Sugus mag Musik und dergleichen.«
Aber jetzt hatte Fürzeler sich gefaßt: Musik, Friedhof, das war es diesmal gerade nicht! Sugus hatte sich etwas Neues ausgedacht, er, Fürzeler, hatte durch Zufall davon erfahren, von diesem Lehrer, von Hauser: daß Sugus neuerdings den Kindern nachstellte, sich auf den Pausenhof schlich, dort auf sie wartete, wenn die Schule aus war. Die Kinder mußten sich sein Schreibheft ansehen. Wenn sie es nicht freiwillig taten, zwang er sie dazu. Sie mußten ihm Noten geben, Zensuren für seine Pünktchen, Sterne und Striche, für seine Buchstabenreihen; alles ganz harmlos, aber das sollten sie einmal den Vätern und Müttern erzählen. Wenn ein Kind zu spät nach Hause kam, gab es Sugus schuld, so einfach war das, und nun war einem Vater oder der Schulleitung oder einem Lehrer der Kragen geplatzt, vielleicht sogar dem Hauser selbst, wer konnte sich schon auf einen Lehrer verlassen. Jedenfalls hatte die Polizei Sugus auf frischer Tat, wie man das wohl noch immer zu nennen beliebte, ertappt und mitgenommen.
Knecht stand auf, bevor sie davon reden konnten, daß noch

gar nichts entschieden war, daß die Polizei Sugus nicht auf dem Posten festhalten konnte.
Es gab Schlimmeres als den Polizeiposten. Es gab Untersuchungshaft, Irrenhäuser, er gab die als Maßnahme vollzogene Rechtlosigkeit.
Knecht rannte in seine Wohnung hinauf, öffnete den Kleiderschrank, riß den Anzug vom Bügel, wühlte mit fliegenden Händen nach einem frisch gewaschenen Hemd, schleuderte, als ihm der Knopf zum zweiten Mal mißlang, die Krawatte aufs Bett.
Diesmal hatte er keine Vorladung. Es gab keinen Zuständigen, der ihn erwartete. Er würde einen Zuständigen finden, und wenn er die ganze Nacht auf dem Posten warten mußte. Er würde für Sugus bürgen, wenn sie einen Bürgen annahmen. Er würde ihm einen Anwalt bestellen, wenn ein Anwalt etwas ausrichten konnte.
Daran, daß Sugus Angehörige haben könnte, dachte Knecht nicht einen Augenblick.

Christoph hatte im Treppenhaus kein Licht gemacht. Er stieß die Wohnungstür auf. Die Tasche, die im Flur stand, erkannte er sofort wieder: ein Ding, das in allen Regenbogenfarben schillerte. Die Tasche gehörte Beatrice.

Wie trocken sein Mund auf einmal war. Er betrat die Küche, beugte sich über den Spültrog, schätzte die Distanz vom Trog zum Tisch und die Geschwindigkeit, mit der er sie überwinden mußte.

Anna schob ihm einen Stuhl hin. Als er sich gesetzt hatte, – in Sicherheit gebracht, dachte er, – nahm er die Hand, die Beatrice ihm entgegenstreckte, in seine beiden Hände und legte sie vorsichtig auf den Tisch zurück.

Beatrice?

Es kam vor, daß er Briefe nicht gleich öffnete, daß er sie mit sich herumtrug oder irgendwo aufbewahrte. Warum kam er auf Briefe?

»Die Tasche im Flur«, sagte er; »ist es dieselbe Tasche, wirklich?«

»Siehst du, er weiß es noch«, sagte Beatrice zu Anna: Die Tasche hatte dem Toubib gehört, dem Algerier, damals.

»O ja, selbstverständlich«, sagte Christoph.

Er hatte alle Zeit bei dieser Art Vergeßlichkeit. Es war falsch, einem Anflug von Trotz nachzugeben.

»Beatrice wohnt jetzt in Zürich«, sagte Anna.

Eben noch hatte sie neben ihm gestanden, nun stand sie vor dem Schrank. Er sah sich nach Beatrice um. Beatrice saß neben ihm.

»Das ist sehr gut«, sagte er.

Es war schwierig, alles gleichzeitig zu machen: den Tisch aufzuhalten, der ihm entgegenrollte, Anna zu umarmen, sich nach Beatrice zu erkundigen.

»Beatrice ist zu Besuch gekommen«, sagte Anna.
Beatrice hatte ein Gesicht, das aus Dreiecken geformt war, von der Schläfe zur Nase, zum Ohr, in diesem Licht. Annas Gesicht war ein Oval; aber unscharf; sehr seltsam. Er mußte bloß die Augen öffnen, und das leere Glas stand gefüllt vor ihm; die Flaschen wanderten vorbei; und losgelöste Hände; Fluchthände, Weglaufhände.
»Ihr wißt, was ich meine«, sagte er. »Ihr versteht mich schon.«
Die Frauen gingen ins Kinderzimmer hinüber.
Er hatte immer noch diesen Vorsprung, war immer noch erfinderisch. Ein ganzes Zimmer voller Blumen; Christoph liebt Anna. Aber wer war so vermessen zu behaupten, er habe sie verloren? Noch ein Glas, und die Distanz war überwunden oder vielleicht nicht überwunden, aber aufgehoben; tanzen, Distanz aufheben. Noch ein Glas, und das Schwanken und Zittern war vorbei. Er stieg aus sich selbst heraus, kopfvoran; am unzuverlässigsten waren die Beine. Auf die Beine war kein Verlaß. Auf Beatrice war kein Verlaß. Auf sein Gedächtnis war kein Verlaß.
Hatte Beatrice ihren Besuch angekündigt? Hätte ihr Besuch eine Überraschung werden sollen? Er mußte die Sache in den Griff bekommen. Anna und Beatrice hatten sich Briefe geschrieben; die Tasche konnte keine große Rolle spielen. Er mußte der Sache auf den Grund gehen, solange das Gefühl, sich schämen zu müssen, ihn nicht wieder lähmte.
Er stand auf, verlegte sein Gewicht auf das eine, dann auf das andere Bein: Gewalt über sich haben, das war Schwerarbeit. Gewalt hatte etwas mit Ohnmacht zu tun. Er setzte sich wieder, als Anna die Küche betrat.
Sie öffnete, ohne sich nach ihm umzusehen, den Kühlschrank, holte Claudias Milchflasche heraus, füllte einen Topf mit heißem Wasser, stellte die Flasche hinein, wäh-

rend er die Hand ausstreckte, es mit einem Scherz versuchte.

Wollte er wirklich sagen: Ich bin betrunken?

Seine Stimme hätte ihn nicht im Stich gelassen, und wie jetzt den Wellen von Zärtlichkeit standhalten?

Die Kleine hat schon wieder Durst, hätte er gesagt; ganz der Vater.

Möglich, daß Anna ihm das hätte durchgehen lassen, weil es nicht lustig war.

Es ist ein Mädchen, hatte die Hebamme gesagt, und Anna: Sie heißt Claudia. Als man ihr das Kind brachte, trug es schon ein silbernes Armkettchen, auf dem der Name stand.

Die Zeit, die es brauchte, bis ein Kind etwas mit seinen Händen anfangen konnte. Und wie das Kind einmal plötzlich seine Nase gepackt hatte, so daß ihm unter dem festen Griff die Tränen aus den Augen schossen.

Er konnte sich zurücklehnen; er war allen immer noch einen Schritt voraus. Alle nahmen es mit der Wahrheit genau. Eine von Anfang an aussichtslose Position: und dann zusehen, wie lange sie sich halten ließ. Ein Unentschieden erreichen, bevor man sich geschlagen geben mußte. Später würden sie mit andern Ehepaaren wieder darüber reden, ob es noch gestattet sei, Kinder in die Welt zu setzen, angesichts der Erziehungsfehler, der Weltlage und so weiter. Mit Wiederholungen fing es an; mit gleichzeitig ausgesprochenen Sätzen ging es weiter. Dann kam das Vorauswissen der Gedanken des andern.

Er schaffte jetzt Ordnung in seinem Kopf, er sah vollkommen klar, er hatte es mit Toten zu tun. Auf Spaziergängen ging der alte Mann voraus, die alte Frau ging drei Schritte hinter ihm her. Er pfiff den Hund zurück. Es endete am Küchentisch, da, wo er jetzt saß. Die Fenster waren geschlossen. Der Mann hatte einen künstlichen Darmaus-

gang. Der Hund war tot. Die Frau tastete die Tischkante ab. Anna, nimm mich in die Arme.
Er füllte Wein nach, ging mit dem Glas ins Kinderzimmer, setzte sich auf den Schlitten. Die Frauen glitten dahin und dorthin.
Und Beatrice: Wäre er am Mittag nach Hause gekommen, hätte er den Zettel auf dem Tisch gefunden. Sie hatten ihn nicht ohne Nachricht lassen wollen. Sie waren mit Claudia draußen gewesen, im Schnee, überm Nebelmeer.
Er kämpfte gegen den irren Wunsch, aufzuspringen und ihnen das Kind zu entreißen. Wenn Anna ihm jetzt das Kind hinüberreichte, ihm eine Chance gab, mußte alles andere gelingen. Sie würden Claudia schlafen legen und zusammen essen gehen; warum nicht mit Beatrice? Beatrice störte nicht, mischte sich nicht ein, stiftete keine Unruhe. Klar gesehen, bei Licht betrachtet.
Und du trinkst ein Glas Wein, müßte Anna sagen. Sie würde ihm über die Schulter schauen. Keine Gehässigkeit. Er kannte das Ritual; manchmal fand er es schön. Die Namen auf der Getränkekarte zogen an einem vorüber wie eine Prozession. Er würde vergessen, den Kellner zu bitten, den Wein kühl auf den Tisch zu bringen. Er würde Beatrice bitten, den Wein zu kosten. Wie lange war sie damals in Frankreich geblieben? Welchen Wein hatte sie dort getrunken? Bitte entschuldigt mich einen Augenblick, würde er sagen. Er würde auf die Toilette gehen, sich im Haar wühlen, den Pullover ausklopfen, die Schuhe fester schnüren, in einer besseren Verfassung an den Tisch zurückkehren. Er war kein Trinker; es war eher eine Ausnahme, daß er betrunken war, und keineswegs stockbetrunken; jetzt gerade befand er sich in einer Phase extremer Höflichkeit, das brauchte man ihm nicht zu sagen. Beatrice würde ihnen ihre Geschichten erzählen; Geschichten, die dir weh tun, hatte Peter einmal gesagt; Geschichten, die dir weh tun,

ohne daß du sagen könntest, warum. Beatrice und Peter; eine bestimmte Frage fiel ihm ein; er wies sie sogleich zurück, sah Anna an und das Kind in ihrem Arm: Augen, die größer wurden, während er hinsah. Der Ernst und die Anstrengung des Kindes, das die Flasche leer trank: es drang in ihn ein, er konnte sich nicht dagegen wehren; es war wie der vertraute Schmerz in der Nacht. Auch das war ein Ritual: wie er aufstand und in der Wohnung herumging, bis sich der Krampf löste; die Lust auf Süßigkeiten; die Zigarette; das Gefühl der Hellsicht. Es gab, während er auf die Geräusche der Stille horchte, sich stürzen und fallen fühlte, keinen nennbaren Trost und keine nennbare Verzweiflung. Die Angst in den frühen Morgenstunden hatte keinen Namen. Er wollte geliebt werden; das wollten alle. Für ihn gab es keine Entschuldigung. Er mochte nur nicht immer allein an allem schuld sein.

Er machte sich klein auf dem Schlitten.

Anna stellte die Milchflasche auf den Tisch, stand auf, hob das Kind in die Höhe, stand vor ihm, nahm ihm das Glas aus der Hand.

»Würdest du Claudia ein wenig halten?« sagte sie, »mit dem Kopf nach oben, wenn möglich«, – und zu Beatrice: Wenn er es darauf abgesehen hatte, konnte er sich unglaublich dumm anstellen. So etwas Unpraktisches wie Christoph gab es nicht zweimal; er machte das mit System, – und sie beugte sich zu ihm hinunter und legte ihm das Kind in die Arme.

Peter stieg aus dem Zug. Schon in der Bahnhofhalle holte ihn die Kälte ein. Er ging, mit noch immer offenem Mantel, zum Kiosk und kaufte Zigaretten. Er fror, sah auf die Uhr, beschloß, nicht länger auf Christoph zu warten.
Und was jetzt? Nach Hause gehen; an der Wäsche, an den Kindern im Hof vorbeigehen; unter den Drucksachen im Briefkasten einen Brief suchen; den Koffer aufs Bett werfen. Nach Hause: in die Einzimmerwohnung mit dem einen großen Fenster, der Dachschräge, den mit Reißnägeln an die Wand gehefteten Fotografien, den geklauten Verkehrstafeln. Lebensgefahr hieß französisch Danger de mort. Nach Hause, und dort, immer noch im Mantel, auf den Nierentisch hauen und das Recht, ein Privatleben führen zu dürfen, ausrufen. Tief durchatmen. Es war nicht nötig, gleich an Marionetten zu denken, wenn einem zufälligerweise der Fernsehapparat ins Gesichtsfeld geriet. Sich zurücklehnen, den Blick wandern lassen. Sich aufs Bett legen, die Hände hinterm Kopf verschränken. Dann, vor dem Weglaufen, die Heizung aufdrehen, so, daß es nicht wie Flucht aussah.
Er nahm den Koffer auf; mit dem Koffer fühlte er sich besser.
Als er die Schönegg betrat, saß Christoph am Tisch der Pensionierten. Er hatte eine Flasche Wein und zwei Gläser vor sich stehen.
Peter hängte seinen Mantel an eine Stuhllehne. Die Kellnerin kam, nahm den Mantel und trug ihn zum Kleiderrechen.
»Meine Zigaretten«, rief Peter ihr nach.
Sie brachte ihm die Zigaretten an den Tisch, während er, noch im Stehen, sein Glas ansetzte und austrank.

Sie begrüßten sich ohne Herzlichkeit.
Peter setzte sich, schob den Koffer mit dem Fuß unter den Tisch: Das war auch eins dieser dummen Vorurteile, daß man in Deutschland keinen anständigen Wein bekommen konnte.
»Eigentlich habe ich erwartet, daß du mich am Bahnhof abholst«, sagte er: War das etwa nicht die Abmachung gewesen, Mittwoch, halb zwei, am Bahnhof?
»Und wohin wären wir dann gegangen?« fragte Christoph.
»In die Schönegg!« Sie sagten es beide gleichzeitig.
Und Peter: Vom Gleichzeitig-Sagen hatte er mehr als genug, jetzt, nach seiner Tagung in Deutschland. Sie hatten Naturheilprodukte kennengelernt, die französische Linie, sozusagen; Frankreich war dabei, den deutschen Markt zu erobern, – und er zog einen Brief aus der Jackentasche: Hatte er Christoph erzählt, daß es die immer wieder auferstehende Madame war, die ihn zu dieser Tagung angemeldet hatte?
Christoph füllte die Gläser nach.
»Sie tut etwas für deine Weiterbildung«, sagte er.
Peter lachte: Tatsächlich, so war es. Aber, was Christoph noch nicht wußte, war, daß sie ihm, am Tag seiner Abreise, einen Brief geschrieben hatte. Sie hatte es für nötig gehalten, ihn, Peter, nach Deutschland zu schicken, eigentlich nur, um ihm einen Brief zu schreiben.
»Darf ich lesen, was sie schreibt?« fragte Christoph.
»Es ist eine Kündigung«, sagte Peter; »deutsch geschrieben, das ist das Nette daran.«
Und Christoph: »Eine Kündigung, einfach so, aus heiterem Himmel?«
»Es werden keine Geheimnisse ausgeplaudert«, sagte Peter, wollte noch etwas beifügen, biß sich auf die Lippen, schwieg.

Sein Gedächtnis funktionierte wie eine Kamera. Einmal, nach einem Zusammensein mit ihr, war er aus dem Geschäft weggelaufen. Er sah sich vor dem mit Schnee bedeckten Rondell in der Allee stehen. Die Schneedecke war schwarzbraun, und unterm Schnee blühten Stiefmütterchen. Das konnte man nicht denken nennen. So vergingen die Jahre. Es blieb eine Sammlung von Bildern.
»Es ist noch überhaupt nichts passiert, Meister Tripet«, sagte er laut. »Sie haben sich falsche Hoffnungen gemacht, das ist alles. Geschäftsführer! Sie sollen sich nicht gebunden fühlen. Ihnen steht die Welt offen. Wie viele Ortschaften gibt es in diesem Land, die ohne die segensreiche Einrichtung einer Drogerie vor sich hindämmern! Wir passen doch nicht so recht zusammen, Herr Tripet; einer von uns muß gehen. Machen Sie sich anderswo selbständig! Greifen Sie zu! Reden Sie mit einer Bank!«
»Wie soll ich lesen können, wenn du die ganze Zeit dreinredest«, sagte Christoph.
Oh, pardon, Peter wollte nichts gesagt haben. Er wollte ihn unterhalten, nichts weiter. Wer Trauriges lesen mußte, brauchte Unterhaltung. Es gab Leute, die konnten nicht einmal ein Buch lesen, wenn nicht irgendwo im Haus das Radio lief.
Christoph steckte den Briefbogen in den Umschlag, suchte nach Worten, reichte Peter den Umschlag zurück.
»Was willst du jetzt machen?« sagte er.
»Mann, das Gefühl in deiner Stimme«, sagte Peter.
Er war plötzlich gereizt: Zu machen gab es gar nichts. Er würde morgen zur Arbeit gehen, als sei nichts geschehen. Er würde die Kündigungsfrist einhalten, würde sich nach einer andern Stellung umsehen. Solche wie ihn, solche, die immer die Zwei am Rücken hatten, konnte man überall brauchen.
»Du gehst mir auf die Nerven«, sagte Christoph.

Peter rief nach einer neuen Flasche.
»Wir haben nicht dasselbe Bild von der Sache«, sagte er. »So gehen die schönsten Jugendfreundschaften zu Ende. Uns geht es nicht anders. Man hat sich so aneinander gewöhnt, daß man nicht einmal merkt, wie sehr man sich auseinandergelebt hat.«
Christoph fuhr auf: Was hatte das mit Peters Kündigung zu tun? Und wie war es mit den gemeinsamen Erlebnissen? Wer gab ihm das Recht, auch seine Erinnerungen verächtlich zu machen?
»Besser das, als sie immer neu zu beschwören«, sagte Peter. »In jeder Bar triffst du Leute, die sich kaum kennen und sich dabei jedem, der ihnen zuhört, als die Unzertrennlichen vorstellen; ein einziger, im Suff verbrachter Abend verbindet sie auf Lebenszeit.«
»Wir wollen nicht mehr darüber reden«, sagte er. »Erzähl mir lieber, was hier los gewesen ist. Vielleicht ist die schöne Tochter eines reichen Drogeriebesitzers aufgetaucht und hat nach mir gefragt?«
»Wenn du nicht mehr darüber reden willst«, sagte Christoph: Nichts hatte er verpaßt. Beatrice ließ ihn grüßen. Sie war länger geblieben als geplant, war erst, als die Schule wieder angefangen hatte, abgereist; nach Zürich, wenn man ihr glauben durfte. Anne und er hatten durch sie neue Leute kennengelernt, waren in das Atelier eines Kunstmalers eingeladen worden. Dort hatte Beatrice offenbar einmal gewohnt, noch zu der Zeit, als er, Peter, mit ihr, – und er hob die Hände, sah Peter an: Es gab nichts weiter zu sagen, Peter wußte, wie Beatrice war, sie hatte sich nicht verändert, sie bestellte ihm Grüße, das hatte er schon gesagt. Warum ließ er ihn einfach reden, warum machte er nicht eine seiner witzigen Bemerkungen? War das ein Freund, der einem nicht einmal zu einem Themawechsel verhelfen konnte?

»Als Freund könntest du mir eine von meinen Zigaretten anbieten«, sagte Peter. »Wie du die ganze Zeit meine Zigaretten rauchst, das ist auch eine Art von Selbstbetrug.«
»Was willst du denn hören?« fragte Christoph, »eine Entschuldigung vielleicht?«
Und Peter: Ihm war alles recht. Irgendeine kleine Sauerei, sauber aufgetischt und mit traurigen Konsequenzen.
Nein, darauf wollte Christoph sich nicht einlassen. So war ihm Knecht neulich auch gekommen, nach dem einzigen Besuch mit Beatrice in der Schönegg. Knecht hatte Beatrice immer noch Rosa genannt, aus alter Gewohnheit. Er, Knecht, war, nach langem Hin und Her, mit der Frage herausgerückt, wie es denn sei, wer eigentlich in dieser Stadt die Schulkommissionsmitglieder wähle, wie das zugehe, ob Politik eine große Rolle spiele, und wie sich das äußere, politischer Druck in der Schule.
Die Kellnerin ging an ihrem Tisch vorbei, nahm die leere Flasche im Vorbeigehen mit: Sollte sie noch mehr Wein kaltstellen? Im Kühlschrank stand nur noch eine einzige Flasche. Alles mußte man allein machen, – und sie legte den Finger an die Lippen.
»Sugus«, sagte Peter. »Der Wirt denkt nur noch an ihn. Darum fängt er an, sich um Politik zu kümmern. Er weiß nicht, wo er ansetzen soll, um Sugus herauszuholen.«
Christoph stieß ihn unterm Tisch an: Hier durfte er den Namen Sugus nicht mehr laut aussprechen, wenn er nicht riskieren wollte, daß Knecht an den Tisch kam und zu toben anfing.
»Also doch etwas Neues«, sagte Peter.
Und Christoph: Kurz vor Weihnachten war es passiert; fast so etwas wie eine Schlägerei. Der Wirt hatte die alten Schlachthofarbeiter angeschrien. Wie sie dazukamen, sich mit ihren läppischen Spitznamen anreden zu lassen, hatte er

wissen wollen; Fingel, Zwei, Fürzeler! Ein Mensch, der ein Mensch bleiben wollte, brauchte einen Namen, und zwar nicht erst auf dem Grabstein. Unter sich mochten sie sich nennen, wie sie wollten; aber warum ließen sie es zu, daß andere Leute, Gäste, er, der Wirt selbst, und sogar Fremde, sie bei ihren Spitznamen rufen durften, ganz so, als seien sie die Neger der Gesellschaft, eine anonyme Meute, eine Manövriermasse!

»Hat er wirklich Manövriermasse gesagt?« fragte Peter: Manövriermasse war gut; Manövriermasse gefiel ihm.

Nein, das konnte Christoph nicht beschwören; ein ähnliches Wort jedenfalls war es gewesen.

»Sie haben immer noch Lebensfreude, Zwei, Sugus und die andern«, sagte Peter. »Kennst du jetzt wenigstens ihre wirklichen Namen?«

Christoph hatte die Namen immer schon gewußt. Sugus hieß Johannes Schenk, Fürzeler hieß Erwin Moser. Namen. War es nun wirklich das, was Peter interessierte, in seiner jetzigen Lage? Wenn er über seine eigene Sache nicht reden wollte: war es das, worüber sie reden mußten?

»Meine Lage«, sagte Peter; »laß mich in Ruhe.«

Es brachte ihm nichts, mit Christoph darüber zu reden. Er brauchte Ablenkung. Christoph sollte das nicht falsch verstehen. Er war nett zu ihm; alle waren nett zu ihm; mehr brauchte er nicht. Er hatte keine Lust zu Bekenntnissen. Bekenntnisse brachten ihm keine Erleichterung. Sie machten ihn bloß nervös; die eigenen Bekenntnisse und die der andern.

Wörter wie Manövriermasse, das war's, was er brauchte. Christoph hatte so eine Art, ihm auf den Zahn zu fühlen. Christoph konnte einen ansehen, himmeltraurig erwartungsvoll, als müsse alles unter vier Augen besprochen werden: Augen, die dich bannen, dich zwingen, dein Inneres preiszugeben, deine Seele zu kotzen; und da sitzt du

dann zuletzt, einsamer als allein, vor dem Lieferanteneingang für seelisches Sperrgut.
Christoph sah zur Tür.
»Früher war das anders«, sagte Peter. »Tut mir leid; es hat vielleicht mit deinem Lehrerberuf etwas zu tun; zuviel Gefühl, zuviel Gratisverständnis im Blick.«
»Wenn es dir etwas bringt, wenigstens das loszuwerden«, sagte Christoph.
»Ach komm«, sagte Peter. »Ich habe mich gefreut, dich wiederzusehen. Was willst du mehr? Wie sagt der alte Kocher immer?«
Christoph sah ihn an, schüttelte den Kopf, wußte nicht, woran Peter dachte.
»Er verwechselt das Wort wenn mit dem Wort weil«, sagte Peter; »jetzt muß es dir einfallen.«
Gar nichts fiel ihm ein.
Peter nahm sein Glas, stand auf, beugte sich über den Tisch, schrie Christoph ins Ohr: »Eigenartig ist der Mensch, besonders wenn er denkt!«
Er setzte sich, stellte das Glas, ohne zu trinken, auf den Tisch zurück: Lebensfreude, das war es, was ihnen fehlte. Sie wurden nur immer müder und ergebener. Er hatte genug davon. Er wollte versuchen, neu anzufangen.

Von zehn bis vierzehn Uhr war Besuchszeit in der psychiatrischen Abteilung des Bezirksspitals.
Kocher war schon einmal vor verschlossener Tür gestanden, und Knecht hatte ihn angebrüllt, als er mit dem Schokoladepaket wieder in die Schönegg zurückgekommen war: Herrgott, mußte man denn alles selber machen? Konnten sie sich nicht an die Besuchszeit halten? Sugus war doch auch ihr Freund; gewesen, wenigstens.
»Immer noch«, hatte Kocher gesagt. »Das nächste Mal nehme ich Fingel mit.«
Eine Woche später machte er sein Versprechen wahr.
Schon um neun Uhr waren sie unterwegs, Fingel und Kocher. Sie gingen durch die Stadt, kamen am Bahnhof vorbei, am Zentralplatz, gingen durch die Nidaugasse, überquerten die Kanalgasse, bogen in die Altstadt ein.
Fingel hatte Mühe, Schritt zu halten. Plötzlich blieb er stehen, bückte sich und hob eine Taube auf, die im Rinnstein lag.
»Mausetot«, sagte er, drehte sie in der Hand, so, daß ihr Kopf hin- und herpendelte.
»Kein Wunder bei der Kälte«, sagte er mit seiner atemlosen Stimme: Jedes Jahr hatte seinen Vorrat an kalten und an warmen Tagen. Im Februar waren Krokusse und Schneeglöcklein geradezu aus dem Boden hervorgebrochen. Am liebsten hätte er sie wieder zurückgestampft. Jetzt, im März, der Rückschlag. Nicht anders zu erwarten gewesen; Schneegrenze bei neunhundert Metern. Tagsüber war's bedeckt, nachts wolkenlos; Temperaturen unter null Grad. Die Taube da, Kocher konnte sich überzeugen, war unverletzt. Kein Bein, kein Flügel war gebrochen, nicht ein einziges Federchen war ihr gekrümmt worden. Klar, daß

sie in der Nacht erfroren war. Jemand hatte sie am frühen Morgen in den Rinnstein gestoßen. Er verstand das nicht. Das Taubengrau mußte jedem gefallen, auch einem Kocher; das Taubengrau und der metallische Glanz des Halsrings.

»Sie ist tot«, sagte Kocher.

»Tot«, sagte Fingel, »was heißt das schon? Sie könnte ebensogut nur blind sein. Von Tauben verstehst du also wirklich nichts. Es sind ja auch keine Krähen oder Adler. Und wenn du hunderttausend Nachmittage im Tierpark verbracht hast: weißt du, wie man Tauben dazu bringt, daß sie in ihren Schlag zurückkehren?«

Kocher schüttelte den Kopf.

»Man macht es mit Anis«, sagte Fingel. »Tauben haben den Anisgeruch gern. Du kaufst Anis-Essenz in der Drogerie, gießt sie in deinen Schlag; dann fliegen dir sogar fremde Tauben zu. Es gibt ein Gleichgewicht in allem, verstehst du. Dir ist das vielleicht zu wenig kompliziert. So bist du nun einmal. Du bist mißtrauisch, nur um dich besser über alles hinwegsetzen zu können. Kunststück, daß du mit Tauben nichts anfangen kannst. Sie haben keine Geschichte. Sie haben den Frieden nicht erfunden; aber jeder, der will, darf von ihnen sagen, sie seien sanft. Sanft, daß ich nicht lache! Füttert sie schön, meine Täubchen! Unter ihrem Dreck lösen sich eure Fassaden und Monumente in nichts auf.«

»Reg dich bloß nicht schon wieder auf«, sagte Kocher; »das ist nicht gut für dein Herz.«

Fingel nahm die Taube in die linke Hand, holte mit der rechten ein Fläschchen aus der Tasche, zeigte es Kocher: Wie er das haßte, das Geschwätz über seine Gesundheit. Jeder versuchte, ihn damit zum Schweigen zu bringen. Von Kocher hatte er eigentlich mehr erwartet, und Gescheiteres. Nur: ein Fingel gab nicht einfach auf, ein Fingel ließ sich das

Reden nicht verbieten. Das hatten schon ganz andere versucht. Wenn er von Tauben reden wollte, redete er von Tauben. Möglich, daß die Taube, die sie gefunden hatten, nicht an der Kälte gestorben war; das gab er zu. Vielleicht war sie an einem Herzschlag gestorben. Tauben konnten sich unheimlich stark aufregen, stärker als jeder Mensch. Das sah man bei ihrem Liebesspiel. Hatte Kocher noch nie beobachtet, wie ein Täuberich um eine Taube herumtanzte?

»Ein Mensch würde es nicht einen Tag lang aushalten«, sagte Kocher und setzte sich auf eine Treppenstufe im Kirchgassendurchgang.

Fingel setzte sich neben ihn, knöpfte seinen Mantel auf: Da hatte Kocher endlich etwas Vernünftiges gesagt; nicht einen Tag lang, – und er wischte sich die Stirn: Wie heiß ihm auf einmal war!

»Du solltest etwas trinken und deine Tropfen nehmen«, sagte Kocher: Er konnte für Fingel in der nächsten Apotheke einen Becher verlangen, Wasser holen.

Nein, Wasser war nicht nötig, nur eine Pause. Sie waren beide nicht mehr die Jüngsten.

Kocher lachte: Da saßen sie, zwei alte Männer, und stritten sich über Tauben. Sie hatten nicht viel zu verteidigen, kein Lebenswerk, kein Geld, keine großen Gedanken. Alles, was man ihnen vorwerfen konnte, war, daß sie ihr Scheitern überlebt hatten. Sie hatten sich im Leben zu wenig vorgenommen; schöne Philosophie, das.

Fingel hob die Taube hoch.

Ihr Halsring schimmerte jetzt rot und ging im Nacken in ein aus Lichtreflexen bestehendes Grün über. Ein graues Häutchen hatte sich von unten halb über ihre Augen geschoben. Ein Teil der Pupille war noch sichtbar. Rings um die Pupille lag ein goldener Rand.

»Fang sie«, sagte Fingel und warf die Taube in die Luft.

Kocher fing sie auf, warf sie noch höher, und Fingel mußte sich nach vorn beugen, um sie zu erwischen.
Leute, die vorübergingen, blieben stehen, fingen an zu schimpfen: War denn das die Möglichkeit? Da saßen tatsächlich zwei Vaganten am heiterhellen Vormittag in der Altstadt, betrunken zweifellos, ohne einen Funken Ehrfurcht vor dem Leben; Tierquäler.
Und Fingel: Sein Täubchen konnte nicht auf- und davonfliegen; blind war es, sein Täubchen, das sah ein Blinder. Die alte Geschichte vom Fliegen.
Er steckte die Taube in die Manteltasche, versuchte aufzustehen.
Kocher wollte ihn stützen.
Aber nein, das hatte Kocher falsch verstanden. Er, Fingel, hatte nicht im Sinn, das Feld zu räumen. Ihm war etwas eingefallen, – und er streckte den beiden Frauen, die noch immer dastanden, die Zunge heraus, fuchtelte mit den Armen. Die Frauen machten, daß sie wegkamen.
Und Fingel: Jetzt konnte man sich die Sache in Ruhe überlegen, nämlich, daß sie wieder einmal mit leeren Händen zu Sugus kamen. Hielt Kocher das vielleicht für richtig? Wer zu Besuch kam, hatte etwas mitzubringen; Blumen, Schokolade, eine hereingeschmuggelte Flasche Wein. Das Geschenk war ein Signal: ich bin gesund, du bist krank. Es war ein Signal und ein Opfer zugleich. Es bewies nicht nur, daß der Kranke krank zu sein hatte, es sollte auch der Einbildung dienen, man selber sei gesund. Darum war für Besucher in jedem Spital ein Kiosk eingerichtet worden. Da konnten sie sich, sofern sie Geld in der Tasche hatten, auch noch in letzter Minute freikaufen. Geld, das war der springende Punkt. Geld half mit, das Leben zu verhindern. Das Leben half mit, das Leben zu verhindern.
»Hör auf«, sagte Kocher. »Blumen brauchen wir nicht; Bier vielleicht, auch wenn wir nicht glauben, daß Sugus krank

ist. Er ist dort eingesperrt. Wenn ich dich richtig verstanden habe, ist es so, daß du ihm die Taube mitbringen willst.«
»Du hast mich eben nicht verstanden«, sagte Fingel, »und was heißt ›richtig‹, du hast mich überhaupt nicht verstanden. Die Taube da«, – und er zog sie wieder aus der Tasche, »die Taube wird für uns Geld verdienen.«
Kocher starrte ihn an, Fingel starrte zurück: Er würde es Kocher Punkt für Punkt erklären. Hier, in dieser Gasse, kannte er einen Rahmenmacher. Dort mußten sie sich Schnur, eine kleine Schachtel und ein Stück Karton beschaffen; dazu einen Kugelschreiber oder doch wenigstens einen Bleistift.
Hatte Kocher nicht darüber nachgedacht, warum die Leute vorhin stehengeblieben waren? Darüber mußte man nachdenken. Die Leute waren immer in Eile, und doch konnte eine Winzigkeit sie aus dem Gleis werfen; nicht weil sie neugierig waren, sondern weil sie das Gefühl, etwas Wichtiges verpaßt zu haben, nicht unterdrücken konnten. Das Verpaßte hieß Glück oder Leben; vielleicht war es doch noch einzuholen. Manchmal bist du auf die Fehler der andern angewiesen, um gewinnen zu können, hatte Fürzeler einmal gesagt. Das war nicht nur beim Schachspiel so.
»Langsam, langsam«, sagte Kocher; »Schnur, Karton, Schachtel, Kugelschreiber, so weit kann ich dir folgen. Und was dann?«
Nicht einfach ein Stück Karton, sondern ein großes, rechteckiges Stück; darauf mußte Fingel bestehen. Das Geschäft des Rahmenmachers lag am andern Ende der Gasse. Mit Paul konnte man reden; sogar Kocher konnte da für einmal kaum etwas falsch machen. Beim Eintreten sollte er sich vergewissern, daß keine Kunden im Laden waren, erst dann Fingels Namen nennen, einen Gruß bestellen; alles andere ergab sich von selbst.

»Und was ist, wenn er mich fragt, was wir mit dem Zeug anfangen wollen?« fragte Kocher.
»Sag ihm nur, daß ich hier die Stellung halte«, sagte Fingel; »den Rest habe ich dir ja erklärt.«
»So«, sagte Kocher, »hast du das? Was macht man nicht für seine Freunde.«
»Du wirst schon sehen«, sagte Fingel.
Es war elf Uhr vorbei, als Kocher zurückkam: Es hatte etwas länger gedauert. Der Rahmenmacher hatte sich mit jemandem gestritten, nicht im Laden, sondern im Lagerraum. Um den Laden kümmerte sich eine Verkäuferin. Kocher hatte sogar gelogen und ja gesagt, als sie ihn gefragt hatte, ob Herr Fingel ein alter Kunde sei.
Er stellte den Karton an die Gitterstäbe des Geländers, legte Schachtel und Schnur neben Fingel auf die Treppe: Ein alter Kunde und ein persönlicher Freund, hatte er gesagt. Und jetzt? Wie ging's jetzt weiter?
»Jetzt«, sagte Fingel, »schreibst du das Wort blind auf den Karton, mit großen Buchstaben, so daß man es von weitem lesen kann. Blind. Mach schon!«
Kocher fing an zu schreiben.
Fingel hatte sich aufgerichtet.
Kocher sah zu, wie er die Taube in den Gitterstäben festband, wie er ihr den Kopf auf die Brust bettete, wie er ihre beiden Flügel öffnete, und wie er schließlich versuchte, das Ende der Schnur in ihrem Federbalg zu verstecken. Er dachte daran, daß dies eine Geschichte war, die er nicht weitererzählen konnte. Typisch Kocher, würde es heißen, und er müßte, um überhaupt anfangen zu können, so tun, als erzähle er bloß weiter, was er von einem andern gehört hatte; von einem andern, den er auch ausgelacht habe.
»Fertig«, sagte er; »sind dir die Buchstaben groß genug?«
Fingel nickte; doch er hatte die Augen geschlossen. Er

bewegte den Kopf vor und zurück. Das Nicken hörte nicht auf.

»Du singst ja, Fingel«, sagte Kocher.

»Jeder kann singen«, sagte Fingel nach einer Weile. »Man braucht nicht zu singen, um das zu wissen. Als ich das Lied kennenlernte, war es ein junges Lied.«

Und Kocher: Danach hatte er Fingel nicht gefragt. Er wollte bloß wissen, was es für ihn hier noch zu tun gab, mit einer toten Taube, mit einem singenden Fingel.

Fast nichts mehr gab es zu tun. Es war fast alles getan. Kocher mußte, bevor er sich versteckte, nur noch die Schachtel richtig hinstellen und sich einen bequemen Beobachterposten in der Nähe suchen. Er selbst, Fingel, blieb da sitzen, wo er war. Er störte den Ablauf der Dinge nicht. Er war müde. Er würde ein bißchen schlafen. Mehr war nicht zu tun.

»Ich gehe dann also«, sagte Kocher.

Nach ein paar Schritten kam er zurück, machte sich noch einmal an der Schachtel zu schaffen. Der Deckel war zugefallen. Er riß ihn weg, hielt ihn wie einen Fächer in der Hand.

»Du fühlst dich doch wohl, Fingel?« sagte er.

Fingel nickte und nickte.

Vier Stunden später war es so, daß Kocher, ob er selbst sie für glaubwürdig hielt oder nicht, diese Geschichte einem Polizisten erzählen mußte: Ja, er hatte sich dann eine stille Ecke in der Nähe gesucht, war vielleicht selbst ein wenig eingenickt. Von Anfang an hatte er gedacht, die Sache gehe nicht gut aus. Dabei hatte sich alles gut angelassen. Der Rahmenmacher war als erster vorbeigekommen, vielleicht nur, um zu sehen, was seine Verkäuferin ihm da wieder eingebrockt hatte. Er war nähergetreten, während Fingel dagesessen hatte, schlafend, oder doch so, als schlafe er nur, und der Rahmenmacher hatte sich nach ihm, nach Kocher, umgesehen, ihn aber im dunklen Kirchgassendurchgang nicht entdeckt. Wenn es je um ein Glas Wein ginge und er also diese Geschichte einem Kollegen mundgerecht machen müßte, hatte er noch gedacht, gab Kocher zu Protokoll, hätte er so tun können, als habe er sie vom Rahmenmacher gehört. Es waren dann nur zwei Namen zu ändern; man durfte sich nicht in Widersprüche verwickeln. Schließlich durfte der Rahmenmacher stolz auf sich sein. Er kam auf der ganzen Linie gut weg. Er war nicht nur als erster vorbeigekommen, er hatte auch als erster seinen Geldbeutel gezückt und vorsichtig, ohne Fingel aufzuwecken, zwei Münzen in die Schachtel gelegt.

Inzwischen waren es, wie der Polizist hatte feststellen können, sechzehn Franken achtzig Rappen; Geld, das, genaugenommen, nicht ihnen gehörte, sondern einem Freund, den sie im Bezirksspital hatten besuchen wollen. Möglich, daß sie gegen das Hausierergesetz verstoßen hatten; man verstieß immer gegen irgendein Gesetz: war das ein Grund, einem gleich alles wegzunehmen? Hatte nicht er selbst, Kocher, die Polizei geholt, nachdem er festgestellt hatte, daß Fingel nicht aufwachen wollte?

Wäre Fingel plötzlich blind geworden, hätte er ihn schon im Protokoll den Blinden nennen können. So aber spielten die Namen wieder eine Rolle; das sah er ein: Fingel, Kocher. Tote mußten einen Namen haben; als Tote mußten sie unverwechselbar sein.

Für eine solche Geschichte ließ freilich kein Mensch auch nur das kleinste Glas Weißwein über den Tisch tanzen, auch wenn niemand mit Sicherheit sagen konnte, daß Fingel nicht doch am Ende einfach nur eingeschlafen war, – und Kocher wischte sich mit dem Ärmel übers Gesicht.

Der Polizist steckte das Notizbuch weg, zerschnitt die Schnur, mit der die Taube im Gitter befestigt war. Er warf die Taube in den Rinnstein.

Der Notfallwagen war so nahe wie möglich an die Treppe herangefahren. Pfleger und Fahrer deckten Fingel mit einer Wolldecke zu und legten ihn auf eine Bahre. Sie hatten die Sirene ausgeschaltet. Sie hatten es nicht eilig; nichts tat weniger not als Eile.
Fünfzehn Uhr vorbei. Auf dem Dach des Wagens drehte sich das Blaulicht.

Er hatte vierzig Fahrstunden hinter sich gebracht. Er hatte alle Vorsichtsmaßnahmen getroffen, und doch! Wie leicht wäre es möglich gewesen, daß ihn einer erkannt hätte: beim Parken, beim Rückwärtsfahren, beim Anfahren am Hang.

Er hatte bei seinem Fahrlehrer darauf bestanden, weit weg von zu Hause, in den Außenquartieren-Ost zu üben, und dennoch hatte er täglich auf eine Bemerkung, auf eine Anspielung gelauert.

Aber keiner der Gäste erwähnte, wie beiläufig, den Namen einer bestimmten Fahrschule, die, wie man hörte, Mühe hatte, besonders ältere Fahrschüler durch die Prüfung zu schleusen. Niemand redete so, daß er es hören mußte, vom Wetter im Mai, von den trockenen Frühlingsstraßen, und wie schön es wäre, dann einmal von einem Autobesitzer eingeladen zu werden zu einer Spritzfahrt in einem nigelnagelneuen Wagen, in einem grauen Ford zum Beispiel.

Kein Wort davon. Dennoch war Knecht sein Mißtrauen nicht losgeworden. War es nicht so, daß immer einer da war, der einen erkannte? daß der Fahrlehrer schwatzte? daß es auskam, der Schöneggwirt habe in einem Außenquartier eine Garage gemietet?

Daß er einen Wagen gekauft hatte, würde sich auf die Dauer nicht verheimlichen lassen. Eines Tages wollte er der Geheimniskrämerei selbst ein Ende bereiten, vielleicht direkt vor der Wirtschaft vorfahren und den Wagen, nachdem die Parkplätze nun auch im Schlachthof aufgehoben worden waren, geradewegs in den eigenen Garten steuern und unter den Kastanienbäumen abstellen: Ja, das war sein Wagen. Er hatte lange gespart, um ihn sich leisten zu können. Nein, neu war er nicht, ein Vorführwagen war's, gebraucht gekauft. Einmal mußte sich auch ein Wirt etwas gönnen dürfen.

Die Karten auf den Tisch legen: der Zeitpunkt mußte gut gewählt sein. Es gab nur einen einzigen, richtigen Zeitpunkt: der Tag, an dem er Sugus würde heimholen können.

Er dachte an nichts anderes mehr.

Seit er es aufgegeben hatte, Sugus ohne fremde Hilfe freizubringen, war Knecht noch vorsichtiger geworden. Er sah seine Post nicht mehr in der Küche durch. Verschlossene Umschläge öffnete er oben in seiner Wohnung. Den Inhalt des Papierkorbs verbrannte er hinterm Gartenhaus.

Sugus; ohne fremde Hilfe ging es nicht.

Wie oft war er den Weg zur Klinik gegangen. Nur als Fingel in der Spitalkapelle aufgebahrt worden war, hatte Knecht die Drahtseilbahn benutzt. Lieber ging er zu Fuß. Wer über Treppen und Waldwege das Spital erreichte, bog, nachdem er das Angestelltenhaus hinter sich gelassen hatte, in eine gepflasterte Straße ein, kam durch eine Baumgruppe, Kiefern, blieb vorn an der Mauer stehen, sah auf die Stadt hinunter, dann zu den Rebgärten hinüber, die sich in Terrassen dem nach Westen abfallenden Jurakamm entgegenschwangen und an ihrer Grundlinie vom See aufgefangen wurden.

Irgendeinmal in seinem Leben stand fast jeder hier. Es war die Aussicht, die auch die Sterbenden hatten, die Genesenden, die Unheilbaren; es war Sugus' Aussicht, nur daß Sugus' Aussicht in der geschlossenen Abteilung von Gitterstäben zerschnitten wurde.

Der Schwarzdorn blühte am Waldrand. Auf den schnurgerade gezogenen Spazierwegen gingen dort in gebückter Haltung Menschen auf und ab; es war schon fast Frühling.

Eines Tages hatte ein junger Arzt Knecht empfangen. Der Wirt gab, wie es die Vorschrift verlangte, seinen Namen an, unterschrieb das Besuchsgesuch, öffnete unaufgefordert seine Tasche, holte Zeichenheft, Farbstifte, Schokolade heraus, zeigte die leere Mappe vor: Wie war es, durfte er Herrn Schenk sogleich sehen, oder mußte er warten?
»Sie sind das also«, sagte der Arzt: Er war neu hier, hatte eben erst angefangen. Er hätte lügen müssen, wenn er behauptet hätte, noch nie etwas von Herrn Knecht gehört zu haben.
»Durch Sugus«, sagte Knecht.
Der Arzt nickte: Nicht nur durch Herrn Schenk, – und er holte eine Mappe hervor, auf der nicht Sugus' Name, Johannes Schenk, stand, sondern der Name Robert Knecht.
»Wie kommt das?« fragte Knecht. Dann nahm er die Frage zurück; sie war bedeutungslos. Er war nicht wirklich überrascht. Überrascht hatte ihn eher die Tatsache, daß man ihm, ohne lange Umstände zu machen, einen Lehrfahrausweis gegeben hatte, auch wenn er stark vermutete, daß die Behörden Ausweise nur ausstellten, um sich die Leute mit der Entzugsdrohung gefügig, oder sollte er sagen, noch gefügiger zu machen.
»Wie kommen Sie dazu, sich zu beklagen, Herr Knecht?« sagte der Arzt. »Sie arbeiten nicht in lohnabhängiger Stellung; nicht viele Leute haben Ihre Privilegien. Vielleicht kann ich Ihnen helfen. Glauben Sie auch, was Sie sich vorstellen?«
»Psychiater, nicht wahr«, sagte Knecht.
»Psychologe«, sagte der Arzt.
Knecht wußte nicht, daß dieses Gespräch ihn dazu bringen würde, fremde Hilfe anzunehmen.
Er bat den Arzt, ihn, wenn er ihm wirklich helfen wolle, die

Mappe mit dem Namen Robert Knecht durchsehen zu lassen.
»Es ist nicht jedermanns Sache, herumzugehen und zu behaupten, er kenne doch wohl seine eigene Geschichte am besten«, sagte Knecht. »Wer kennt schon seine eigene Geschichte«, – und der Arzt: »In dieser Mappe finden Sie sie aber auch nicht; was also wollen Sie herausfinden?«
»Weil es mich etwas angeht«, sagte Knecht, »weil ich auch Mitwisser sein möchte in meinen eigenen Angelegenheiten. Finden Sie es richtig, daß Geheimpapiere, geheim nur für uns selbst, uns begleiten?«
Der Arzt sah auf die Uhr, stand auf, beugte sich vor: Ihm fiel ein, daß er noch etwas zu erledigen hatte, drüben im Labor. In einer Viertelstunde war er wieder zurück. Was während dieser Zeit hier geschah, mußte Herr Knecht selbst verantworten. Und eins durfte er nicht vergessen: die Patienten wurden unruhig, wenn ein erwarteter Besucher sich verspätete; alle, nicht nur der Patient, dem der Besuch galt.
Der Arzt ging hinaus, Knecht sah ihm nach. Sein Blick fiel auf das Bild an der gegenüberliegenden Wand; auch das Bild war neu: ein wogendes Kornfeld unter einem wogenden Himmel.
Er kam nicht davon los, war fast augenblicklich zurückversetzt in eine andere Zeit.
Sie hatten die Felder abgesucht, Kinder, junge Leute, manchmal ganze Schulklassen. Man mußte Ähre um Ähre zu sich herunterbiegen und die blauschwarzen Körner, die da und dort wie mißgebildete Fingernägel herausragten, in eine Büchse sammeln. Mutterkorn. Es war Sommer. Die Bremsen stachen. Am Himmel standen Wolkentürme. Durchs Feld rückte die vielgliedrige Linie vor: nur noch bis dorthin, bis zum Baumschatten! und wenn man dort ankam: noch bis zu den Kornblumen am Rand des Feldes,

wo bald die Bäuerin vorfahren würde mit Brot und Süßmost. Man wurde zu einem Bestandteil der Linie; es war, als sei man in der größeren Einheit aufgehoben.
Vielleicht hatte Martin, während seiner Anstaltszeit, Ähnliches erlebt.
Warum hatte er ihn nie danach gefragt?
Knecht, vor den Papieren in der Mappe, die seinen Namen trug, rieb sich die Augen. Nicht daran denken. Er fing an, die Dokumente zu lesen: Berichte, Kopien seiner Eingaben, Kopien der Antworten. Jedes Blatt trug einen Stempel, eine Unterschrift, Initialen.
– Damit man sich selbst erkennt, muß man es sich manchmal leisten können, zuzugeben, daß es nichts zu erkennen gibt, – hatte er wirklich einmal einen solchen Unsinn von sich gegeben, und wenn ja: hatte er geglaubt, was er sagte? Er hatte viel vergessen; sicher war er nicht. Er hatte Angst vor Bekenntnissen.
Herr Knecht, glauben Sie auch, was Sie sich vorstellen?
Wenn er ein Recht auf Löschung gehabt hätte –
Löschen, das war besser als verbrennen; löschen hieß, etwas wiederherstellen, andere Möglichkeiten zulassen. Er war sechsundfünfzig Jahre alt, ein Mann im besten Alter, wie sich der Polizeigefreite Marzohl im Juli-Bericht vor drei Jahren auszudrücken beliebt hatte. Damals war Straub, Marzohls Kollege, schon tot gewesen. Straub hätte es nicht zugelassen, daß Marzohl zu Protokoll gab, der Wirt habe vermutlich ein Verhältnis mit allen seinen Kellnerinnen gehabt, auch wenn bis jetzt nur eine einzige zugegeben hatte, Knechts Besuche geduldet zu haben.
Er, Knecht, hätte sich nach Amerika absetzen können, zu einer Gemeinschaft mit andern Pensionären, zu einem neu angefangenen Leben, zu seinem Sohn, zu sechzehn Fernsehprogrammen; absetzen, um sich als unsteter Hotelzimmerbewohner zwischen Atlantik und Pazifik einzurichten.

Marzohl traute ihm ein solches Weglaufen zu, unternommen eher aus Fluchtzwang denn aus Reiselust. Mehrfach waren in den Papieren Belege der Knechtschen Sprunghaftigkeit zu finden. Hang zu Kurzschlußhandlungen, schrieb Marzohl.

Zwischen Sätzen, die in einem für ihn unbegreiflichen Sinn nebeneinanderstanden, hatte der Gefreite ein X-Zeichen angebracht: – die furchtbarsten Fehler begeht man da, wo man einem Menschen, den man liebt, etwas Schweres ersparen möchte X aber was ist das Liebe X bitte geben Sie mir Feuer.

Die Pausenzeichen gefielen Knecht. Was hatte Marzohl sich dabei gedacht, er, der hinter allem das plötzlich offenliegende Innerste suchte? Die Polizei war davon überzeugt, daß alles, was einer sagte, nur dazu diente, andere irrezuführen, abzulenken, von der Fährte abzubringen.

Knecht wartete auf eine Wut, die sich nicht einstellen wollte. Er war nur müde. Er überflog die nächsten Seiten, blätterte in den Dokumenten, die seinen Sohn Martin betrafen, las eine Auskunft des Brandmoos-Direktors, einen im Zuchthaus Stadelegg verfaßten Lebenslauf, eine von der Schweizer Botschaft in Washington weitergeleitete Anfrage, Gesundheitsattest, Unbedenklichkeitsbescheinigung. Erst als er die Schritte des Arztes im Nebenzimmer hörte, schlug er die letzten Seiten auf.

Sugus' Schwester in Bern gab die Erklärung ab, daß ihr Bruder von einem gewissen Herrn Robert Knecht, Wirt des Restaurants Schönegg, zum Trinker gemacht worden sei. Sugus, ihr Bruder, habe in jungen Jahren keinen Tropfen Alkohol angerührt, sei übrigens auch als Vegetarier aufgewachsen; Ausnahme Milchprodukte, Eier.

Die Unterschrift der Frau war von einem Anwalt beglaubigt. Beigeheftet war ein Brief an die Untersuchungsbehörde, in dem sich der Anwalt anbot, Sugus' Rechte ohne

Kostenfolge für die öffentliche Hand vor Gericht zu vertreten. Dr. Rahmen.
Knecht riß ein Blatt aus dem mitgebrachten Zeichenheft, schrieb Namen, Adresse und Telefonnummer des Anwalts auf, ließ den Stift sinken; den Namen kannte er doch. Dann fiel es ihm ein: die Nonnen unterm Kastanienbaum, der bellende Hund, das Durcheinander am Tag vor dem Sommerfest, die versteckten Drohungen und das Angebot: Dr. Rahmen war der Anwalt des Bauunternehmers Bruno Satori.

Als der Arzt eintrat, saß Knecht, den Kopf in beide Hände gestützt, am Tisch.

»Es wird Zeit, Herr Knecht«, sagte der Arzt.

Knecht richtete sich auf: Er hatte eine Frage; es war eine banale Frage; eine weniger banale Frage hatte er vorhin zurückgenommen; aber vielleicht war die Hoffnung noch erlaubt, daß man einmal einen Menschen traf, der einem helfen wollte.

»Sie möchten mich fragen, ob Herr Schenk freigelassen wird«, sagte der Arzt. »Und doch wissen Sie genau, daß nicht wir ihn festhalten. Die Sache ist die: je mehr wir ihn belasten, desto weniger hat er mit einer Strafe zu rechnen.«

»Er hat kein Verbrechen begangen«, sagte Knecht.

Der Arzt nickte: Wie stand es mit dem Anwalt, der sich in das Verfahren eingeschaltet hatte; war dieser Mann Herrn Knecht bekannt?

»Ja«, sagte Knecht, »allerdings. Ich habe verstanden. Sugus kommt nicht durch, ohne entweder verurteilt oder, was vielleicht nicht einmal ein Psychologe verhindern kann, auf unbestimmte Zeit verwahrt zu werden, wenn nicht ein guter Fürsprecher die Sache in die Hand nimmt.«

»Recht ist allein eine Sache der Auslegung«, sagte der Arzt.

»Wir sind längst zu bloßen Zudienern degradiert worden«,

– und er ging mit raschen Schritten an Knecht vorbei, schloß die Tür auf, ließ Knecht durch, schloß die Tür hinter ihm wieder ab.

Auf dem Heimweg redete Knecht laut mit sich selbst: Ich nehme Ihre Hilfe an, Herr Doktor Rahmen. Und ich kenne natürlich Ihren Preis. Aber selbstverständlich. Sie haben es geschafft, Herr Doktor; meinen Glückwunsch! Das dürfen Sie nicht gleich persönlich nehmen, verstehen Sie. Herr Satori wird seinen Kaufvertrag bekommen, ich werde Sugus bekommen. Ein faires Angebot, meine Herren, ein Angebot, das Sie nicht ausschlagen können. Irrtum, Herr Satori, um Martin geht es mir weniger. Jetzt kommen wir dann gleich rechts zur Schonung und zu der Baumschule, Fichten, glaube ich; und links, Sie kennen doch die Stadt, links, die kleine Wiese da, ist das Rotgärtli; leider mit einem Bauverbot belegt, bis heute, jedenfalls. Kein ernsthaftes Hindernis für Ihren Herrn Rahmen, – und Knecht blieb stehen, lauschte, trat durchs Gebüsch auf die Wiese hinaus, um sicher zu sein, daß da keiner saß.

Seine Angst war unbegründet, die Bänke des Verkehrsvereins waren noch gar nicht aufgestellt worden, das Gras war zu naß, der Boden, wenn man das so sagen konnte, war versehrt vom langen Winterstillstand.

Der Boß hatte ein Tonbandgerät mitgebracht.

Die Sache machte ihm Sorgen, lief nicht rund, lief nicht so, wie sie laufen mußte. Wenn sie weiterkommen wollten, war es am besten, sich das Ganze nochmals anzuhören, – und er drückte die Rückspultaste, dann Pause, Stop und Start. Eins-zwei, eins-zwei, sagte seine Stimme; Aufnahme; Aussage Linda C. betreffend Martin Knecht. Dann ein Pfeifton und wieder der Boß: Linda hatte im Gespräch mit ihm einen Brief erwähnt, den Martin, am Tag seiner Abreise nach San Francisco, erhalten hatte. Martin hatte ihr diesen Brief bruchstückweise übersetzt, während sie da oben in der Wohnung zwischen Kisten, Koffern und Möbelstücken herumstanden; war das richtig? – und Lindas Stimme: Ein Rechtsanwalt hatte den Brief geschrieben, – und der Boß: In diesem Brief war auch von Wahnsinn die Rede oder doch von Verstiegenheit und von Altersstarrsinn, von Rücksichtslosigkeit, von seltsamen Freiheiten, die Martin Knechts Vater sich herausnahm; vom Einschreitenmüssen übergeordneter Stellen, von einem Prozeß, und vielleicht war Linda in der Lage, ergänzende und erhellende Angaben zu machen, – und wieder Linda: Was ging sie der Alte an! Martins Vater hatte es womöglich auch satt, zu warten und zu kuschen, den Hintern auf Grundeis, den Kopf im Sand. Er hatte es satt, bloß immer nur zu hoffen. Es war sein Recht, auf die Erben zu pfeifen, sein Haus zu verkaufen, wegzugehen, abzureisen, sich in eine Fischpacht einzukaufen. Er war nicht darauf angewiesen, Würde zu bewahren und den Leuten jeden Tag zuzurufen, er ziehe jetzt dann nämlich auf der Stelle aus, und zwar für immer, auf Nimmerwiedersehen. Deine Straße ist dunkel, und am Himmel siehst du mein Flugzeug im Sonnenglanz, Mann.

Das hatte sie Martin gesagt. Sein Alter war vollkommen in Ordnung. Er gehörte nicht zu denen, die mit ihrem Bündel auf dem Kopf durchs Bild schwimmen und darauf achten, auch noch beim Ertrinken gut auszusehen. Er war frei, unangefochten, – und wieder der Boß: Was hatte Martin daraufhin gesagt oder getan?
»Was hätte er, deiner Meinung nach, tun sollen?« sagte Linda: Martin hatte sie vor seiner Abreise noch einmal sehen wollen. Abschied zu nehmen und als Freunde auseinanderzugehen, wenn es soweit war; das hatten sie von Anfang an zusammen ausgemacht. Sie hatten darüber gesprochen, so wie man eben von einer Möglichkeit sprechen konnte. Aber jetzt war es anders. Jetzt war es nicht einfach eine Möglichkeit, jetzt war's die einzige Möglichkeit, und sie machten es nicht besser als alle andern, konnten es nicht verhindern, daß Schuldsein und Rechthaben ins Spiel kamen. Sie hatte es Martin gesagt: Zuletzt ging's doch immer darum, den andern in die Ecke zu drängen, ganz egal, ob durch Zärtlichkeit oder durch Brutalität; was zählte, war allein die Gewalttätigkeit; Leid.
»Es tut weh«, sagte Linda.
Ihre Stimme war immer noch angespannt. Sie trank den dritten Whisky.
Der Boß stellte das Tonbandgerät ab: Und wie ging's weiter? Hatten sie sich versöhnt, vielleicht noch einmal zusammen geschlafen, auf dem nackten Boden? einfach den Schlüssel abgezogen und mit einem Ohr auf die Geräusche draußen gelauscht? Transportleute machten schon beim Betreten eines Hauses einen Riesenspektakel. Das gehörte zu ihrem Berufsbild. Als Transportleute erhoffte man sich bärenstarke Kerle, die pfeifend und singend Kasten, Klaviere und lustvoll schreiende Hausfrauen durch die Gegend wuchteten, war es nicht so? Es mußte einem Umziehenden das Herz im Leib umdrehen, wie sie mit seinen Siebensa-

chen umgingen. Jeder, der einen Umzug hinter sich hatte, also einfach jeder, hatte später Schwierigkeiten mit der Transportversicherung; – »auch dein Martin«, sagte der Boß. »Macht seine Examen und läuft davon, zieht nach San Francisco, heimlich, in der größten Hast. Jetzt hast du eine Möglichkeit, es ihm heimzuzahlen. Gib's ihm, Mädchen!«

Und Linda: Sie hatte keine Möglichkeit, hatte nie eine gehabt. Es tat weh: dagegen gab es nichts zu machen.

»Briefe«, sagte der Boß; »dieser Brief da!«

Und Linda: Sie hatte die Nase voll von Leuten, die Briefe mit Samt und Seide zusammenbanden, in Schachteln legten, in Schubladen verstauten, in Schrankfüßen versenkten. Vermutlich gab es Briefschreiber, die Briefe nur schrieben, damit andere sie aufhoben. Solche Briefe brauchten gar nicht erst geschrieben zu werden, die konnte man sich beim Nachbar ausleihen oder unterschlagen. Nicht einmal Martins Briefe hatte sie aufbewahrt.

Und das war alles gewesen? Wollte Linda noch einen Bourbon haben?

»Ja«, sagte Linda, »alles. Diese Kerle, die ihre Über-Mütter zeitlebens nicht loswerden! So ist das auch drüben in Europa. Dort liegt alles an einem Haufen beisammen. Ein Mädchen in Europa könnte direkt auf die Idee kommen, seinem Kerl nachzureisen. Es müßte ihn nicht einmal suchen; schon am ersten Abend würden sie sich über den Weg laufen. Sie tragen dort den ganzen Tag Skischuhe, im Büro, hinter der Theke. Da sind überall Berge. Das macht die Leute so seßhaft. Er hat es mir gesagt.«

»Der Dreckskerl«, sagte der Boß. »Vielleicht hat er eine andere, die in San Francisco auf ihn wartet, was meinst du?« – und er nahm ihr das Glas aus der Hand: »Aber du kannst dich rächen, mein Schatz! Laß mich dir helfen. Seine Personalakte liegt immer noch bei uns. Da muß doch etwas nachgetragen werden, nachdem du diesen Brief gesehen hast.«

Er legte den Arm um ihre Schultern: Manchmal mußte man bei Tonbandaufnahmen mehrmals von vorn anfangen, um der Sache auf den Grund zu gehen; das verstand sie doch. Sie war also in Martins Zimmer gekommen, einfach nur, um ihn zu besuchen, nicht um Abschied zu nehmen; sie hatte ihn bei der Packerei überrascht, hatte ihn zur Rede gestellt, und, um die Notwendigkeit seiner Abreise zu beweisen, hatte er jenen Brief hervorgeholt und –

»Ach was«, sagte Linda. »Frag deine Sekretärin. Martin hat die Kündigungsfrist eingehalten. Er wollte es bloß nicht an die große Glocke hängen.«

»Und du?« sagte der Boß.

Sie, Linda, sagte nur, wie es wirklich gewesen war. Sie hatte es gewußt. Er hatte es ihr gesagt, und sie war vernünftig gewesen, wie Männer das nannten: keine Szenen, keine Tränen. Erst dort, in seinem Zimmer, als die Möbelstücke herumstanden, der Teppich zusammengerollt war, hatte sie angefangen zu heulen. Sie war eingetreten, die Tür war nicht verschlossen; nicht einmal die Sicherheitskette war vorgelegt, und er stand da, mitten in seinen Sachen, mit einem Brief in der Hand. Mehr war da nicht.

»Ich bin zu wenig herumgekommen«, sagte sie. »In meinem ganzen Leben habe ich noch keine Ruine gesehen, die älter ist als zwei Jahre. Wenn mich einmal ein Bursche zum Angeln mitnimmt, schleppt er mich gleich in den Schuppen hinterm Haus, wo er die Wurmbüchse aufbewahrt.«

Und der Boß: Das war's ja gerade. Er wollte ihr helfen, wollte ihr zeigen, wie sie zu ihrem Recht kommen konnte. Ein bißchen mußte sie ihm dabei schon helfen. Ganz ohne Gemeinheit ging es nicht. Martin hatte sie alle hereingelegt. Mit dem Brief, den sie gesehen hatte, ließ sich schon etwas anfangen. In dem Brief war von Wahnsinn die Rede, von

Geistesschwäche, von einem Selbstmord in der Familie. Alles andere war unwichtig. Sie würde nur das Wichtigste wiederholen müssen, vielleicht unter Eid, daran war nichts Schreckliches, sie würde es hinter sich bringen, und nachher würden sie zusammen essen gehen, europäisch, wenn ihr danach zumute war. In Baltimore gab es solche Lokale, französisch aufgemacht, mit Fotos von Schlössern an den Wänden, – und der Boß machte sich wieder am Tonbandgerät zu schaffen: Martin Knecht – Aussage Linda.

In Martin Knechts Familie gab es Fälle von Geisteskrankheit, seine eigene Mutter hatte Selbstmord begangen. Das Haus, in dem Martin aufgewachsen war, war eine Spelunke, war sozusagen das letzte Haus am Platz und allgemein bekannt als Treffpunkt von Anarchisten, Betrunkenen und Arbeitslosen. Martin hatte den Brief eines Rechtsanwalts erhalten, der dies bestätigte. Martins Vater war in eine gerichtliche Untersuchung verwickelt. War das richtig? Sie sollte die Frage mit einem einfachen Ja oder Nein beantworten.

»Nein«, sagte Linda. »Nein darf ich doch auch sagen. Martin mußte bloß eine Erklärung unterschreiben, damit sein Vater das Haus verkaufen kann. Er hat es getan; mehr weiß ich auch nicht. Wie soll eine, die noch nicht reif ist für San Francisco, mehr wissen?«

Der Boß seufzte, drückte die Pausentaste: So ging's nicht. Martin hatte sie sitzengelassen, war abgehauen, ob mit Abschied oder ohne. Er, der Boß, bot ihr an, ihre Wut, ihre Ohnmacht loszuwerden und einmal auch zurückzuschlagen; das war so gut wie Gewalt. Was er von ihr wollte, war ein lautes und deutliches Ja. Er würde das Tonband erst wieder laufen lassen, wenn sie dazu bereit war. Drei Sekunden mußte sie warten, dann Ja sagen, dann wieder drei Sekunden warten.

»Ich weiß, wie dir zumute ist«, sagte der Boß. »Solche

Augenblicke gibt es im Leben. Du kommst dir verkauft und verraten vor und kannst die wahren Freunde nicht mehr von den falschen unterscheiden. Mißbrauchtes Vertrauen«, – und er schob ihr das Glas hinüber: Sie sollte sich noch mit einem kleinen Schluck stärken und es dann hinter sich bringen; ein einziges, kleines Ja genügte.
Linda sah ihn an, versuchte nicht, die Tränen, die ihr übers Gesicht liefen, wegzuwischen: Sie hatten von ganz andern Dingen gesprochen, Martin und sie, während sie dort oben auf die Möbelmänner gewartet hatten; Martin hatte seltsame Einfälle. Längs des Mississippi war ein Drittel der Wälder in Puffbohnenfelder und Weiden verwandelt worden; das hatte ihr Martin erzählt. Er hatte es irgendwo gelesen. Zeitungsberichte, Fotos, Artikel über den Mississippi schnitt er aus und klebte sie in ein Buch. Hundertfünfunddreißig Millionen Tonnen, oder mehr als sechs Millionen Güterwagen Muttererde, schwemmte der Strom Jahr für Jahr weg, vor allem in die Atchafalaya-Sümpfe. Martin hatte das Wort Muttererde gebraucht. Sie hatte sich die Zahlen eingeprägt, während sie dort oben in der Wohnung herumstanden und warteten. Hundertfünfunddreißig Millionen Tonnen; Muttererde; du verstehst, daß ich dich nicht mitnehmen kann, in meiner jetzigen Lage. So war Martin, so und nicht anders, – und sie warf das Taschentuch, das ihr der Boß unters Glas geschoben hatte, auf den Boden.
»Was bist du für ein Trottel, Boß«, sagte sie. »Es ist reine Zeitverschwendung. Du hast es noch immer nicht begriffen: Martin ist der erste, der nicht einfach wegläuft; der erste, der mir die Hand gibt, bevor er weggeht.«
»So vertrottelt bin ich auch wieder nicht«, sagte der Boß. »Deinen Whisky kann ich über Spesen abbuchen. Ich bin geschäftlich hier.«
Ja, das traute sie ihm zu. Er war der schlauste Dummkopf, den sie je kennengelernt hatte.

»Du bist nicht gerade bescheiden«, sagte er.
Und sie: Das war es doch, was ihn ärgerte: daß die andern nicht bescheiden waren. Martin, zum Beispiel, hatte sich nicht damit zufriedengegeben, die zweite Geige zu spielen, und die Konzernleitung in San Francisco hatte ihn dem Boß vorgezogen; das war's.
Der Boß winkte den Kellner heran: Er wollte die Rechnung haben, bitte, – und zu Linda: Es war sinnlos, sich zu streiten. Sie hatte ihre Chance gehabt. Sie hatte sich entschieden, sie nicht zu nutzen. Vielleicht konnte sie es sich leisten. Vielleicht konnte sie es sich leisten, bis an ihr Lebensende Serviererin in einer Schnellimbißecke zu bleiben und mit dreißig Jahren auszusehen wie eine alte Frau; Krampfadern, offene Beine; all das.
Er ließ sich den Scheck vom Kellner unterschreiben, und Linda sah zu, wie er aufstand und zur Kasse ging.
Als er draußen war, bestellte sie sich einen neuen Drink.

Christoph kam aus der Schönegg nach Hause. Er setzte sich zu Anna und Beatrice an den Tisch.
»Für dich ist Post da«, sagte Anna.
»Ich öffne nie mehr einen Brief«, sagte Christoph. »Stellt euch vor, wie schön das ist.«
Anna stand auf und stellte das Bügelbrett in den Schrank: Hatte Christoph Peter gesehen?
»Ja«, sagte Christoph. »Auf halb fünf hatten wir uns verabredet, und pünktlich um Viertel vor sechs ist er dann auch gekommen«, – und er nahm das Glas, das Beatrice ihm hinüberreichte, griff nach der Flasche: Ein bißchen einsam hatte Peter ausgesehen, jedenfalls war es ihm so vorgekommen; es mußte auch nicht eitel Honigschlecken sein, dort in der neuen Stellung, mit Leuten, die er noch nicht kannte. Tee hatten sie getrunken, falls jemand es genau wissen wollte. Mit Leuten, die man nicht kannte, hatte man es fast so schwer wie mit Leuten, die man zu gut kannte.
»Warum sagst du das?« fragte Beatrice.
Es kam vor, selten, daß er etwas sagte, ohne einen Grund zu haben. Er hatte keinerlei Hintergedanken; er wollte nur nichts verschweigen. Manchmal erfuhr man Dinge, die einem zu denken gaben; das war alles. Dann war es besser, wenn man nüchtern war. Es war leichter, sich ein Bild zu machen. Nüchtern war man ein bißchen weniger wehrlos.
Anna kam an den Tisch zurück: Sie verstand überhaupt nicht, wovon er redete. Christoph, die Sphynx. Was er sagte, tönte wie eine Drohung. Hatte es etwas mit Peter zu tun?
»Warum fragst du mich?« sagte Christoph. »Frag Beatrice;

Beatrice ist immer informiert. Frag sie, ob sie, wenn sie hier ist, nur uns besucht; das wäre eine gute Frage.«
»Sieh einmal an«, sagte Beatrice, – und zu Christoph: Was stellte er sich eigentlich unter Freundschaft vor? Einmal hatte er sie begleitet, auf einer Fahrt an die Grenze. Das war Freundschaft: den andern zu begleiten, auch wenn man vielleicht mißbilligte, was er vorhatte.
»Von mir ist nicht die Rede«, sagte Christoph, »um mich geht es nicht«, – und zu Anna: »Hat Beatrice uns nicht am Sonntagnachmittag angerufen, so, als sei sie eben angekommen, und du hast sie am Bahnhof abgeholt?«
Ja, das war richtig. Und warum mißbrauchte Christoph sie, Anna, immer gleich als Verbündete? Ihr wäre es nicht im Traum eingefallen, Beatrice auszufragen. Wenn es ihr eingefallen wäre, hätte sie sie gefragt, und Beatrice hätte die Frage beantwortet.
»Ich bin am Freitag angekommen«, sagte Beatrice.
»Ich will es nicht wissen«, sagte Anna.
Und Beatrice: Aber er, Christoph, wollte es wissen, und einiges wußte er schon. Er wußte, daß sie nicht Peter besucht hatte, sondern Robert Knecht.
Was sollte dieses Verhör? Sie war in ihrem Leben mehrmals verhört worden. Wer keine Angst mehr hatte, konnte es fertigbringen, in einer solchen Konfrontation eine Art von sportlichem Vergnügen zu sehen. Und jetzt kam Christoph und nahm ihr übel; nicht etwa ihren Besuch in der Schönegg, sondern daß er von dritter Seite von diesem Besuch erfahren hatte; von dritter Seite oder vielleicht auch von Robert Knecht selbst. Sie hatten sich kein Schweigegebot auferlegt.
»Jetzt bist du wütend«, sagte Anna.
Ja, so war es; Wut und Trauer. Und wenn schon, dann sollte er, Christoph, gleich alles wissen. Es war so, daß der Wirt ihr einen Brief geschrieben hatte. Auf dem Briefumschlag

hatte ihr richtiger Vorname gestanden, Beatrice, nicht Rosa. Als sie das entdeckt hatte, war sie in den nächsten Zug gestiegen. Das war eigentlich schon alles. Sie war spät in der Nacht angekommen, hatte in der Schönegg angerufen, und Knecht hatte sie mit dem Wagen am Bahnhof abgeholt, sie übrigens am Sonntag wieder hingeführt; erst dann hatte sie sich nämlich entschlossen, noch ein paar Tage länger zu bleiben und Anna anzurufen. Was war daran falsch?

Christoph holte eine Flasche Weißwein aus dem Kühlschrank, war plötzlich verlegen: Nichts war falsch. Claudia schlief durch. Konnten sie nicht, alle drei, in der Stadt etwas essen gehen und sich einen vergnügten Abend machen? Er wollte keinen Streit, er hatte Beatrice nicht kränken wollen. Eigentlich hatte er all diese Geschichten satt: wie Knecht sich einen Wagen kaufte, wie er sich anzog, wie er nächtelang das Licht in seiner Wohnung brennen ließ, – kein Wort mehr davon, er versprach es.

Beatrice funkelte ihn an: Das war wieder einmal ein echt Christophscher Rückzieher: zuerst Mißtrauenskundgebungen am laufenden Band, dann die Fahnen gestrichen und irgendeine plötzliche Müdigkeit vorgeschützt. Schlimm genug, daß er das mit Anna machen konnte. Jetzt, auf einmal, war ihm sein Verhalten peinlich. War er in seinem Schuldienst schon so unglaublich abgestumpft, daß er nur noch Ausgeglichenheit um jeden Preis ertragen konnte? daß es ihm leichter fiel, seine Meinung aufzugeben, als eine Meinungsverschiedenheit auszutragen?

»Wir sind schon ziemlich lange verheiratet, weißt du«, sagte Anna.

Sie stand auf, trat auf den Balkon hinaus, machte sich an der Wäscheleine zu schaffen.

In der offenen Tür bauschte sich der Vorhang. Wäscheklammern klapperten in einem Becken, und dann kam Annas leise Stimme: Vielleicht war Christophs Vorschlag

doch nicht schlecht gewesen. Es war wieder eine dieser Julinächte, wie lange dauerte das noch? starker, lauer Wind; eigentlich zu warm für eine Sommernacht. Warum nicht auf einer Terrasse am See sitzen, Fisch essen, ein Glas Wein trinken und reden; von allem reden, was einem durch den Sinn ging, ohne Zensur? – und Anna trat wieder ins Zimmer.
»Was ich nicht ertrage, ist seine falsche Ergebenheit«, sagte Beatrice; »sie bringt mich in Panik.«
»Wenn sie bloß falsch wäre, könnte sie auch dich nicht in Panik versetzen«, sagte Christoph.
»Komm, wir räumen den Tisch ab«, sagte Beatrice; »wie ist es, leihst du mir deine Jacke, die graue, aus Wildleder?«
Anna sah noch einmal nach dem Kind, löschte das Licht, trat in den Flur hinaus, wo die beiden andern schon warteten: Hoffentlich hatte Christoph sein Geld nicht vergessen; es gehörte zu seinen Eigenarten, Geld an den unmöglichsten Orten liegenzulassen.
Schon im Wagen wandte sie sich an Beatrice: Sie hatte sie vorhin unterbrochen; aber nicht, um sie vom Thema abzubringen.
»Ich werde es euch beim Essen erzählen«, sagte Beatrice, »ausführlich, soweit Ausführlichkeit nötig ist«: Denn nur deswegen war sie nicht abgereist: um sich mit ihnen aussprechen zu können.
»Und wo jetzt anfangen?« sagte sie, als sie im Beau-Rivage vor ihrem Wein saßen: »Wer etwas nur hört oder sieht, versteht nichts. Ich habe es miterlebt. So solltet auch ihr es begreifen: als Betroffene. Robert Knecht hat das Wort Einsamkeit nicht ein einziges Mal gebraucht, weder in seinem Brief noch später, bei sich zu Hause.«
»Er will keinen Trost«, sagte Anna.
Und Beatrice: Knecht hatte fast nur von Sugus gesprochen. Er hatte alles versucht, um Sugus freizubekommen. Er hatte

ihr Eingaben gezeigt, die er verfaßt hatte, Petitionen, Bittbriefe. Dann hatte er erfahren, wer Sugus' Vormundschaft übernommen hatte: Dr. Rahmen, Satoris Anwalt. Eine Person, die im gewöhnlichen Leben nicht die nötige Hilfe oder Pflege erhielt, konnte in unbeschränkte Verwahrungshaft genommen werden; solche Gesetze gab es. Knecht hatte sich mit Satori und Dr. Rahmen geeinigt.
»Geeinigt worauf?« fragte Christoph.
Und Beatrice: Knecht verkaufte ihnen die Schönegg, und Satori verpflichtete sich, Sugus freizubekommen. Satori hatte es nicht lassen können, dem Wirt während der Vorbesprechungen einen Vortrag zu halten; Thema: düstere Lage der Wirtschaft, unzufriedene Jugend, traurige Führungsschwäche der Ordnungsorgane, links unterwanderte Parteien. Immerhin hatte er Knechts eigentliche Notlage nicht bis aufs äußerste ausgenützt. Ein Vorvertrag war unterzeichnet worden, Knecht hatte die Summe von zweihunderttausend Franken erwähnt. Dann war auch davon die Rede, ob Knecht als Pächter auf der Schönegg bleiben wollte, ein, zwei Jahre, so lange jedenfalls, als das Abbruchverbot in der Region nicht aufgehoben wurde. Knecht hatte abgelehnt.
Christoph starrte vor sich hin: »Verkauft«, sagte er, »die Schönegg verkauft! Und kein Mensch hat etwas davon erfahren; ich kann's nicht fassen. Es scheint so, daß in dieser Stadt alles zum Teufel gehen muß. Eine Schönegg interessiert weder den Heimatschutz noch den Denkmalschutz, sie hat keinen historischen Wert, weder Jugendstil noch Renaissance, und ein Amt, das ein Wirtshaus nur darum für schützenswert hält, weil dort jung und alt zusammensitzt, gibt es nicht. Arbeiter, Einheimische und Fremde, die gemeinsam ihr Bier trinken: das ist für Amtsinhaber eine verdächtige Friedlichkeit.«
Und Beatrice: Die schöne Eingangstür, hatte Satori Knecht

gesagt, konnte man nach Bern schaffen und dort im Museum ausstellen. Er, Satori, hatte Sinn für alles Schöne. Es tat ihm weh, daß die Italiener, seine Landsleute, an Weihnachten in ihren schäbigen Kleidern und mit ihren schäbigen Koffern nach Hause fuhren. Was mußte die Welt denken über die reiche Schweiz? Koffer, mit Bindfaden verschnürt; und nicht einmal neuen Bindfaden kauften sie, bei den Löhnen, die man ihnen hier bezahlte.

»Das tönt ganz nach ihm«, sagte Anna; »sozusagen Originalton.«

Beatrice biß sich auf die Lippen: Es tat ihr leid. Sie vergaß es immer wieder, daß Satori Annas Vater war.

»Mir geht's auch so«, sagte Anna. »Und wegen Knecht: vorläufig ist das Abbruchverbot noch in Kraft; Satori wird es auch nicht umgehen können.«

Christoph lachte: Das glaubte wirklich nur sie, Satoris Tochter. Satori konnte es sich leisten, die Schönegg einfach zuzumachen und vergammeln zu lassen. Der günstigste Tag für den Kehraus war der dreißigste April. Am Ersten Mai würden dann die Schlachthofarbeiter, die vom Umzug zurückkamen, den Abbruch ganz von allein einleiten, und zwar mit Pflastersteinen, Messern und Eisenstangen. Satori konnte dann auf die nun bestehende Einsturzgefahr hinweisen, auf die eingeschlagenen Fenster, die losen Ziegel, und schon sah die Sache ganz anders aus: jetzt war es Zeit, ohne Verzug zu handeln, die längst vorbereiteten Pläne aus der Schublade zu ziehen, die Ruine abzureißen und etwas Neues, Schönes, Gediegenes aufzustellen; Wohnungen und Büros, vielleicht ein kleines Geschäftchen, warum nicht eine Metzgerei, und natürlich auch wieder einen Restaurationsbetrieb, eine Ecke für den eiligen Quartierbewohner, Quick, Snack, warme Inneneinrichtung, dito Küche mit Selbstbedienung; dazu einige Parkplätze, zwei Alibibäumchen, eine Straßenbegradigung, und als Gegengeschäft mit der Stadt die Erlaubnis, das neue Haus ein Stockwerk höher bauen zu dürfen.

Knecht hatte sich erpressen lassen. Wie konnte er es nur fertigbringen, sich selbst auf so dumme Weise zu betrügen, – und Christoph stieß den Teller zurück: Ihm war die Lust am Essen vergangen. Da konnte sich einer ja nur noch vollaufen lassen. Verstanden sie es nicht: die Schönegg war verloren, kaputt, erledigt. Was war das denn, Heimat, wenn nicht ein paar Leute und ein paar vertraute Orte, geliebte und ungeliebte?

Und Beatrice: Knecht würde nicht widersprechen. Er hatte ähnlich geredet wie Christoph eben. Nur: er hatte sich nicht mehr zu helfen gewußt; er hatte keine Wahl. Die Wahrheit war, daß er sich mit Sugus irgendwo in der Welt mehr zu Hause fühlte, als allein daheim. Wahrscheinlich war Sugus jetzt schon frei.

»Das hat er dir geschrieben?« fragte Anna.

Nein, geschrieben hatte Knecht, aber darüber mochte sie eigentlich nicht reden, ganz unwichtige Dinge. Aber, um auch die letzte, noch nicht ausgesprochene Frage zu beantworten: bis zum dreißigsten April des nächsten Jahres würden sie nicht warten, weder Knecht noch Satori. Verkaufstag war der Tag vor dem Sommerfest. Knecht hatte auf diesem Datum bestanden. Sie hatten nicht versucht, ihn umzustimmen. Das Fest sollte aber nach der Handänderung noch stattfinden. Satori hatte sich mit allem einverstanden erklärt, auch damit, Knecht, vor den Augen des Notars, in bar auszuzahlen; zweitausend Tausendernoten.

Das Sommerfest war vorüber.
Die pensionierten Schlachthofarbeiter saßen mit zwei jungen Arbeitslosen vor der Schönegg.
»Und wer, wenn nicht wir«, sagte Zwei, »hilft dem Wirt, den Saustall in Ordnung zu bringen, Tische, Stühle, Bänke wegzuräumen, Papier, zerbrochene Flaschen, leere Gläser aufzusammeln?«
Sie ließen ihn reden.
Und Zwei: Bald würde es wieder losgehen, das Lamento der Leute, die, wie zufälligerweise, am Wirtshaus vorbeigingen: Klagen, Verwünschungen, Reklamationen, Anzeigen.
Wo bloß der Wirt so lange blieb?
Sie hatten an der Tür gerüttelt, hatten nach Knecht gerufen, hatten sich gestritten, ob es ratsam sei, ihn von einer Telefonzelle aus anzurufen. Es war nicht seine Art, halbe Tage zu verschlafen.
Die Hitze machte sie unruhig.
Sie setzten sich in den Schatten des großen Kastanienbaumes.
Fürzeler zog Zigaretten aus der Tasche. Das Paket ging von Hand zu Hand.
Kocher sollte ihnen helfen, die Zeit totzuschlagen, sollte irgendeine seiner Geschichten erzählen; Hauptsache, daß man dabei lachen konnte. Er sollte sich bitte ein bißchen anstrengen, auch wenn's für einmal nicht um ein Glas Weißwein ging. Ein Geschichtenhausierer mußte in Übung bleiben; richtig lustig war er eigentlich schon lange nicht mehr gewesen.
»Und ihr, warum erzählt ihr nichts?« fragte Kocher die beiden Arbeitslosen. »Von uns Alten sind nicht mehr viele

übrig. Nicht einmal mehr zu einem Schieber reicht es, seit Fingel gestorben ist; höchstens zu einem Putzer oder zu einem Bieter.«

Das wollten sie nicht gelten lassen: Sie waren doch stark im Kommen, machten auch gern mit, wenn's ums Kartenspielen ging. Allerdings spielten sie nicht die bei den Alten üblichen Großvaterspiele; und dann: Sie hatten noch ganz anderes vor, – »merkt euch das«, sagten sie: Sie würden darauf zurückkommen, später. Und jetzt wollten sie endlich eine Geschichte hören. Hatte Kocher nicht einmal nach Paris fahren wollen, war dann aber, schon nach einer Stunde, wieder in der Schönegg aufgetaucht, mit einer Biographie des Papstes unterm Arm, bloß weil er am Bahnhofkiosk erfahren hatte, der Papst sei gestorben; und dann stellte sich heraus, daß es nicht derselbe Papst war? Und wie es ihm nicht gelungen war, das Buch zurückzugeben und sein Geld wiederzubekommen, und warum er nachher nie mehr versucht hatte, nach Paris zu kommen: das wollten sie hören; etwas in dieser Art.

Oder wie Kocher, als er Petersburg besucht hatte, Tinte zu trinken versuchte, in der Meinung, es sei Alkohol; wie war nur schon der Name gewesen?

»Kwaß«, sagte Kocher; »ein einsilbiges Wort«, – und er spuckte aus: Einsilbig, so fühlte er sich heute auch. Am besten, sie ließen ihn in Ruhe. War es Langeweile, was sie plagte? Langeweile, oder wie immer man das Gefühl nennen wollte? Er erinnerte sich an seine eigene Arbeitslosenzeit; auch er war damals jung gewesen; Langeweile, Angst, ja, er erinnerte sich; Wörter. Es war ein Gefühl, das sie bekämpfen mußten. Sie mußten den Kampf aufnehmen. Und wenn sie die Kraft dazu noch nicht hatten: warum gingen sie nicht wandern; in den Jura? Alle Welt kannte den Chasseral. Jedoch den Mont Raimeux, der einsamer, wilder, gefährlicher war, – ein Berg, wie mit Magie geladen, –

kannte kaum einer. In den Wäldern konnte man seinen Gedanken nachhängen, sich sammeln, bis man Kraft genug hatte, der Zerstreuung und Ablenkung entgegenzutreten. Am Anfang ging man hintereinander; keiner schaute dem andern ins Gesicht.
Und sie: Kraft war gut! Sie hatten versprochen, ihnen beim Wegräumen zu helfen; nicht ganz ohne Hintergedanken – und sie stießen sich an: Nein, es war noch zu früh, darüber zu reden.
Sie starrten zum Haus hinüber. Nach einer Weile fing Zwei an, Witze zu erzählen.

– Der Wirt, oben in seiner Wohnung, hörte die Stimmen, verstand aber nicht, was gesprochen wurde.
Er trat ans Fenster, so, daß man ihn hinter dem Vorhang nicht sehen konnte. Er sah in den Garten hinunter; auf den Gartenweg; auf die Bänke; auf den gekiesten Vorplatz; auf die Männer vor dem Bretterstapel; auf eine Glasscherbe, die im flachgepreßten Gras lag und ihn blendete.
Er nahm seine ruhelose Wanderung wieder auf, vorsichtig, um nirgends anzustoßen. Schubladen und Schränke standen offen. Ihr Inhalt war auf dem Boden zerstreut, so als hätten Einbrecher die Wohnung in großer Hast durchsucht. Nur auf dem Bett herrschte eine fast seltsam anmutende Ordnung. Dort lag, neben dem schwarzen Anzug, ein gepackter, noch offener Koffer.
Der Wirt, in Hemd und Unterhose, fing an, sich umzuziehen. Als er die Schuhe in der Hand hielt, zögerte er, warf sie weg, kniete vor eine Kommode, wühlte, ohne hinzusehen, mit beiden Händen in dem Durcheinander, bis er ein anderes Paar Schuhe gefunden hatte: unmodisch geschnitten, kaum getragen. Er wischte sie blank, betrachtete die feinen Risse im Oberleder, zog die Schuhe an. Die Schnürsenkel waren zu lang; daran hatte er nicht mehr gedacht. Er

band sie zu einer Doppelschlaufe. Doppelschlaufen hielten besser; das wußte jedes Kind.
Knecht trat wieder ans Fenster: den Garten sollt ihr ihm lassen, – wo hatte er das gehört?
Die Männer waren immer noch da.
Sie saßen im Schatten des großen Kastanienbaumes, würden dort auf ihn warten, wer konnte wissen, wie lange; bis zum Einbruch der Dunkelheit, wenn nicht länger. Soviel Zeit hatte er nicht. Er durfte Sugus nicht warten lassen. Das Warten mußte endlich ein Ende haben.
Er zog die Jacke an, schloß den Koffer, trug ihn in die Gaststube hinunter, stellte ihn auf den Stuhl neben der Tür.
Er öffnete den Geräteschrank. Benzin hatte er nicht im Haus. Er griff nach der Flasche mit Petrol, schüttelte sie; die Flasche war halb leer.
Eine Weile blieb er so stehen, als wisse er nicht mehr weiter. Dann fiel es ihm ein. Er ging in die Küche, nahm die Fünfliterkanne, goß, rückwärtsgehend, Streifen neben Streifen, die flüssige Bodenwichse aus.
Es war ihm jetzt gleichgültig, ob die Männer draußen ihn hören konnten.
Er arbeitete ohne Hast, war vorsichtig nur noch, um nicht auf dem Streifenmuster, das er gelegt hatte, auszurutschen.
Er zündete die Kerze auf der Theke an, goß den Rest Petrol über den Kerzenhalter, stellte die Kerze auf eine ausgetretene Stelle am Boden, wo sich im Parkett eine Ölpfütze gebildet hatte.
»Johnson-Wachs«, sagte er laut, »reinigt und glänzt in einem Arbeitsgang. Nie mehr bohnern. Dringt porentief ein, trocknet rasch, und ganz von allein zieht Glanz auf.«
Er nahm den Koffer auf, öffnete die Tür, schlüpfte hinaus, schloß hinter sich ab, drehte sich um, duckte sich. Das Licht blendete ihn. Er legte die Hand über die Augen.

Sie kamen auf ihn zu, Zwei und die andern: Sie hatten also doch recht gehabt; der Wirt war im Haus gewesen. Warum hatte er sie so lange warten lassen? Sie hatten geklopft, gerufen, hatten sich heiser geschrien.
Knecht nickte, schüttelte ihre Hände, zog die Männer mit zu Kocher hinüber, der im Schatten sitzengeblieben war. Er setzte sich neben ihn auf den Bretterstapel.
»Es ist heiß«, sagten sie.
Der Wirt bestätigte das.
»L'istiu fa cau«, sagte Zwei; »das ist altes Provenzalisch und heißt, der Sommer ist heiß.«
Was er nicht alles wußte!
»Warum stellst du den Koffer nicht ab?« fragte Kocher.
Knecht stellte den Koffer ab, nahm ihn gleich wieder auf: Es ging nicht, heute, es war etwas vorgefallen.
Sie sahen ihn an: Was ging nicht; was war vorgefallen?
Und Knecht: »Ich möchte, daß ihr nicht hierbleibt. Ich möchte, daß ihr weggeht, jetzt gleich und ohne Fragen. Darf ich mir das wünschen? Habe ich das Recht, euch darum zu bitten?« – und er stand auf, nahm einen Geldschein aus der Tasche, streckte ihn Zwei hin: Er schämte sich; er wußte nicht, wie er es ihnen erklären sollte; das Geld war nicht als Almosen gedacht. Es war so, daß er etwas Wichtiges erledigen mußte. Es war kein Aufschub mehr möglich.
»Hat es etwas mit Sugus zu tun?« fragte Kocher.
Ja, so war es; mit Sugus und auch mit, mit allem eben, mit dem Ganzen, mit seinem Leben.
»Das könnte man erklären«, sagte Kocher.
»Was, das Leben?« fragte der Wirt und packte Kocher am Arm.
»Die Dringlichkeit«, sagte Kocher, nahm dem Wirt den Geldschein aus der Hand, steckte ihn in die Tasche: Entschuldigungen brachten nichts; aber warum verlangte

Knecht von ihnen, daß auch sie alles stehen- und liegenließen? daß sie nicht einfach hier im Schatten den Nachmittag verdösten? Dies war der Garten des einfachen Mannes; gewesen, jedenfalls; und er, Knecht, jagte sie hinaus in die Hitze, in den aufgeweichten Asphalt; was hatte das mit seinem Leben zu tun?

Knecht versuchte zu antworten, mit gepreßter Stimme, fast atemlos: Im Café Dupont gab es auch eine Gartenwirtschaft; bis dahin war es nicht weit; direkt an der Aare gelegen; Platanenschatten; Seewind.

»Deswegen brauchst du mir nicht den Arm auszureißen«, sagte Kocher und schüttelte Knechts Hand ab.

Knecht murmelte eine Entschuldigung.

»Laßt ihn in Ruhe«, sagte Zwei, »er will seinen Koffer selber tragen.«

Kocher stand auf. Sie gingen mit Knecht bis zur Straße, blieben stehen, schauten zurück. Der Wirt drängte sie, weiterzugehen.

»Im Dupont also«, sagte Fürzeler, als Knecht sich vor dem Schlachthof von ihnen verabschiedete.

Sie sahen ihm nach, wie er davoneilte.

»Er hat uns gar nicht mehr wirklich gesehen«, sagte einer der Arbeitslosen. »So durchsichtig bin ich mir noch nie vorgekommen; nicht einmal vor dem Kuli, der meine Karte stempelt.«

»Es ist ihm etwas zugestoßen«, sagte Kocher. »Das kennt ihr ja auch. Man behängt uns mit Gewichten. Man höhlt uns aus. Dem Zehnjährigen gibt man Bücher von der verlogensten Heiterkeit in die Hand, damit man den Fünfzehnjährigen besser in der Hand hat. Wer sich wehrt, zappelt im Netz. Und dann, eines Tages, hast du auf einmal die Kraft, das Netz zu zerreißen. Das ist es vielleicht, was Knecht zugestoßen ist.«

Und sie: Das war wieder einmal echt Kocher; gleich das

ganze Universum zu bemühen und Argumente von der Wega herunterzuholen. Vielleicht hatte Knecht bloß Ferien nötig? War es nicht so, daß er nach jedem Sommerfest in die Ferien fuhr?
Kocher blieb stehen: Auf der Wega brauchte es keine Argumente, aber hier; – und er dachte daran, wie wehrlos er Knecht einmal gesehen hatte: Sugus saß auf einem Stuhl im Garten, Knecht lag vor ihm auf den Knien, und Sugus fuhr ihm mit der Hand übers Haar, mit langsamen Handbewegungen, immer wieder, ohne ein Wort zu sagen. Warum tust du das? hatte Kocher später gefragt, und Sugus: Weil er traurig ist, und Kocher: Wie lange dauert das? und Sugus: So lange, bis es ihm besser geht.
»Ihr könnt Gift drauf nehmen, daß Knecht nicht wegfährt, bevor es ihm gelungen ist, Sugus zu befreien«, sagte er.
Sie gingen weiter, lachten: Kocher, der Anarchist! War das so gemeint gewesen, Anarchie? alles aus der Kraft einer inneren Wahrheit? Egal, ob so oder ähnlich: ihnen lieferte es das Stichwort, – und wieder stießen sich die Arbeitslosen an: Die Sache war die, daß sie versuchten, einen kleinen Sender zu bauen und nun mit dem Bausatz nicht zurechtkamen. Sie hatten davon gehört, daß Fürzeler im Zuchthaus Radioapparate instand gestellt hatte. Zuerst hatten sie nur ans Hören gedacht, an Musik vor allem. Sie hatten Lautsprecher gebastelt, eine Verstärkeranlage, da, in dem Keller, den sie in der Altstadt gemietet hatten. Dann war ihnen eingefallen, daß sie selbst etwas zu sagen hatten; in ihrer Sprache; mit ihrer Musik. Sie waren nicht mehr aufzuhalten, in ihrer Lage.
»Altstadt ist nichts«, sagte Fürzeler; »den Sender muß man fahrbar machen. Er muß von einem Auto aus betrieben werden, damit er nicht leicht angepeilt werden kann.«
»Und die Reichweite?« fragte Zwei.

Stadt und Umgebung mußten vorläufig genügen. Andere konnten die Idee aufnehmen, an andern Plätzen.
»Wie viele Eingeweihte gibt es?« fragte Kocher.
Sie sagten es ihm.
Sie standen jetzt vor der Ampel am Salzhausplatz, warteten nicht auf Grün; zwei junge Männer, drei alte.

Der Verfasser dankt der Stiftung PRO HELVETIA für die Förderung seiner Arbeit an diesem Buch.

J. St.

Biel, im Sommer 1981

Alphabetisches Gesamtverzeichnis der suhrkamp taschenbücher

1/2/6.84

1/3/6.84

1/4/6.84

1/5/6.84

1/6/6.84

1/7/6.84

1/8/6.84

1/9/6.84

1/10/6.84

1/11/6.84

1/12/6.84

1/13/6.84